스마일 라이프

스마일 라이프

하이델로레 클루게 지음 | 모명숙 옮김

낙관주의자는 어떤 사람일까?

당신은 낙관주의자인가? 아마 그럴 것이다. 그렇지 않다면 이 책을 펼치지도 않았을 테니까 말이다. 당신은 이 책에서 낙관주의자임을 말해주는 삶의 태도가 무엇인지 알게 될 것이다. 또한 이 책에는 일상을 그저 견디는 것만이 아니라, 자신의 소망이나 생각에 따라 일상을 의식적으로 형성하는 데 도움이 될 만한 실제적인 충고나 훈련 지침이 무진장 들어 있다. 낙관주의는 많은 경우 그날의 컨디션을 좌우하는 문제가 되기도 한다. 정서적인 컨디션 조절이 잘되는 것은 정신 건강에도 매우 중요하다. 우울하거나 의기소침한 기분은 누구든 예외 없이 경험하기 때문이다. 요즘 들어 건강이 화두가 되고 있다. 이는 정신적·육체적으로 정말 편안하다는 것을 말한다. 그런 점에 있어서 이 책을 건강 조언서로 보아도 무방하다.

책을 쓸 때마다 나는 오랫동안 수집한 명언들을 다시 들쳐보곤 한다. 어떤 주제에 관해 다른 작가들이 어떤 말을 했는지 살펴보는 것은 늘 흥미롭다. 이번에 명언들을 뒤지다가 대단히 재미있는 사실을 발견했다. 염세주의에 관해 진술한 구절은 상당히 많은 데 비해, 의외로 낙관주의에 관한 명언은 거의 없다는 점을 발견한 것이다. 문학작품만 그런 것이 아니라, 학술적인 문헌도 마찬가지였다. 그 이유는 건강에 대한 책이 질병에 관한 책보다 수적으로 절반 정도도 되지 않는다는 사실과 분명 관련이 있는 것 같다. 건강할 때는 건강에 대해 신경을 쓰지 않지만, 병은 사람으로 하여금 자꾸 생각하게 만들기 때문일 것이다.

염세주의와 낙관주의에 관한 문헌의 경우도 이와 유사하다. 학술적인 정의에 따르면 염세주의는 인간의 삶과 세상에 악이 우세하고, 인생의 의미가 근본적으로 의심되며, 만사가 나쁜 쪽으로 진행된다고 생각하는 인생관을 말한다. 일반적인 의미에서 보든 각 개인의 자율적인 발전 가능성에서 보든, 염세주의에서 보는 모든 발전은 의심스러운 것으로 여겨지고 애당초 실패할 수밖에 없도록 정해져 있다. 염세주의 철학의 의미에서 보면, 현재 존재하고 있는 모든 것은 그 자체로 나쁘고 부정적인 것이 된다. 형이상학적 이론으로서 이러한 견해는 특히 쇼펜하우어(염세사상을 대표하는 독일 철학자—옮긴이)에 의해 전개되었다. 심리학적 문헌을 보면, 정신적인 질병이 염세주의적인 삶의 태도에 의해 야기되거나 강화된다는 증거는 수없이 많다. 그러나 이에 관한 명언들은 심리학적인 것보다는 문학적으로 탁월하게 표현하고 있는 것이 훨씬 많다. 내가 수집한 명언들을 몇 개 골라보면 다음과 같다.

- 염세주의자는 기쁨이 없다는 걸 증명할 때 기뻐하는 인간이다.(작자 미상)
- 염세주의자는 두 개의 악 중에서 하나를 선택해야 할 때 둘 다를 선택하는 인간이다.(작자 미상)
- 염세주의자는 자신이 만족하지 못하는 이유를 찾았을 때 비로소 만족한다.(구스타브 크누트)
- 염세주의자는 자신이 불행하다고 느낄 때 외에는 행복하지 않은 사람이고, 그러고 나서도 만족하지 않는다.(작자 미상)
- 진짜 염세주의자는 항상 불운을 약간이나마 승인한다.(로베르트 렘프케)
- 행복한 염세주의자들이여! 기쁨이 없다는 것을 증명했을 때 얼마나 큰 기쁨을 느끼는가!(마리 폰 에브너-에셴바흐)

정말로 유쾌한 이 명언들 중에 당신이 혹 알고 있는 게 있는가? 그렇다면 낙관주의적인 삶의 태도를 가로막는 문제들도 발견했을 것이다. 그 문제들은 우리 스스로 만드는 것이다! 낙관주의는 근본적으로 세계나 인간의 삶과 가능성을 긍정적으로 평가함으로써 규정되는 입장이다. 현재의 자기 자신과 세계와 삶에 대해 긍정적으로 말하는 사람은, 자기 삶에 대한 책임을 스스로 떠맡고, 자신이 발견한 것으로 최고의 것을 만들며 능동적이 된다. 낙관주의자는 삶을 영원히 우울하게만 여기는 염세주의자보다 성공 가능성이 많고 더 행복할 뿐만 아니라, 다른 사람들을 보다 행복하게 만들 수도 있다는 것을 늘 몸소 체험한다.

낙관주의자(Optimist)라는 것은 삶에 최선을 다함으로써 최상의 것 (Optimum)을 얻어낸다는 것을 뜻한다. 당신이 그렇게 하는 데 이 책이 도움이 되었으면 한다.

"낙관주의자는 비극적인 일도 실제보다 비극적으로 보지 않는 인간이다."

위대한 해학가 카를 발렌틴(20세기 초 독일 무성영화 시대의 대표적인 희극 배우―옮긴이)이 한 이 말은 내가 낙관주의라는 주제에 관해 찾을 수 있었던 명언 중 가장 아름다운 것이라고 생각한다.

낙관주의도 배울 수 있을까?

— 터먼 라이프 서클 연구

1998년 중반 모든 언론매체를 통해, 미국의 한 연구 논문에서 낙관주의자가 더 오래 산다는 걸 증명했다는 보도가 나왔다. 그게 무슨 말일까? 이 모든 일은 1920년대에 미국의 대학 교수 터먼(Lewis Terman 미국의 심리학자—옮긴이)과 함께 시작되었다. 터먼은 1921년 여러 학과들의 참여 아래 건강과 장수(長壽)를 결정하는 조건이 될 수 있는 정신적·사회적 요인들에 관한 대규모 연구 프로젝트를 준비했다. 이 과정에서 그는 캘리포니아에 사는 지능지수 135 이상의 소위 '총명한' 남녀 학생 1500명에게 설문 조사를 했다. 학생들 대부분이 1910년경에 출생했으며, 아직 생존해 있는 대상자들은 1998년 현재 80대의 노인이 되었다. 터먼의 연구 목적은 조사 대상자의 라이프 스타일과 사망률을 관찰하는 것이었다. 1936년과 1940년의 조사에서 사람들은 자신의 삶에서 결정적으로 중요했던 체험에 관한 질문에 답했다. 1936년에는 예를 들어 다음과 같은 질문이 제시되었다.

"지금까지 살면서 당신에게 지속적으로 영향을 미치는 실패와 실망, 아픈 상처 또는 까다로운 인간관계가 있는가?"

1940년의 조사에 참여한 사람들에게 제시된 질문 중 하나는 다음과 같았다.

"스스로 평가할 때 자신의 중대한 성격상 결함은 무엇이라고 생각하는가?"

장년이 된 대상자 대부분은 직업적으로도 성공하고 육체적으로도 건강했다. 30대의 그들은 비록 천재는 아니었지만, 사회의 기둥이라고 불러도 손색이 없었다.

이 연구는 여러 연구자들에 의해 1991년까지 계속되었다. 그 결과가 미국의 전문 잡지 《심리학》 1998년 3월호에 '염세주의적인 삶의 태도와 예상보다 이른 죽음' 이란 제목으로 실렸다. 여기에 관여한 연구자들에게 출발점이 된 것은, 육체적 · 정신적으로 건강한 인간이 비극적 결말에 대한 생각('파국화')과 자신의 운명을 전반적으로 연결시킬 때 과연 예상보다 일찍 죽는가 하는 점을 알아내는 것이었다. 다시 말해 최악의 사태가 생긴다는 것을 원칙적으로 가정할 때 과연 더 일찍 죽을까 하는 의문에서 출발한 것이다. 우리에게 벌어지는 모든 일에 대해 우리는 설명을 구한다('설명 스타일'). 터먼 교수의 연구는 나쁜 것(전쟁, 질병, 재난)을 두려워하는 인간은 필시 이런 것을 다르게 생각할 수 없기 때문에 또한 일찍 죽는다는 점에서 출발했다. 터먼의 자료를 평가한 학자들은 설명 시도('설명 스타일')라는 의미에서 다음의 질문을 제기함으로써 이 테마에 다른 차원들을 부여했다.

- 내면 세계와 외부 세계의 충돌은 어떤 결과를 초래하는가? 의식적 또
  는 무의식적인 자책('나는 그래, 바뀔 수 없어')은 삶의 느낌이나 기대
  에 어떤 영향을 미치는가?
- 안정성과 불안정성의 충돌은 어떤 결과를 초래하는가? 여기에서 안정
  성은 보다 나은 쪽으로 아무것도 바뀌지 않을 거라는 의미에서 숙명론
  과 동일시된다.
- 전반적인 생각과 개인적인 생각이 충돌하면 어떻게 되는가?("외부의
  사건들이 너무 참담하여 나는 어차피 아무것도 바꿀 수 없다. 그야말로
  속수무책이다.")

연구 결과들을 평가할 때 정작 중요한 것은, 인간이 의지할 데가 없
다고 느낄 때 도움을 받을 수도 없을뿐더러 종종 심리적·육체적으로
자신의 삶을 다스리지도 못하는 이유를 알아내는 것이었다. 근본적으
로 어느 인간이든 날마다 대결하는 사안들에 대한 소위 세 가지 '설명
스타일'은 결국 우울한 증상으로 이어져, 육체적인 질병으로 나타날 수
있다. 발표된 연구 논문은 다른 연구자들도 조사한 수많은 질문을 제기
하고 있다.

- 삶의 부침에 대한 소위 '설명 시도'가 심리적인 이유 때문에 이른 죽음
  을 가져오는 위험 요인이라는 것을 이 연구 결과를 통해 알 수 있을까?

- 이 점에 있어서 남녀의 태도에 차이가 있는가?(여자가 남자보다 평균 수명이 7년 정도 길다는 사실은 잘 알려져 있다.)
- 부정적인 사건에 대한 '설명 태도'가 어떻게 건강에 좋지 않은 영향을 미칠까? 이로써 생길 수 있는 질병에는 어떤 것들이 있는가?

다른 연구자들의 학문적인 연구들은 터먼 라이프 서클 연구의 범주 내에서도 제기되는 다음의 문제들과 연관된다고 하겠다.

- 염세주의적인 삶의 태도는 면역 체계를 약화시킴으로써 발암을 촉진시킨다.
- 염세주의적인 삶의 태도는 정서적인 스트레스를 야기함으로써 심장 관련 질병을 일으킬 수 있다.
- 염세주의적인 삶의 태도는 예컨대 가정살림이나 운전 내지 직장생활 등 일상생활에서 부주의하게 만듦으로써 사고로 이어질 수 있다.

터먼의 라이프 서클 연구 결과, 1991년 연구가 종결될 때까지 약 4백여 명의 조사 대상자가 사망했음이 밝혀졌다. 이들 중 약 20퍼센트는 사망진단서를 찾을 수 없었고, 따라서 평가에서도 배제되었다. 조사된 사망진단서의 통계를 보면 다음과 같다.

- 148명은 암으로 사망했다.(남자 85명, 여자 63명)
- 159명은 심장과 순환기 관련 질병으로 사망했다.(남자 109명, 여자 50명)

• 57명은 사고나 폭행으로 사망했다.(남자 40명, 여자 17명)

사망한 대상자들의 질문지에 대한 학문적인 평가 결과, 특히 '포괄적인 속성(global attribution, 일반적으로 염세주의적인 세계관)' 이 사망률 상승과 연관될 수 있음이 드러났다. 통계는 조사 대상자들 중 '포괄적인 속성' 에 해당되는 남자들이 일찍 사망했음을 분명히 보여준다. 이러한 결과를 추가 분석하면서 연구자들은 염세주의와 때 이른 죽음의 관계에 관해 다음과 같은 결론에 도달했다.

"우리의 연구 결과가 보여주는 단순한 상관 관계에 따르면, 질문지의 '포괄적인 속성' 란에 표시한 남자 조사 대상자는 다른 대상자들보다 정신적인 원인에 의한 건강 문제가 더 많았다. 그들은 자기 삶의 상황을 잘 다룰 줄 몰라서, 자신의 문제에 대해 비교적 이성적으로 판단하며 문제의 본질에 이를 수 있는 대상자들보다 술도 더 많이 마셨다."

부정적인 기대의 일반화는 (생명을) 위협할 수 있다. 이런 태도는 문제 해결에 대한 능력 부족과 연관되기 때문이다. 이러한 태도는 문제를 겪고 있는 당사자가 나쁜 결과가 나타나기를 기다린다는 것을 의미한다. 오직 이런 사실 때문에만 예컨대 사고(일상생활에서 부주의로 발생한 사고)나 폭력의 후유증(폭력을 유발하는 희생자 태도로 야기된 폭력의 후유증)에 의해 때 이른 죽음이 나타날 수 있음이 연구 결과 드러났다. 이는 결코 우연이 아니다. 연구자들에 따르면, "잘못된 시간에 잘못된 장소에" 있다는 것이 염세주의적인 삶의 태도의 결과일 수도 있기 때문이다. 터먼 라이프 서클 연구의 초창기 평가(하워드 S. 프리드먼이 1993년 에 발표했다)는 특히 한 가지 속성이 장수에 대한 전망에 큰 영향을 미 친다는 점을 보여주었다. 그 속성은 '기분 좋음(cheerfulness)'으로 쾌 활함, 간단히 말하면 낙관주의를 의미한다.

'낙관주의자가 과연 더 오래 사는가?' 라는 나의 질문에 프리드먼 교수는 이렇게 대답했다.

"아닙니다. 낙관주의자가 더 오래 사는 것은 아닙니다."

이 책에 인용한 그의 연구가 증명하고 있는 것은 실제로는 이것 한 가지다.

그러나 염세주의자는 수명이 비교적 짧다!

차례 *Smile Life*

행복은 허상에 불과하다고 말한다. 그리고 실제로 그렇다!
행복하다고 상상하라. 그러면 행복할 것이다!

—보덴슈테트

가장 좋은 일만 생각하라

만사가 늘 뜻대로 되지 않을 때, 최상의 것을 어떻게 기대할 수 있단 말인가? 물론 당신은 애당초 최악의 것도 가정할 수 있다. 심지어 대개의 경우 결국 당신이 옳았음이 증명될 것이다. 당신의 생각이 맞는 것을 확인하며 이렇게 소리칠지도 모른다.

"거봐, 내가 방금 그렇게 말했잖아!"

재앙을 예상하느냐 희망찬 약속을 기대하느냐에 따라 염세주의자가 되고 낙관주의자가 된다.

다음의 두 가지 질문에 우선 대답하기 바란다.

- 당신의 부정적인 예측이 왜 옳다고 증명되었는가?(이 질문에 대해서는 "무언가가 늘 따라다닌다"라는 대답이 가장 흔하다.)
- 왜 '늘 뭔가가 따라' 다니는 걸까?(이 질문에 대한 가장 흔한 답변은 다음과 같다. "그게 정말 그러네." "인생은 불공평해." "나는 운이 나쁜 사람이야.")

두 번째 항목의 답변부터 살펴보겠다.

"그게 정말 그러네."

이 답변은 대부분 체념적인 표정을 지으며 어깨를 으쓱하는 동작을 수반한다. 이런 대답을 하는 사람은 언젠가는 좋은 일이 있을 거라는 믿음을 포기했다. 때문에 정말 좋은 일이 일어나도 그 일을 계기로 아무것도 시작할 줄 모른다. 뿐만 아니라 혹 나쁜 저의가 숨어 있는 것은 아닌지 알아보기 위해 불신에 찬 표정으로 두리번거린다. 이런 사람의 생각에는 어딘가에 마각과 같은 저의가 있을 게 틀림없기 때문이다. "그게 그래!"라는 대답처럼, 적절치 않게 싸잡아서 내리는 판단도 없을 것이다. 지금 그대로 있는 것은 아무것도 없다. 모든 것은 계속 변한다. 세계도 인생도 우리 자신도 마찬가지다. 그리고 그중 많은 것을 우리 자신이 변화시킬 수 있다. 이 책은 당신에게 그럴 수 있는 길과 아이디어를 제공할 것이다.

"인생은 불공평해!"

당신이 행복한 순간에도 이런 말을 할 수 있을까? 아마 그러지 못할 것이다. 그러나 바로 그 다음에 기이하게 여기며, '내가 이 모든 걸 얻는 게 마땅한가?' 하는 질문을 자신에게 할 것이다. 이것은 물론 특히 불행에 빠졌을 때 던지는 질문이다. 어느 경우든 나올 수 있는 대답은 한 가지다. 즉, 그렇게 되는 게 당연하지 않다는 것이다. 예를 들면 어떻게 '마땅히' 사랑을 받고 사랑을 해도 되는 걸까? 우리는 수수하고 별 볼일 없어 보이는 여자가 외모도 근사하고 너무도 자상한 남자의 마음을 사로잡은 이유를 알고 싶어 안달하는 경우가 얼마나 많은가? 또 어떤 남자든 미모의 여자가 하필이면 볼품없는 안경잡이에게 마음을 주는 이유에 대해 얼마나 많이 궁금해하는가? 이게 어떻게 당연한가? 그것은 오히려 그 사람이 마땅히 받을 수 없는 선물이지 않을까? 우리가 건강하고 자녀들도 어느 정도 자랐다면 그게 당연한 것일까? 그것은 공정한 것인가, 아니면 불공평한 것인가? 인생은 공정하지도 불공평하지도 않다. 삶은 그저 공평하기도 하고 불공평하기도 하다. 그것도 닥치는 대로 말이다. 인생에서 우리가 할 수 있는 것은, 행복에 대한 준비가 되어 있고, 삶이 괴로울 수 있는 기회를 가능한 한 적게 갖는 것이다.

"나는 운이 나쁜 사람이야!"

자신을 불운한 사람으로 결론짓는다면 거의 그렇게 되기 십상이고, 부득이 그렇게 될 것이다. 왜 기왕이면 자신을 행운아라고 생각하지 못할까? 당신은 그림(Grimm) 동화 〈행복한 한스〉를 기억하는가? 이 동화에서 한스는 수년간 일한 품삯으로 주인에게서 금 한 덩어리를 받는다. 적절한 사례 이상의 과분한 품삯이었을 것이다. 그러나 과연 한스는 이 품삯에 만족할까? 전혀 그렇지 않다. 금덩어리는 무겁고, 집으로 가는 길이 힘들었기 때문이다. 그래서 성가신 금덩어리를 말 한 마리와 바꿀 수 있을 때 그저 기쁘기만 했다. 이런 식으로 자신에게 당장 필요해 보이는 것으로 계속 교환했다(이때 한스가 계속 속는다는 것은 이 문제와 연관이 없다). 그리고 결국은 금덩어리보다 훨씬 무거운 맷돌을 갖게된다. 그 다음에 맷돌이 우물에 빠지자 한스는 마음이 자유로워 안도의 숨을 내쉬고, 기쁜 마음으로 어머니에게 돌아간다.

"세상에 나처럼 행복한 인간은 없을 거야!"

그는 불운한 사람일까, 아니면 정말로 '행복한 한스'일까?

이 질문에 쉽게 대답할 수는 없을 것이다. 한스가 성실하게 일한 대가로 금덩어리를 얻었기 때문에, 금은 한스에게 '주어져야 마땅한' 임금이다('마땅하다'라는 표현은 이 경우에 매우 적절하다). 그 다음 이야기를 보면, 한스의 처신은 인간들이 볼 때 상당히 바보 같을 것이다. 눈 깜짝할 사이에 물질적인 상황을 더욱 악화시키고, 결국 금덩어리를 갖는 대신 빈털터리가 되기 때문이다. 그러나 한스는 자유를 얻었고 행복하다고 느낀다. 여기서 이런 의문이 생길 수밖에 없다.

행복해지기 위해서는 바보여야만 하는가?

한스는 이 사실을 잘 모르기 때문에 행복한가?

아니면 오히려 늘 삶에 적응할 줄 아는 처세술에 능한 사람인가?

한스는 오직 물건들을 바꾸었다. 금덩어리가 너무 무거울 때는 말 한 마리와 교환했고, 말이 자기 말을 듣지 않자 암소 한 마리로 바꾸었으며, 계속 이런 식으로 물건을 바꿔나갔다. 그리고 동화의 심오한 지혜에서는 결국 공주를 얻는 사람이 항상 '멍청한 사람'이라는 게 특이하지 않은가?

이제 첫 번째 항목의 질문을 살펴보자.

"무언가가 늘 따라다닌다."

나는 좋은 것보다 나쁜 것을 기다리는 게 훨씬 더 쉬운 이유를 규명하려고 오랫동안 애썼지만 소용이 없었다.

우리는 왜 신뢰(Vertrauen)보다 불신(Miβtrauen)을 품기가 쉬울까? '정당한' 불신이란 없다. 신뢰는 항상 행동이 거꾸로 된 것이나 잘못된 것을 가리키는 부정적인 의미의 전철(miβ—)을 배제한다. 그렇다면 불신은 염세주의적인 기본 태도 때문에 생겨나는 걸까?

여기에 또 하나의 새로운 질문이 더해진다.

한번 뜨거운 난로에 데었다면 앞으로 난로를 대할 때 불신하겠는가?

난로가 차가워도 더 이상 손을 대지 않겠는가?

그리고 난로가 전해주는 온기나 찻물을 데울 수 있는 가능성에 대해 더 이상 기뻐하지 않을 것인가?

확실히 그렇지 않을 것이다. 오히려 다시는 맨손으로 뜨거운 난로를 만지지 않으려고 유의할 것이고, 그 일에 대해 더 이상 깊이 생각하지 않을 것이다. 그리고 다시 한번 부주의해서 손가락에 화상을 입는다면, 난로가 아니라 스스로에 대해 화가 날 것이다.

삶에서 벌어지는 수많은 다른 일들도 이와 같다. 그리고 큰일의 경우에도 사소한 난로의 예에서와 마찬가지다. 그 일들에 내재하는 합법칙성에 주의를 기울이지 않는다면, 불가피하게 손가락에 '화상을 입을 것이다'.

"어떤 일이 늘 잘못될까?"

그렇다. 하지만 대개의 경우 그것은 우리 자신에게 달려 있다. 그리고 그것은 달라질 수 있다. 그러니까 아무 일도 일어나지 않을 거라고 믿으면서 뜨거운 아궁이를 만지는 것은 결코 낙관주의가 아니다. 그것은 바보 같은 짓이고, 그 결과는 전적으로 우리 자신의 몫이 된다. 다시 말해 인생과 운명 또는 그 밖의 다른 어떤 것에 그 책임을 전가할 수 없고, 오직 우리 자신에게만 책임이 있을 뿐이다. 그리고 우리는 자신을 바꿀 수 있다!

다른 예를 하나 더 들어보자. 넓이뛰기 기록이 7미터인 선수가 있다. 시합 예선을 통과하기 위해서는 적어도 10센티미터를 더 멀리 뛰어야 한다. 이 선수가 과연 이런 식으로 말할까?

"어쨌든 성공하지 못할 거야. 어떤 일이든 늘 뜻대로 되지 않았으니까."

이렇게 생각하기보다는 오히려 자신의 기량을 향상시킬 수 있는지를 알기 위해 더 열심히 훈련하지 않을까? 이 선수는 기록을 더 높이기 위해 자신의 컨디션이나 기술이나 영양 섭취 등에 변화를 줄 게 없는지를 깊이 생각할 것이다. 그리고 계속 긍정적인 동기를 유발하려 할 것이다. 당장 포기하는 대신, 자신과 인생에 스포츠맨다운 기회를 줄 것이다. 당신도 자신에게 이런 찬스를 주어라! 당신이 늘 계획하고 있는 것을 할 수 있는 기회를 자신에게 주어라!

당신의 삶에서 '잘 풀렸던' 일을 전부 기억해보라. 일이 잘 풀린 게 항상 당연했을까? 그게 늘 마땅했을까? 그리고 이제 다른 일들을 기억해보자. 먼저 종종 내적으로 의구심을 갖지는 않았는가? 나는 그걸 결코 해내지 못해, 그건 성공하지 못해, 그 일은 뜻대로 잘 풀리지 않을 거야, 이런 식으로 미리 자신에게 말하지는 않았는가? 그랬다면 그것도 마찬가지로 되었을 것이다. 어떤 일이 벌어지기 전에 그 일을 '미리 생각할' 수 있다는 것은 인간의 삶에서 연구가 덜 된 현상이다. 이것을 영어에서는 '스스로의 힘으로 목적을 달성하는 예언(self-fullililing prphecies)'이라고 한다. 불충분하지만 그 뜻을 옮겨보면, 옳다고 판명되는 기대 자세를 의미한다. 애당초 '성공하지 못한다'에서 출발하면, 우리는 의식적이든 무의식적이든 자신의 이러한 태도를 확인할 수 있는 항목들을 계속 모으게 된다. 이런 방식을 통해, 부정적인 가능성이 생겨난다. 이러한 가능성은 점점 더 강화되고, 우리가 점점 더 부정적인 방향으로 나아가도록 영향을 미친다. 우리의 내적 태도는 무의식적으로 우리의 외적 태도나 몸짓이나 활동에 영향을 미친다. 이런 식으로 우리가 부정적인 힘에 둘러싸이면, 우리의 주변도 그 영향을 받는다. 그렇게 되면 주변 세계도 무의식적이긴 하지만 이에 상응하게 부정적으로 반응한다. 우리가 긍정적인 힘으로 둘러싸이면 정반대가 성립된다. 자신감이 주변 사람들에게 전달되는 것이다. 이로써 주변 사람들이나 우리가 목표에 도달하기 위해 일하는 게 보다 쉬워진다. 가령 직장에서 면담할 때든, 사적인 영역에서 가족 싸움이 벌어질 때든 상관없이 말이다.

물론 어떤 일이 매번 뜻대로 풀리지 않을 수 있다. 그러나 사태를 스스로 그렇게 만들 필요가 있을까? 지난번 상트페테르부르크에 있을 때 친구에게서 옛 러시아 성담을 들은 적이 있다. 그 성담은 사건을 미리 생각하는 게 어떤 것인지를 대단히 노골적으로 보여준다(그리고 이 성담은 궁극적으로 앞 장에 소개된 터먼 라이프 서클 연구에서 나온 학문적인 인식들을 선취하고 있다). 그 성담에 따르면, 역병이 크게 돌고 있을 때 한 수도승이 페스트 귀신을 만났다. 수도승은 주변 인간들에 대한 동정심에 가득 차 이렇게 물었다.

"이번에는 몇 명이나 죽일 건가?"

수도승의 질문에 페스트 귀신은 이렇게 답했다.

"5천 명."

그로부터 1년 후 수도승과 페스트 귀신이 다시 만나게 되었는데, 수도승이 페스트 귀신을 비난했다.

"그런데 5만 명이나 죽었어!"

이런 비난의 말을 듣고 페스트 귀신은 고개를 끄덕이며 말했다.

"맞아. 하지만 페스트 때문에 죽은 사람은 딱 5천 명이야. 나머지 사람들은 페스트에 대한 두려움 때문에 죽은 거야."

나폴레옹에 대한 보고들을 보면, 그는 티푸스나 콜레라에 걸린 병사들을 수시로 방문했음에도 전혀 전염되지 않았다고 한다. 나폴레옹은 그 이유를 이렇게 설명했다.

"나는 그냥 전염을 생각하지 않아."

물론 나폴레옹은 병문안을 하고 온 후 위생과 소독의 기본 규칙을 잘 지켰을 수 있다. 나의 어머니처럼 말이다. 어머니는 1950년대 말에 독감이 돌았을 때 수많은 이웃을 간호하고 돌보면서도 감기조차 걸리지 않았다. 어머니는 이렇게 말했다.

"감염은 없어. 게다가 내겐 자그로탄(세균제거제—옮긴이)이 있거든."

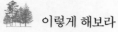 이렇게 해보라

ㅁ 기분 전환 삼아, 어떤 일이 꼭 잘못되는 것은 아니고 무조건 잘될 거라

고 말해보자.(이때 닥치는 대로 주어지는 운명을 생각하자.)

ㅁ 지금 이 순간 가장 바라는 게 무엇인가?

이 소망이 실현될 수 있도록 어떤 준비를 할 수 있는가?

ㅁ 면담이든 운동 기록의 향상이든, 지금 하고 있는 일의 성공적인 결말을

간절히 소망해보자. 그 소망에 맞게 준비되어 있고, 제대로 훈련이 되

어 있으며, 자신 안에 확고한 믿음이 있다면 모든 기회는 당신 편이다.

행복하다고 상상하라

그런데 행복은 대체 무엇일까? 이 문제에 대해서는 우리처럼 아주 '평범한' 인간들과 마찬가지로 철학자들도 수천 년 전부터 골머리를 앓아왔다. 건강이 병의 부재가 아닌 것처럼, 행복도 불행의 부재만은 아니기 때문이다. 행복은 이런 정의보다 훨씬 더 포괄적이다. 너무 포괄적이어서 간단히 만족스런 정의를 내릴 수 없을 정도이다.

독일어에는 행복(Gluck)이란 단어가 하나뿐이다. 그리고 영어가 '행운(luck)'과 '행복(happiness)'을 구분하고 있는 것과 달리, 가령 도박에서 '운이 좋은 것'과 '행복하다'는 것을 구분하지 않는 것처럼 독일어에는 구분이 없다. 이 책의 주제와 연관하여 살펴보면, 운이 좋은 인간이 또한 무조건 행복하지 않다는 것은 흥미로운 일이다. 다른 한편 운이 없는 사람이 전적으로 행복한 사람일 수 있다.

정말로 행복했던 순간들을 한번 기억해보자. 당신의 아이가 때어났을 때인가? 연애에 성공한 순간인가? 자연의 풍경을 바라보았을 때인가? 어떤 순간이든 머리에 떠오를 수 있다. 행복했던 순간에 당신은 무엇을 느꼈고, 어떤 느낌이었는가? 느낌에 대해서도 누구나 다르게 생각할 수 있다. 그러나 아무리 주관적이라 해도 모든 행복 체험(행복 체험은 항상 주관적일 수밖에 없다)에는 한 가지 공통점이 있다. 즉, 자기 자신뿐만 아니라 주변 세계와도 일치되었다는 느낌만큼은 공통적이다.

아무리 행복에 대한 정의가 다양하다 해도, 오늘날 행복이 건강의 중요한 요인이라는 사실만큼은 일치한다. 수많은 학문적인 연구가, 행복한 인간이 자신과 세계의 부조화 속에 살아가는 사람보다 일반적으로 더 건강하고 장수한다는 점을 증명했다. 그렇다면 왜 이런 지식에서 유익한 것을 배워 그냥 행복하면 안 될까?

"그게 그렇게 쉽다면……."

아마 이런 식으로 반문할 것이다. 그러면 불행한 게 실제로 더 쉬울까? 그리고 설사 그렇다 하더라도, 인생을 보다 멋지게 살 만한 가치가 있도록 만들기 위해 약간이라도 노력해볼 만하지 않을까?

날마다 과연 이 하루를 긍정적으로 볼 것인지 부정적으로 볼 것인지는 스스로 결정할 수 있다. 분주한 하루 동안 불쾌한 일들만 있다고 생각한다면, 그 하루를 어떻게 여기든 상관없이 하나도 달라지는 게 없을 것이다. 해야 할 일들도 불쾌한 상태 그대로 있는 것은 물론이다. 그러나 그 일들의 처리가 어려울지 쉬울지는 전적으로 당신에게 달려 있다. 그리고 아침에 일어나기도 전에 아직 착수하지 않은 일에 대한 부담으로 거의 쓰러질 정도가 된다면, 어떻게 그날의 나머지 시간을 보내겠는가? 부딪치기도 전에 거의 넘을 수 없는 산처럼 여겨지는 일이 있으면, 그런 일을 먼저 생각하지 말고 순간순간을 즐겨보자. 멋진 아침식사,

온도가 적당한 샤워, 열린 창가에서 내쉬는 깊은 숨 몇 모금 등을 그대로 만끽하자. 그러면 이 새로운 날을 그냥 기뻐하게 될 것이다. 온갖 의무적인 일 말고도, 그날은 기분 좋은 일도 많이 있을 것이기 때문이다. 그것은 일(특히 불쾌한 일)을 처리한 데서 오는 기쁨일 수 있고, 동료들과의 즐거운 대화나 재미있는 농담일 수도 있고, 일이 끝난 후 산책을 하거나 카페에 들르는 것일 수도 있으며, 저녁에 흥미진진한 책을 읽거나 영화를 보는 것일 수도 있다. 방법이 너무 간단해서 효과가 없을 것처럼 보일 것이다. 그럼에도 이런 방법은 정말 효과가 있다! 이것이야말로 최대의 효과를 얻을 수 있는 가장 간단한 방법이다.

"······라면, 좋아."

이처럼 조건이 붙는 말은 오히려 삶을 어렵게 만든다. 또한 삶이 보다 쉬워지도록 노력할 마음도 먹지 못하게 한다.

"내게 이것 또는 저것이 있다면, 이것 또는 저것이 다르다면······ 좋아요."

이런 조건이 채워진다면 보다 행복할 자신이 있는가? 이 문장을 보니, 계속 불만에 찬 어린 소년에 대한 옛날 동요가 생각난다.

"가련한 한제만은 자기가 할 수 없는 것을 전부 하고 싶어해. 엄마가 이것을 말하면 한제만은 저것을 하고 싶어해. 놀이도 재미가 없어. 한제만은 원하는 것을 갖지 못해. 그리고 자기가 갖고 있는 것은 한제만이 원치 않아."

주어진 상황에서 간단히 시작하여 최상의 것을 만들어내지 못하는 이유가 뭘까? "······라면, 좋아"라는 문장을 채우느라 별도로 더 걱정할 수도 있다. 이 조건문의 내용을 다 채우면 과연 정말로 더 행복할지가 드러날 것이다. 결국 행복은 늘 우리 안에 있다. 다른 그 어디에도 행복이 있는 게 아니다. 19세기에 인기가 많았던 작가 보덴슈테트(Friedrich Martin von Bodenstedt, 독일의 작가·번역가·비평가—옮긴이)는 다음과 같은 짧은 시를 지었다.

> 행복은 허상에 불과하다고 말한다.
> 그리고 실제로 그렇다!
> 행복하다고 상상하라.
> 그러면 행복할 것이다!

 이렇게 해보라

ㅁ 우울한 아침을 흘려보내라! 이것은 우울해지는 성향이 강하고 안간힘을 써야만 새 날을 시작할 수 있는 사람에게 특히 중요하다. 지금 이 순간에 한 가지 일만 하고 다른 것은 생각하지 마라. 그 다음의 할 일에 대해 미리 생각하지 말고, 앞에 놓여 있는 하루 전체에 대해서도 마찬가지로 미리 걱정하지 마라. 잠자리에서 일어나고, 이를 닦고 씻는 것 등 매 순간 착수하는 것에 정신을 집중하라.

ㅁ 어떤 기분으로 생활하고 싶은지 결정하라! 커피를 쏟고 버스를 놓치고 연필을 부러뜨렸는가? 더 이상 달라질 수 없는 일을 두고 화를 내고 싶

은가? 그렇게 하면 보다 긍정적으로 활용할 수 있는 에너지만 낭비하는 게 된다.

□ 지구력을 훈련하라! 앞의 항목 두 가지의 연습이 너무 간단하고 진부해 보일지라도, 실행하는 게 생각보다는 어려울 것이다. 따라서 가능한 한 자주 반복해야 한다! 조깅을 처음 시작하는 어느 누구도 처음부터 30분씩 달리지는 못할 것이다. 서서히 쌓인 지구력 훈련을 통해서만 30분이나 그 이상 조깅을 할 수 있게 될 것이다. 긍정적인 기본 태도의 습득도 이와 같을 것이다!

자신부터 달라져라

인생과 세상에는 우리가 할 수만 있다면 바꿀 수 있는 일들이 많다. 전쟁, 기근, 세상의 온갖 고통, 정치적·경제적 어려움 속에서 한 개인이 무엇을 실현할 수 있을까? 아무것도 할 수 없다고 여길 경우, 가장 비관적인 염세주의에 빠질 수 있다. 또한 직장과 가정에서도 상황이 좋아질 가능성이 전혀 없어 보일 때가 종종 있다. 정말로 바꿀 수 없다……고 생각되기 때문이다. 그러나 천만의 말씀이다! 당신 스스로 달라질 수 있다! 결정적으로 중요한 것을 실현할 수 있는 뭔가가 정말 세상에 있다면, 그것은 다름 아닌 당신 자신이다.

이런 주장에 대해 여러 가지 이의 제기가 있을 수 있다. 그중 하나를 보면 이렇다.

"내가 달라져보았자 무슨 소용 있겠어. 내가 아무리 달라져도 상황은 조금도 바뀌질 않는데."

이 말이 바로 자신의 경우라고 느낀 경험들이 있을 것이다. 당신이 성급하고 화가 나 있느냐 아니면 친절하고 침착하냐에 따라, 주변 사람들이 당신에 대해 다르게 반응하는 것을 알아채지 않았는가? 당신의 경솔한 말 한마디가 대립적인 상황을 더욱더 날카롭게 만드는 반면, 친절한 동작 하나가 사태의 심각함을 완화시킨 적이 있지 않은가? 당신의 행동은 당신이 하는 방식대로 어떻게든 다시 당신에게 돌아오게 마련이다! 따라서 상황 전체를 조금이나마 변화시키기 위해 자신의 태도를 적절히 바꾸는 것은 당신에게 달려 있다. 자신의 태도를 바꾼다고 해서 세상 전체가 확 바뀌는 것은 아니지만, 자신이나 다른 사람들에게 좀 더 아름답고 평화로운 세상이 되도록 기여할 수 있다. 이 과정에서 당신이 다른 사람들에게 하나의 본보기가 될 수 있음도 잊지 말자. 이로써 자신의 변화뿐만 아니라 다른 사람들에게도 긍정적인 영향을 미치는 이중 효과가 생긴다. 사도 바오로도 이와 연관되는 말을 했다.

"세상을 바꾸고자 한다면 우선 자신부터 달라져라."

또 이렇게 말할 수도 있다.

"내가 달라진다면 나는 더 이상 내가 아니다."

당신이 보다 좋은 쪽으로 달라지는데도 더 이상 당신 자신이 아니어야 할 이유가 있을까? 이로써 당신의 마음속에 자리잡았지만 아직 드러나지 않은 이상적인 모습에 훨씬 더 가까이 다가가는 게 아닌가? 우리는 다른 사람을 그 사람의 모습대로가 아니라 우리가 갖고 있는 상에 맞추어 바꾸려 한다. 그러나 그렇게 된다면 그 사람은 더 이상 그 사람이 아니다. 다른 사람들을 변화시키려고 하는 게 잘못인 것처럼, 현재의 우리 모습에 마냥 머무는 것도 옳지 않다. 세상에 있는 모든 것과 마찬가지로, 각각의 개별적인 인간도 계속 형성되어가는 도중에 있다. 그러니까 계속 발전하면서 보다 풍성하고 충만한 삶을 향해 나아가고 있는 것이다. 브레히트(Bertold Brecht, 독일의 시인·극작가—옮긴이)는 〈코이너 씨 이야기〉에서 다음과 같은 의미심장한 일화를 이야기한다.

K씨를 오랜만에 본 남자가 이런 말로 인사했다.
"어쩜 하나도 달라지지 않았네요."
"아, 그런가요!"
K씨는 이렇게 말하고 얼굴이 창백해졌다.

"나는 더 이상 달라질 수 없어."
이 또한 무척 흔하게 듣는 항변이다.
평생 쌓여온 생각이나 습관을 버린다는 게 간단치 않은 것은 물론이다. 그러나 이런 생각이나 습관이 보다 행복한 삶에 방해가 된다면, 변화의 수고를 할 만한 가치가 있다고 보아야 할 것이다! 시간이 없다고? 잘못된 것을 할 시간이 있다면, 옳다고 깨달은 것을 행할 시간도 확실히 있을 것이다! 변화할 때 정말 고생스런 것은, 이미 마음속에서 벌어지는 과정이다. 인식 전환에 꼭 필요한 것은 시간보다 노력이다. 일단 익숙해진 생각이나 행동의 습관에 내재한 관성을 극복하는 것이야말로 대단히 중요하다. 따라서 여기에서도 앞 장에 기술된 것처럼, 지구력 훈련은 반드시 필요하다. 지금 이 순간 한 가지 일만 손을 대고, 과중한 부담을 느끼지 마라. 너무 나이를 먹어서 변화할 수 없는가? 나이를 먹는다는 점에서, 훈련을 새로 시작한다는 것은 중요하다. 유연하면서도 젊게 행동하기 위해서 말이다! 구태의연한 습관이 오래될수록 관성이 더 중요해진다는 사실을 인정하자. 그러나 여기에서도 지구력은 곧 수지 맞는 중요한 요소이다! 뿐만 아니라 어떤 인간도 언제가 되든 '완성된' 상태가 아니다. 나치 시대에 만든 영화로 논란이 많았던 감독 리펜슈탈(Leni Riefenstahl, 독일의 영화감독·배우—옮긴이)은 일흔 살이 넘어서 잠수를 배웠다. 아름다운 수중 영화 몇 편을 찍기 위해서였다. 우주비행사 글렌(John Glenn)은 1962년에 우주선을 타고 지구를 한 바퀴 돈 최초의 미국인이다. 1998년에는 소형 유인 우주선을 타고 우주로 소풍을 나갔다. 그때의 나이가 일흔일곱이었다! 이러한 업적은 그에 따르는 훈련 없이는 불가능하다.

또 이런 식의 핑계를 댈 수도 있다.

"바꾸고는 싶지만, 어디서 어떻게 시작해야 할지를 모르겠어!"

그냥 어디서건 시작하라. 한 가지 사안만 착수하고, 그것을 천천히 추구하라. 성격을 단번에 완전히 바꾸려 한다는 것은 의미가 없다. 오히려 그것 때문에 과중한 부담을 느끼고, 결국 예전보다 더 실망하게 된다. 당신에게 필요한 것은 성공의 체험이다. 당신의 방법이 옳다는 걸 확신하고 당신을 더 강하게 해줄 체험 말이다. 하나의 사안이 극복된다면, 다음 걸음은 훨씬 더 쉬울 것이다.

그러니까 어디서건 시작하라. 시작하는 게 중요하다. 당신은 동료들에게 환영받지 못한다고 느낄 수 있다. 그렇다면 그 이유를 알아내려고 노력하라! 당신은 전혀 의식하지 못하지만, 종종 아는 체를 잘하거나 독선적으로 처신할 수 있다. 또는 계속 주인공 역할을 하려고 할지 모른다. 혹은 늘 똑같은 이야기를 함으로써 동료들을 지루하게 만들 수 있다. 어쩌면 입냄새가 날지도 모른다. 자기 스스로 자신에 대한 분석을 계속하기 어렵다면, 친구(또는 직장 동료)에게 당신에 대해 어떻게 생각하는지 솔직한 의견을 물어보아라. 그리고 친구가 당신에 대해 어떻게 생각하는가에 관해 추측하지 마라. 변화하려고 애쓰지 않는 것보다는 어쨌든 긍정적인 생각일 테니 말이다!

 이렇게 해보라

ㅁ 자신의 모습에서 바꾸고 싶은 것을 몇 개 적는다.(예컨대 조급함, 분망함, 너무 큰 소리로 말하기, 신경과민 등)

ㅁ 이렇게 적은 것들 중 하나를 선택하여 날마다 의식적으로 훈련한다. 좀 더 인내하고 목소리를 낮추려고 애쓴다.

ㅁ 당신의 달라진 행동에 대한 주변 사람들의 반응을 관찰한다.

나쁜 습관을 버리고 좋은 습관을 익혀라

자신을 변화시킨다는 것이 얼마나 중요한지에 대해선 방금 이야기하지 않았는가? 그렇다면 익숙해지고 굳어진 태도인 습관은 어쩌란 말인가? 습관도 바꾸자! 이번 장에서 다루려는 것이 바로 이것이다. 나쁜 습관을 버리고 좋은 습관을 익히자!

습관은 삶에 구조와 안정을 준다. 이 두 가지는 건강하고 행복한 삶을 지탱하는 중요한 요소이다. 아무 생각 없이 날마다 순전히 습관적으로 하고 있는 일이 얼마나 많은지 한번 깊이 생각해보자. 양치질, 순서에 따라 옷 입기, 집을 나서기 전에 거울 보기, 문 닫기, 신문 집어들기 등은 물론이고, 전화하는 도중에 또는 식사 후에 담배 피우기나 중간중간 초콜릿 먹기도 습관에 해당된다. 이 모든 일은 거의 자동적으로 이루어진다. 휴가 중이거나 병상에 있을 때는 하루의 일과가 달라지기 때문에 문득 이렇게 '자동적으로 이루어지는 일'을 깨닫곤 한다. 예를 들면 휴가 중에 식탁에 조간 신문이 놓여 있지 않다거나 병에 걸려 금연 경고를 받았을 때 확실히 허전함을 느끼기 때문이다.

그러나 습관 덕분에 시간과 힘을 많이 절약할 수도 있다. 매일 아침마다 그날 하루를 어떤 순서로 맞을지를 깊이 생각해야 한다고 상상해보자! 또 사무실에서의 일과가 어떻게 진행되어야 하며, 집안일은 어느 것부터 시작해야 하는지를 날마다 신경 써야 한다고 생각해보자. 늘 반복되는 일의 경우, 대부분 시간과 방법을 절약하는 고정된 순서를 비교적 엄격히 따른다. 이런 식으로, 반복적인 일로는 해결할 수 없는 중요한 일을 위해 머리를 비워둔다.

따라서 습관은 전반적으로 긍정적인 것일 수 있다. 그럼에도 습관을 비판적으로 볼 수 있어야 한다. 좋은 습관조차 사람을 종속적으로, 그러니까 자유롭지 못하게 만들 수 있기 때문이다.

"나는 늘 그렇게 했어(그리고 그것에 만족했어)."

이런 말은 흔히 편안함을 몸에 배게 하여 변화를 어렵게 만든다. 따라서 사소한 일일지라도 예전과는 다른 방식으로 행할 필요가 있다. 순전히 자신이 얼마나 유연하고 변화 가능한지를 알아내기 위해서 말이다. 때로 번거로운 일이 생겨, 좋아하고 자주 행하는 일을 못하게 되는 경우가 있다. 이럴 때는 혼란과 불쾌감이 생겨 제대로 행동하지 못하는 사태까지 벌어질 수 있다!

하루의 일과를 잘 생각해보면 자신에게 맞지 않는 습관이 많음을 알게 될 것이다. 그것은 집에 들어서자마자 텔레비전의 리모컨을 자동적으로 켜거나, 습관적으로 초콜릿을 잡는 것일 수 있다. 이런 것들과는 달리, 습관으로 삼고 싶은 일들도 많을 것이다. 가령 매일 하는 산책과 운동, 과일과 채소의 규칙적인 섭취 등은 기꺼이 습관을 들이고 싶은 것이다. 그러나 여기에서도 모든 변화를 어렵게 만드는 관성이 다시 작용한다.

'좋은' 태도보다 '나쁜' 태도에 익숙해지는 게 정말 훨씬 쉽다는 것은 참으로 특이하다. 흡연을 중단하는 것보다 담배 피우기를 시작하는 게 쉽고, 텔레비전 역시 끄는 것보다 켜는 게 쉽다. 그런데 나쁜 습관을 갖는 게 가능하다면, 좋은 습관이 그렇게 되지 말라는 이유가 있을까? 좋은 습관을 들이는 데는 더 많은 의지가 요구되지만, 그 결과 또한 그만큼 더 만족스럽다. 뿐만 아니라 우리가 계획한 것을 성취할 수 있음을 알게 되고, 이러한 성공 체험은 그 다음 도전 항목의 극복을 점점 더 쉽게 해준다.

여기에서도 한번에 과도하게 시도하여 처음부터 실패를 맛봄으로써 낙심하지 않는 것이 중요하다. 사소한 일부터 시작해 습관이 될 때까지 훈련하라. 매일매일의 산책이 한 예가 될 수 있다. 이를 위해 가령 점심 시간이나 저녁식사 후처럼 당신에게 가장 알맞은 시간대를 찾아라. 처음에는 비 오는 궂은 날씨에도 해야만 한다는 부담을 가질 것이다. 그럼에도 불구하고 하라! 산책을 마치고 돌아올 때 기분이 얼마나 상쾌하고 온몸의 긴장이 풀리며, 또 자신에 대해 얼마나 만족하는지를 생각해 보라. 규칙적으로 한다는 점을 명심하라. 그렇게 해야만 습관이 몸에 배고, '자동적'으로 나오는 행동이 되기 때문이다. 그리고 습관을 들이는 도중에 있다면, 산책을 성가신 의무처럼 해치우지 말고 매 순간을 즐겨라. 주변 경치와 당신의 움직임, 햇빛과 바람 또는 비가 당신의 살갗에 닿는 느낌을 만끽하라.

그다지 좋지 않은 습관을 다른 습관으로 대체할 수 있는 가능성은 많다. 가령 당근이나 사과는 초콜릿만큼 맛있고, 간식시간에 초콜릿 대신 이런 야채나 과일에 손이 가는 것도 마찬가지로 자동적으로 이루어질 수 있다. 또한 단것을 습관적으로 먹지 않게 된다면, 어쩌다 맛보는 단것이 훨씬 더 맛있을 수 있다. 습관을 바꾸면 자유가 많이 생긴다. 변화는 종속을 방지하고, 우리를 자율적인 인간으로 만들어주기 때문이다. 새로 익히는 일들이 처음에는 비록 사소한 것일지라도, 이것을 통해 우리의 의지를 훈련하게 된다. 근육도 계속적인 훈련을 통해서만 강화되고, 규칙적으로 쓰지 않으면 늘어진다. 우리의 정신적·정서적 능력도 이와 마찬가지다.

좋은 습관 들이는 연습을 운동처럼 여겨라. 지구력은 성공에 이르는 지름길이다. 그리고 좋은 습관에의 성공은 운동뿐만 아니라 일상생활에서도 성공을 안겨준다.

 이렇게 해보라

▫ 바꾸고 싶은 일상의 습관 몇 가지를 기록한다.

▫ 그중 한 가지 습관을 변화의 출발점으로 택하여 규칙적으로 연습한다.
　혹 실패하더라도 낙심하지 말고 다시 새로 시작한다.

▫ 새로운 습관이 하루 일과에 자리잡으면 새로운 도전을 시도한다.

소망을 갖고 한 걸음씩 나아가라

때때로 바라는 것 없이 행복할 때가 있다. 자기 자신이나 주변 세계와 완전히 조화롭게 살고 있는 순간들이 그렇다. 하지만 그것은 늘 순간에 불과하며, 몇 시간이나 며칠 지속되기가 어렵다. 그런 순간이 지나면 바라는 것들이 꿈틀거린다. 대개는 일시적인 소망이지만, 점점 더 간절해지는 바람도 있다. 바라는 것 중에는 채워지지 않는 게 많고, 나중에(종종 아주 늦게) 그것도 그 나름대로 좋았다는 것을 깨닫게 된다. 어떤 소망들은 현실이 되는데, 바라는 바의 성취를 다른 식으로 생각했기 때문에 실망하기도 한다.

소망은 원칙상 대부분 이루어질 수 있다. 그러나 예외가 있는 것은 확실하다. 아무리 간절히 원한다 해도 이루지 못한 사랑을 되돌릴 수 없고, 또 절단된 다리가 자라날 수는 없다. 그러나 이런 소망을 제외한 거의 모든 것은, 확고하게 믿고 힘을 쏟는다면 이루어질 수 있다. 이러한 가능성에는 물론 커다란 위험이 도사리고 있다. 그래서 우리는 우리 안에 잠자고 있는 잠재력을 경솔하게 다루어서는 안 된다.

사람들은 잘못된 소망을 얼마나 쉽게 갖는가! 이러한 위험이 그림 동화 〈가난한 자와 부자〉에 선명하게 묘사되어 있다. 농부는 세 가지 소원을 이룰 수 있었다. 그런데 맨 처음 화가 나서, 자기의 고집센 말의 목이 부러지기를 소망한다. 그러자 농부의 소원대로 된다. 그래서 말을 잃은 그는 안장을 질질 끌며 집으로 가야만 할 처지에 놓인다. 이때 그는 아내가 지금 얼마나 편안하게 있을지를 생각하고, 아내가 집에서 안장에 앉아 내려올 수 없기를 경솔하게 바란다. 결국 그는 안장에 꼼짝없이 갇힌 아내를 불편한 상태에서 벗어나게 해달라는 데 마지막 남은 소원을 써야 했다.

　　따라서 올바른 소원 갖기를 익히는 것은 중요하다. 모든 소망을 이루는 데는 언젠가 대가가 따르게 마련이기 때문이다. 소망의 성취에 필연적으로 따를 수밖에 없는 대가 말이다. 이러한 필연적인 귀결에 대해 처음부터 끝까지 다 파악할 수 없음은 물론이다. 하지만 자신이 원하는 것이 과연 정말 원하는 것인지에 대해, 그 모든 결과들과 함께 미리 생각해야 한다. 애완견은 삶의 동반자처럼 외로움을 몰아내고 삶에 보다 큰 재미를 느끼게 해줄 수 있다. 그러나 애완견은 추가 비용을 요구하고 규칙적인 운동을 필요로 하며, 휴가 때 움직일 자유를 제한하기도 한다. 일자리를 바꾸는 것은 보다 많은 돈과 명성, 보다 만족스러운 직책 등을 의미할 수 있다. 그러나 여가나 가족을 위한 시간이 상대적으로 줄어들 수 있고, 또 이사를 해야 하고 무척 소중해진 사회적 관계들을 이사 때문에 잃게 될 수도 있다. 따라서 소망의 성취를 위해 나서기 전에는 그 반대급부에 대해서도 고려해야 한다.

그렇다고 '어리석은 것'을 소망하고 실현해선 안 된다는 말이 아니다. 만사가 소망의 성취와는 딴판으로 진행되는 경우도 있다. 그래도 누구나 한번은 소망의 성취를 간절히 원한다. 일단 소망의 성취를 간절히 원한 다음에는 주저하지 말고 꿈의 실현을 위해 애써야 한다. 단순히 휴식을 취하기 위해서든, 정말 보람이 없었다는 것을 발견하기 위해서든, 대단히 '어리석은' 소망의 실현이 우리가 생각했던 그대로라는 (어쩌면 더 낫다는) 점을 확인하기 위해서든 상관없다. 직접 시험해보지 않는다면 결코 그것을 알지 못할 것이다!

나는 몇 년 전에 남편의 도움으로 그런 놀랄 만한 소망을 성취한 적이 있다. 나의 가장 큰 꿈은 그 당시 농장을 갖는 것이었다. 그 소망을 이루는 데 있어 최대 난관은 수중에 한 푼도 없었다는 점이다. 남편은 다시 바다로 나가겠다는 결정을 내렸다. 선장이었던 남편은 육지에서 할 수 있는 그 어떤 직업보다 바다에서 더 많은 돈을 벌 수 있었다. 그런데 정작 꿈이 현실이 되어 대단히 아름다운 농장을 갖게 되었을 때 나는 너무 기뻤지만, 다른 한편으론 무척 슬펐다. 내가 돼지 사육을 잘 했음에도 불구하고 경상비가 너무 많이 들어, 남편이 부득이 다시 바다 생활을 통해 부족한 비용을 메워야 했기 때문이다. 나는 원하던 농장을 가졌지만, 유감스럽게도 남편과는 떨어져 살아갈 수밖에 없었다. 궁극적으로는 가정생활이 훨씬 중요했기 때문에 결국 농장을 포기했을 때, 마음이 무거웠다. 하지만 몇 년간 우리가 했던 모든 경험에 대해서는 감사한 마음을 가질 수 있었다. 가장 의미 있는 수확은, 처음에는 거의 이루어질 수 없을 것처럼 보였던 소망일지라도 현실이 될 수 있음을 직접 경험한 것이었다.

소망에는 여러 가지가 있다.

1. 물질에 대한 소망

물건들은 돈으로 살 수 있으므로, 여전히 가장 쉽게 얻을 수 있는 것이다. 옷, 보석, 가구, 예술품, 집 등이 여기 해당된다. 많은 물건들의 경우, 우리는 이 물건들만 소유하면 자동적으로 더 행복해질 거라는 광고에 현혹된다. 예를 들어 보다 젊게 해준다는 화장품, 새로 나온 세제, 특정 커피 등을 향유하면 보다 더 행복해질 거라고 착각하는 것이다. 광고가 내세우는 이러한 약속들은 물론 심하게 과장된 것이다. 하지만 새 옷, 새 가구가 우리에게 삶에 대한 긍정적인 느낌을 좀 더 오래가게 해줄 수는 있다. 이런 물건들에서 우리가 매번 기쁨을 느끼기 때문이다. 이런 경우엔 비록 물건들에만 해당될지라도 이런 소망은 반드시 성취되어야 한다. 그 물건들을 마련하는 데 필요한 돈을 어떻게 장만할 수 있을지 메모하라. 절약, 비용이 많이 드는 습관(담배, 외식 등) 포기, 부업, 더는 필요치 않거나 남아도는 물건의 판매……. 생각해보면 여러 가지 아이디어가 떠오를 것이다. 소망을 이루고 싶은 마음이 간절하다면, 이러한 일들을 기꺼이 감수할 것이다. 그토록 원하던 물건을 가졌을 때 얼마나 멋질지 늘 생각해라! 당신에겐 늘 감상할 수 있는 물건의 모조품이 있을지 모른다. 그렇다면 진품에 대한 기대에 찬 즐거움을 배로 향유할 수 있을 것이다.

2. 성공에 대한 소망

보다 나은 직업을 갖고 싶지 않은 사람이 있겠는가? 자신의 운동 기록을 깨고 싶지 않은 선수가 어디 있겠는가? 외국어를 완벽하게 구사하고, 춤을 잘 추고, 피아노를 멋지게 연주하거나 활 잘 쏘는 법을 배우고 싶지 않은 사람이 과연 있겠는가? 당신도 어떤 분야에서 성공하고 싶다는 생각이 틀림없이 있을 것이다. 실례지만, 이런 질문을 해야겠다.

그렇다면 당신은 왜 그렇게 하지 못하는가?

당신의 가능성을 모두 이용하고 계속 발전하지 못하도록 방해하는 게 무엇인가?

누구에게나 엄청난 잠재력이 숨어 있다. 그 잠재력을 일깨워 활동하게 만드는 것만이 중요할 뿐이다. 강한 욕구를 통해서 말이다. 그렇게 되면 자신의 잠재력을 개발할 시간과 에너지도 생기게 마련이고, 갑자기 너무 지치거나 활기를 잃지도 않는다.

"이 나이에 아직 뭔가를 배워야 한단 말인가?"

이런 질문은 가능한 한 빨리 자신의 생각에서 지워버려야 한다.

나의 어머니는 늘 이렇게 말하곤 했다.

"인간은 아주 늙을 때까지 배우고, 늘 새로운 것을 경험한다."

어머니는 그사이 여든두 살이 되었다. 나 자신의 경험을 통해서도 이 말을 확인할 수 있다. 수영과 악보 읽기를 나는 30대 중반에 처음 배웠다. 그리고 다시 대학에서 공부하기 시작했을 때는 40대 초반이었다. 그곳에서도 내가 최고 연장자는 아니었다. 함께 열심히 공부했던 정년 퇴직자들이 있었다. 최고 성적을 받은 것도 그들이었다. 남편은 건강상의 이유 때문에 더 이상 바다에 나갈 수 없게 되자, 나이 오십이 넘어 목수 일을 배우더니 내친김에 컴퓨터 교육까지 받았다.

60대 중반에 회사에서 퇴직한 친구 하나는 오랫동안 마음에 품어왔던 소망을 이루었다. 도자기 공장을 차린 것이다. 그곳에서 만든 그릇과 화병은 그 친구가 개발한 도기 굽는 기술 덕분에 금세 인기 있는 품목이 되었다. 중병 때문에 여러 번 고생했음에도 불구하고 그 친구는 거의 아흔 살에 죽을 때까지 공장에서 일했다.

본보기가 되는 이러한 사람들은 자신의 일을 계속할 수 있었다. 하지만 얼마 되지 않는 이러한 예들만으로도, 누구나 소망을 갖고 그 소망을 성취하기에 너무 늙지 않았음을 알 수 있다.

성공에 대한 소망의 경우에도, 그 소망이 몹시 간절해야 하다는 것은 중요하다. 그리고 우리가 추구하는 목표에 도달했을 때 어떨지를 늘 상상하는 것도 마찬가지로 중요하다. 외국에서 휴가를 보낼 때 그 나라의 말로 의사 소통을 할 수 있다면 얼마나 멋질지 생각해보라. 그게 아니면 능력이 뛰어난 덕분에 더 나은 일자리를 구할 수 있다고 상상해보라. 또는 피아노를 잘 치고 최단 시간에 달릴 수 있다거나, 그림을 잘 그릴 수 있다는 생각을 떠올려보라.

성공에 대한 소망이 실현될 때, 이러한 길이 어떻게 늘 목표에 이르게 되는지를 보는 것은 흥미롭다. 배우고 솜씨를 익히는 것은 그 자체만으로도 대단히 만족스러운 일이다. 애써서 노력하는 것이 점점 부담으로 느껴지지 않고, 갈수록 기쁨을 더 많이 느끼기 때문이다.

3. 건강에 대한 소망

"건강이 전부는 아니지만, 건강이 없으면 만사가 헛되다."

쇼펜하우어의 말이다. 살면서 질병에 따라오는 제약으로 한번이라도 고통을 겪어보지 않은 사람은 아마 없을 것이다. 건강에 신경을 쓰고 살아가는 사람들도 이런 제약에 끄떡없지는 않을 것이다. 당장 병이 나지는 않더라도 사고 때문에 이와 비슷한 상황을 겪을 수 있다. 그런데 과연 '건강을 소망할' 수 있는 걸까? 물론이다. 어느 정도까지는 그럴 수 있다. 의학적인 관점에서 진작 포기했던 환자가 대개의 경우 강한 삶의 의지로 중병을 이겨낼 때 의사들은 기적을 말하는데, 그것은 괜한 말이 아니다. 이럴 때는 실제로 '건강에 대한 소망'에 대해 말할 수 있다. 그 가능성들을 일별해보자.

두통, 요통, 메스꺼움, 복통 등 때문에 몸의 컨디션이 나빠 일상을 망칠 때가 종종 있다. 원인을 찾고 여러 가지 치료 방법을 써보는 것은 당연하다. 그러나 이뿐만 아니라 다시 건강하고 싶다는 간절한 소망도 결정적으로 중요하다. 이때 자발성 훈련은 도움이 된다. 실제로 해봄으로써 긴장을 완화시켜주는 게 자발성 훈련의 전부는 아니다. 이것은 긴장 이완 기술의 습득은 물론이고, 게다가 소망 성취에 대한 시각적 비전(비유적인 표상)을 가질 수 있으므로 치유에도 상당한 도움이 된다.

또, 급성이든 만성이든 중병에 걸렸을 때에도 이런 방법을 택해야 한다. 소망에 대한 생각과 그런 생각의 힘은 건강을 위한 투쟁에서 강한 무기가 된다! 나는 '병에 맞서는 투쟁'이 아니라 '건강을 위한 투쟁'이라고 말하는데, 이런 표현은 의도적이다. 뭔가를 위해 투쟁하는 것이 뭔가에 맞서기 위해 투쟁하는 것보다 훨씬 동기 부여가 잘되기 때문이다. 그리고 건강이 좋아졌으면 좋겠다는 소망은 건강이 나빠질 거라는 생각보다 치료에 더 도움이 된다. 무조건 기적을 기대해서는 안 되겠지만 말이다. 염세주의적인 태도 때문에 병이 생길 가능성이 있는 것과 마찬가지로, 낙관주의적인 생각은 치유의 가능성을 지닌다. 따라서 자기 연민에서 벗어나는 것도 중요하다. 자기 연민은 아무 도움도 되지 못하고, 오히려 병이 생길 가능성만 강화시켜준다.

이것은 몸을 절단해야 하는 경우처럼, 치유할 수 없는 병에 걸렸을 때도 적용된다. 의사도 더 이상 당신을 도울 수 없는 상황이라면, 오직 당신만 자신을 도울 수 있다. 병을 받아들이고 그 병에 적응하며 가능한 한 많은 기쁨을 당신의 현존재에서 얻어낼 것인가? 아니면 운명을 원망하고 그렇지 않아도 고달픈 삶을 더욱 힘들게 만들 것인가? 이는 전적으로 당신에게 달려 있다. 이런 혹독한 운명의 고통을 당한 사람들은 종종 이런 물음을 제기한다.

"왜 하필 나인가?"

건강이 최상일 때 이런 질문이 거의 제기되지 않는다는 것은 의미심장하다.

4. 삶에 대한 소망

나는 이것으로 어쩌면 가장 중요하고 또 그 성취가 전적으로 우리 자신에게 달려 있는 소망을 말하고 싶다. 내적 만족, 침착함, 명랑한 마음, 삶에 대한 신뢰는 건강보다, 특히 성공이나 재산보다 훨씬 가치 있다. 이런 요소들을 갖고 있는 사람은 낙천적인 태도 덕분에 자신에게 매우 중요하게 여겨지는 다른 소망도 모두 성취할 수 있을 것이다. 이 장의 서두에 언급한 그림 동화는 이 동화의 2부 이야기이다. 1부에는 다른 농부에 대한 이야기가 언급된다. 이 농부는 다음과 같은 소망을 갖는다.

"영원한 행복 말고 내가 무엇을 바라야 한단 말인가? 그리고 우리 두 사람, 아내와 내가 살아가는 동안 건강하고 꼭 필요한 일용할 음식을 갖는 것 말고 더 이상 뭘 바라겠는가?"

세 번째 소원은 그의 머리에 떠오르지 않았다.

당신이 늘 무엇을 원하든, 기왕이면 원대한 포부를 지녀라. 그러면 그 목표를 향해 한 걸음씩 나아갈 것이다.

당신이 무엇을 원하든, '만족의 요인'은 항상 중요하다. 뭔가를 소유하거나 달성하는 것만으로는 충분치 않다. 그것 역시 당신을 행복하고 만족스럽게 만들어줄 수 있어야 한다.

당신이 무엇을 원하든, 하나의 소망을 이루면 또 다른 욕심이 생긴다는 격언 따위에는 괘념치 마라. 설령 이 격언이 예전에 부정적으로 보였다고 해도 말이다. 소망을 통해서만 우리는 물질적인 것이든 직업적인 것이든 건강에 관한 것이든 계속 나아갈 수 있으며, 또 인간으로서도 발전할 수 있다.

이렇게 해보라

▫ 가장 간절히 원하는 소망들을 적어라.

▫ 그중 하나를 선택하여, 그 소망을 실현할 수 있는 가능성과 아이디어를 적
  어라.

▫ 그 목표를 향해 한 걸음씩 나아가라.

▫ 포기하지 마라! 소망이 이루어지기까지는 시간이 걸릴 때가 많다. 당신이
  목표를 달성할지는 끈기와 지구력에 달렸다.

자기 자신에 대한 믿음을 가져라

이런 의문을 갖는 사람들이 많다.

우리가 오늘날 누구를, 또 무엇을 믿을 수 있겠는가?

누구나 자신만 생각하고 자기에게 유리한 것만 떠올린다. 목표를 달성하기 위해 계산 없이 끼어들지는 않는다. 음모〔'마빙(mobbing, 다른 사람과 싸우려고 집단으로 떼지어 다니는 것을 말함—옮긴이)'은 학교에서 이미 민감한 개념이 되었다〕, 중상, 협박 등의 단어는 그사이 수많은 사람들의 레퍼터리가 되었다. 정치인들은 국민의 신임을 잃는 것 때문에 점점 더 괴로워하고 있다. 그것은 그들이 더 이상 믿을 만하지 못하기 때문이다. 또한 노동시장, 환경 오염, 세계 평화에 대한 전망이 불투명하기 때문이기도 하다. 내가 강력히 주장하는 바이지만, 신뢰야말로 낙관주의적인 삶의 태도를 구성하는 중요한 요소이다. 그렇다면 그런 신뢰는 어디에서 나와야 한단 말인가?

이 점에 대해 이런 반문이 나올 수 있다.

신뢰와 불신 중 어느 것이 우리의 삶을 보다 풍요롭게 만들어주는가? '건전한' 불신(Miβtrauen)은 때로는 꼭 필요하다고 이야기하는데, 근본적으로 이 말은 그 자체로 모순이다. '불신'이란 단어 앞에 붙은 전철(miβ—)은 행동이 거꾸로 된 것을 나타내므로, 그런 것은 결코 건전할 수 없기 때문이다. 따라서 삶과 주변 세계에 불신을 품는 사람은 그 불신에 중독된다. 어떤 것에서든 항상 최악의 것만 가정하는 사람은 이런 태도 때문에, 일이 실제로 그렇게 될 수밖에 없는 조건을 만든다. 여기에서도 '스스로 성취되는 예언(self-fulfilling prophecies)'을 알 수 있다. 그러나 온전히 신뢰하는 태도로 사람들과 삶을 대할 때에도 이와 똑같은 메커니즘이 작동한다. 이런 태도는 우리 자신에게 보다 건전하고 건설적일 뿐 아니라, 다른 사람들에게도 긍정적인 태도를 갖도록 자극한다. 그리고 계속 철저한 불신 속에 있는 것보다는 가끔 기대에 못 미쳐 실망하는 게 차라리 더 낫지 않을까?

사람들을 신뢰하라!

당신이 모든 사람에 대해 항상 좋은 것만 기대한다면, 그들에게서 긍정적인 힘을 일깨워라! 긍정적인 힘은 여러 가지 이유에서 생겨날 수 있다. 신뢰라는 것은 행동을 통해서만 정당화될 수 있는데, 그런 신뢰를 그냥 받기만 원하는 사람들이 있다. 하지만 정작 그들은 불신만 알고 있는 경우가 많다. 그 자신이 불신을 품고 있고, 또 다른 사람들로부터도 불신받고 있기 때문이다. 당신의 신뢰를 통해 그런 사람은 행동 방식을 바꿀 수 있는 기회를 갖게 된다. 그리고 사람들의 불신을 정당화시키게 한 자신의 행동 방식에 대해 종종 부끄러움과 양심의 가책도 느끼게 된다.

이는 또한 우리와 가까이 있는 사람들의 능력과 업적을 신뢰하는 것에도 적용된다. 우리는 자녀와 배우자, 그리고 친구들이 직업적으로나 인간적으로 어떻게 될지에 대해 얼마나 자주 걱정하는가? 우리가 가까이 있는 사람들의 미래에 대해 부정적인 느낌을 갖는다면, 그 느낌은 그들에게 직접 전달되어 자신감을 잃게 만든다. 우리의 염려는 아무리 꺼내놓고 말할 수 있다 하더라도, 그들에게 도움이 되기보다 오히려 해롭다. 혹 질문을 받는다면, 물론 반대 의견을 내어 당사자들이 가능한 한 객관적으로 생각할 수 있도록 도와줄 수 있을 것이다. 그러나 그들이 자기 자신을 믿도록 지원하는 게 훨씬 중요하다.

미래에 대한 믿음을 가져라!

세상이 앞으로도 계속 이어질 것인가? 우리는 살아남을 것인가? 언젠가는 일자리를, 올바른 파트너를, 내 삶의 행복을 찾을까? 어느 누구도 답변할 수 없는 미해결된 문제들이 여전히 많다. 따라서 우리에게도 두 가지 선택이 가능하다. 걱정이나 하면서 미래의 모든 긍정적인 가능성을 애당초 불가능한 것으로 치부하고 절망할 수 있다. 아니면 기회가 있을지 모른다는 가능성을 고려할 수도 있다. 그렇다. 우리는 이러한 기회를 믿고 그 기회를 받아들일 준비가 되어 있을 수도 있다. 이것은 곧 '만사가 무의미하기 때문에' 몸이 마비된 것처럼 손을 무릎 위에 올려놓고 가만히 있지 않는다는 것을 의미한다. 가만히 있으면, 미래가 우리를 위해 준비했을지도 모를 모든 가능성을 스스로 잃게 된다.

이 대목에서 약간 시니컬한 질문을 하고 싶다. 세상이 멸망하지 않고 아침이 온다면 무엇을 할 것인가? 우리가 오늘 믿음에 가득 차서 땅에 심는 씨앗은 내일이면 벌써 근사한 식물로 자랄 수 있을 것이다! 인간들은 언제나 생존에 대한 불안과 종말에 대한 생각 때문에 고통을 겪었다. 예를 들면 《에다》(아이슬란드에 전해 내려오는 북유럽 신화 및 영웅 전설의 가요 모음집―옮긴이)에 나오는 '신들의 황혼'(새 시대의 시작 전, 신들과 세계의 멸망에 대한 표현―옮긴이), 서기 천 년의 종말론적 사상, 각 종파와 종교적 그룹에 의해 다시 고개를 드는 "종말이 가까웠다"라는 선언 등에서 그 증거를 볼 수 있다. 그러나 아주 오래된 우리의 지구는 여전히 계속 돌고 있다. 온갖 끔찍함과 아름다움을 함께 지닌 채 말이다. 불투명한 미래에 대한 생각 때문에 현재의 순간을 망치는 대신 신뢰를 붙잡아야 하지 않을까? 현재를 망치는 대신 스피노자의 말을 믿어보자. 그는 내적·외적인 위기를 수없이 겪었음에도 불구하고 이렇게 말했다.

"내일 세계가 멸망한다 해도, 나는 오늘 나의 사과나무를 심겠다!"

삶에 대한 신뢰를 가져라!

식물이 척박한 땅에서도 빛과 생명을 향해 나아가는 길을 내는 모습을 보며 나는 늘 감동을 받는다. 그것은 민둥민둥한 노르웨이의 화강암 바위에 솟은 자작나무이거나, 도심의 아스팔트 포장을 뚫고 피어나는 민들레일 수 있다. 이러한 생명력은 우리 인간들에게도 내재해 있다. 너무도 인간적인 우리의 걱정과 염려 때문에 그 생명력이 파괴되지 않는 한 말이다. 온갖 어려움과 불행한 사건들에도 불구하고 삶은 꿋꿋이 계속된다는 것을 종종 확인하지 않았던가? 전쟁과 전염병, 그리고 자연재해가 아무리 끔찍했어도, 지상의 생명과 땅에 거주하는 피조물의 삶에 대한 의지는 사라지지 않았다. 이 점이 우리에게 용기와 믿음을 주고, 생명이 결국 더 강하다는 확신을 주지 않을까?

인생사 모든 게 결국 운명이라고 체념조로 말하는 사람들이 많다. 그러나 설령 운명을 억지로 만들 수는 없다 하더라도, 운명에 긍정적이거나 부정적인 영향을 미칠 수는 있다. 그것도 인생을 어떻게 다루는가에 따라서 말이다. 로마의 철학자 세네카는 이 점에 대해 다음과 같이 밝혔다.

"운명은 운명을 따르는 사람을 이끌고, 운명을 거역하는 사람을 파괴한다."

이는 곧 인생이 선사하는 것으로 최상의 것을 만들어야 한다는 것을 의미한다. 이때 우리 운명의 많은 부분을 만드는 것은 우리 자신이라는 점을 명심해야 한다. 우리가 행하거나 중단하는 일들, 우리의 선하고 악한 생각들, 우리의 긍정적이거나 부정적인 태도를 통해서 말이다.

자기 자신에 대한 믿음을 가져라!

우리가 할 수 없는 많은 일들이 있다. 그래서 음악적 재능이 전혀 없는 사람은 바이올리니스트로 성공할 수 없단다. 그러나 우리가 할 수 있는 일들도 많다. 자신이 할 수 있다고 믿기만 한다면 말이다! 자신의 능력을 보다 많이 믿는다면, 우리 자신과 다른 사람들에게 있어 삶이 훨씬 풍요로울 수 있다! 능력이란 우리가 본래 가지고 있는 능력만이 아니라, 우리가 확장하거나 새로 습득할 수 있는 능력도 말한다. 누군가 자신의 능력이 부족하다는 이유를 내세워 새 직책이나 과제를 거절하는 일이 직장에서 얼마나 자주 일어나는가! 가령 도보 여행이나 다른 시도를 할 때 길이 너무 멀고 힘들 거라고 생각하기 때문에 경험 자체를 아예 하지 않는 일은 또 얼마나 자주 있는가! 직업적으로나 개인적으로 어떤 일이 정말 자신에게 중요하다면, 그냥 자신을 믿고 용기를 내야 한다. 이 때문에 과중한 부담을 느낄지 모른다. 하지만 적어도 시도는 한 것이 된다. 뿐만이 아니다. 대개의 경우, 우리의 예측보다 훨씬 많은 것이 우리 안에 숨어 있다는 점을 확인하게 될 것이다. 어느 인간이나 결코 시험해보지 않았기 때문에 여태껏 활용하지 못한 가능성을 엄청나게 많이 갖고 있다. 그리고 이런 물음도 한번 던져보자.

당신이 자신감 부족 때문에 감히 하려고 하지 않는 일을 다른 사람들은 왜 할까?

인간들이 천차만별은 아니다. 다만 자신의 가능성을 다루는 방법이 천차만별일 뿐이다.

 이렇게 해보라

▫ 당신이 믿는 사람이나 전혀 신뢰하지 못하는 인간이 있는가? 기분 전환 삼아, 그런 사람에게 일단 신뢰라는 보너스를 주어라! 그 사람이 익

숙지 않은 새로운 과제를 독자적으로 풀게 하자. 관계가 어떻든 그런 사람에게 좋은 점만 있다고 믿어주자.

□ 똑같은 것이 당신에게도 적용된다. 당신이 본래 기꺼이 받아들이고 싶어하는 도전을, 그저 자신감이 없다는 이유로 거절하지 마라! 적어도 당신이 이 과제를 극복할 수 없는지를 시험이라도 해보자.

□ 뚫고 나올 수 없을 것 같은 아스팔트 포장을 뚫고 피어나는 아주 작은 민들레 새싹의 모습을 늘 마음속에 그려보자.

선에 대한 믿음을 가져라

"현재의 삶과 이상적인 삶 사이의 간극이 너무 엄청나, 현실에서 일어나는 것이 아니라 이상적인 것만 보는 사람은 자신의 삶을 유지하기보다 오히려 파괴한다. 언제나 선한 것만 바라는 인간은 선하지 않은 수많은 사람들 틈에서 몰락할 수밖에 없다."

이것은 니콜로 마키아벨리(르네상스기 이탈리아의 역사학자·정치이론가—옮긴이)가 1513년에 쓴 책《군주론》에 나오는 글이다. 이런 인식에서, 설사 윤리적 규범을 어기더라도 자신의 권력은(특히 정치 권력은) 어떤 희생을 무릅쓰든 지켜야 한다는 결론이 나온다. 거의 5백 년이나 지난 지금, 수많은 인간들이 이런 견해에서만큼은 거의 바뀌지 않은 게 분명하다. 그런데 마키아벨리가 정말 옳았을까?

물론 세상은 이상적이지 않다. 그런데 우리 모두 그에 대한 나름의 책임이 있지 않을까? 과연 우리는 이 세상이 더 나빠지는 게 아니라 보다 좋아지도록 행동하고 있는가?

에리히 케스트너(독일의 소설가―옮긴이)는 이렇게 말했다.

"선을 행하는 것을 제외하고, 선한 것은 없다."

따라서 우리 자신이 대단히 중요하다. 우리의 세계가 전개되는 것처럼, 우리가 행하는 선한 것이 중요한 것이다. 그렇다고 많은 사람들이 젊었을 때 꿈꾸는 '인류의 구원'을 위해 떠들썩한 행위를 해야 한다고 말하는 건 결코 아니다. 그냥 일상에서 시작해라! 자기 자신부터, 직접적인 관계에 있는 주변에서 시작해라! 선한 것이 좋은 효력을 지닌다는 점을 분명히 아는 게 중요하다. 이는 불의를 보았을 때 시선을 돌리지 않고, 안일하거나 비겁하지 않다는 것을 의미한다. 그리고 특히 한 개인으로서는 아무것도 바꿀 수 없다고 생각하지 않는다는 것을 뜻한다.

우리 자신과 마찬가지로 다른 인간들도 완벽하지 않다. 하지만 그 때문에 다른 사람들이 나쁘다고는 할 수 없다. 인간들에게 선할 수 있는 기회를 주어라. 그러면 그들은 선하게 될 것이다. 앞 장에서 신뢰에 대해 언급했다. 선에 대한 믿음을 지녀라. 삶, 세계, 다른 사람들에 대해서도 신뢰를 가져라. 신뢰함으로써 당신은 세계를 보다 낫게 만들 수 있는 힘을 더욱 많이 갖게 될 것이다.

선한 인간은 마키아벨리가 표현한 것처럼 결코 패자는 아닐 것이다. 그런 사람은 불법적이고 비도덕적인 수단을 동원하여 이득을 취하지는 않을 것이다. 반면 자신이나 모든 사람들에 대한 사랑에 빠질 수 있다. 그런 사람은 결코 미움을 받거나 멸시당할 필요가 없기에, 그 자신의 삶이나 다른 사람들의 삶을 망치지 않는다. 뿐만 아니라 고결함 때문에, '가망 없는 전투에서 홀로 싸우는 전사'와 같은 상황에 처했을 때에도 견딜 수 있는 내적인 힘이 강해진다. 선한 것만 원하고 행하는 인간은 몰락하지 않는다. 자신의 고유한 힘을 느끼고, 자신이 홀로 싸우는 전사가 아님을 발견할 것이기 때문이다.

사심 없이 일상을 둘러본다면, 그때마다 선한 것이 반드시 존재하고 있음을 확인하게 될 것이다. 선한 것은 작은 일에서부터 모습을 드러낸다. 슈퍼마켓 계산대에서 자리를 양보하는 사람, 잃어버린 지갑을 돌려주는 사람, 친절한 운전자 등, 그 예는 무수히 많다. 동료들의 부정적인 태도 때문에 부담을 느끼지 마라. 그보다는 차라리 한 인간이나 상황의 좋은 면을 보아라! 그러면 선한 행동을 할 수 있는 기회는 보다 많아질 것이다.

어느 인간이나 매번 좋지 않은 생각을 하고, 자신이 보기에도 올바르지 않다고 생각하는 방식으로 행동하기도 한다. 그런데 이 모든 게 반격하여 우리의 건재함에 부정적인 효과를 낸다! 때문에 사람들이 행하고 허용하거나 신뢰를 통해 자극을 주는 선한 것은, 결국 자기 자신에게도 좋은 일을 행하는 것이 된다. 이 장을 인용으로 시작했으니, 인용으로 끝맺고자 한다. 어니스트 헤밍웨이는 아주 실용적으로 다음과 같이 표현했다.

"기분이 좋다고 느끼는 모든 것은 좋다. 기분이 나쁘다고 느끼는 모든 것은 나쁘다."

이렇게 해보라

□ 저녁에 지나간 하루 일과를 머릿속에 떠올려보라! 오늘 당신에게 일어
  난 좋은 일은 무엇인가?

□ 당신에게 호의적이지 않은 사람을 생각하라. 그 사람의 긍정적인 측면
  을 알 수 있는 목록을 작성해보라.

모든 것이 인생의 밑천임을 기억하라

양탄자를 짜는 과정을 지켜본 적이 있는가? 처음에는 색깔을 마음 대로 끼워 맞추는 것처럼 보이겠지만, 그 과정을 오래 지켜볼수록 대단 히 아름답고 가치 있는 밑그림이 만들어지는 것을 발견하게 된다. 우리 의 인생도 마찬가지다. 무의미하고 불행하게 여겨지는 일들이 일어날 때마다 이런 물음이 제기된다.

왜 내게, 하필 나에게 이런 일 또는 저런 일이 일어나야 하는가?

여기에서 특이한 점은, 대부분 뭔가 부정적인 것(또는 현재 우리의 눈 에 어쨌든 부정적으로 보이는 것)에 부딪칠 때에만 이런 질문을 한다는 사실이다. 예기치 않게 일어나는 좋은 일들을 우리는 당연한 것처럼 받 아들이곤 한다. 인생이라는 양탄자의 긍정적인 '밑그림'을 인식할 줄 아는 것은 무척 중요하다. 우리에게 무슨 일이 벌어지든 언제나 제기하 는 이런 의문이 그 예에 해당된다.

'그게 무엇에 좋은지 누가 알겠어…….'

우리는 종종 운명의 지혜를(또는 구체적으로 말하자면, 인생의 밑천을) 너무 늦게 깨닫는다. 이미 벌어졌지만 납득할 수 없고 부당하게 보였던 일이 우리의 인생 항로를 위해서는 아주 타당했다는 사실을 인식하는 데는 몇 년 혹은 수십 년이 걸릴 수 있다. 여러 해가 지나고서야 비로소 우리는 인생의 밑천을 깨달을 수 있다. 따라서 삶, 우리의 운명, 우리 자신에 대해 신뢰를 갖는 것은 대단히 중요하다.

삶의 밑천을 깨닫는다면, 반복되는 우울증을 처리하는 일이 보다 쉬워질 것이다. 나는 내게 심한 우울증 성향이 있다는 것을 처음으로 알게 되었던 때를 지금도 잘 기억한다. 이 칠흑같이 어두운 국면이 결코 끝나지 않을 거라고 생각했다. 그리고는 그런 단계가 갑자기 지나갔다. 하지만 그 당시에는 그 사실을 전혀 인식하지 못했고, 나의 긍정적인 상태를 지극히 당연하게 받아들였다. 이러한 기복이 몇 번 더 반복되고서야 비로소 '그게' 또다시 언젠가는 끝난다는 사실을 깨달았다. 내게 찾아온 우울증에 대해서도 긍정적으로 대하고 나 자신을 배려하며, 우울증이 오기도 하지만 가기도 한다는 점을 확신하며 그저 기다리는 것을 그때 처음으로 배웠다. 그 결과 우울증에 대해서도 긍정적으로 받아들일 수 있는 힘이 생겼다. 즉 우울증의 시기를 어느 정도 휴식 기간으로 여길 수 있게 된 것이다. 무의식적이긴 하지만, 우리는 얼마나 자주 진을 빼고 있는가. 설령 우리의 작업 능력과 감당할 수 있는 능력이 절정에 있다고 느껴진다 해도, 사실 기력이 바닥난 지는 이미 오래되었을 수 있다. 수십 년간 집중적으로 연구해왔음에도 불구하고, 우울증의 발생과 진행 및 치료에 대해 알고 있는 것은 극히 적다. 나 자신의 경험에서 얻은 교훈 몇 가지를 기존의 연구들에 보태고 싶다.

- 우울증은 지나간다는 사실을 아는 게 좋다.
- 이 시기 동안 자기 자신을 특히 잘 다루고 사려 깊게 대하는 것이 좋다.
- 이 상황을 긍정적으로 받아들이며, 제정신을 차릴 수 있는 일종의 '작전 타임'으로 여기는 게 좋다.

생활에 전혀 활용할 수 없는 일들을 지금 배워야 하는 이유에 대해 흔히들 의문을 갖는다. 이런 의문은 특히 학교 교육을 받는 시기에 품게 된다. 내 학창 시절에서 가장 큰 의문은 라틴어를 배워야 하는 이유였다. 장장 8년이나 라틴어를 중얼거려야 했기 때문이다. 그 당시 나는 라틴어 때문에 몹시 고전했고, 이 고역이 지니는 의미도 깨닫지 못했다. 의학이나 신학은 물론이고, 라틴어가 필요한 그 어떤 과목도 전공으로 공부할 생각이 없었기 때문이다. 그러나 몇 년 후 처음으로 라틴어를 써먹을 기회가 있었다. 여러 언어로 된 기술적인 분야에 관한 글을 갑자기 번역해야 하는 상황에 처했기 때문이다. 나는 기술적인 분야에 대해 아는 바가 전혀 없었고, 전문 용어도 내겐 너무 생소했다. 그런데 라틴어에 어원을 두고 있는 단어들이 상당히 많았다! 나는 구원을 받았다! 오늘날 나는 라틴어가 대학 공부와 특히 전문적인 일을 할 때 얼마나 큰 도움이 되는지를 잘 알고 있다. 그것도 까다로운 외국어가 라틴어 덕분에 전혀 낯설지 않게 보이는 것만으로 말이다. "배움이란 학교를 위한 게 아니라 삶을 위한 것이다"라는 라틴어 격언은 진리를 토대로 하고 있는 게 분명하다. 그러나 뭐니 뭐니 해도 배우고 경험한 것을 언젠가는 사용할 수 있다는 사실에 대한 가장 멋진 증거는 폴란드

방문이었다. 대성당을 방문했을 때, 그곳 신학교의 졸업생을 가이드로 소개받았다. 유감이지만 그 당시 나는 폴란드어도 러시아어도 할 줄 몰랐고, 젊은이는 라틴어를 빼고는 제대로 구사하는 서구 언어가 하나도 없었다. 그러나 이미 죽었다고 여겼던 라틴어로 대화를 나누며 우리는 오후 내내 유쾌한 시간을 보냈다.

 이렇게 해보라

□ 당신의 삶의 밑천들을 찾아보자. 그리고 이렇게 자신에게 물어보자.

"왜 나는 여기에, 이 상황에 있으며, 지금의 내 모습일까?"

당신의 아주 먼 과거에까지 닿아 있는 '실'을 따라가보라.

□ 당신에게 유쾌하지 않은 일들이 생길 때마다 이렇게 생각해보자.

'그게 어디에 좋을지 알아.'

여기서 당신을 새로운 인식과 도전으로 안내하는 실을 따라가보라. 이 때, 자신에게 어떤 일이 일어났고 그 일이 어떻게 되었는지 찾아볼 수 있는 일기장은 큰 도움이 될 것이다.

□ 당신의 긍정적인 태도를 강화시키는 데에는 특히 이런 훈련이 중요하다. 당신의 삶에 좋은 쪽으로 영향을 미치고 삶의 방향을 긍정적인 쪽으로 전환하게 한 일이 일어난 상황을 명백히 인식하라. 부정적인 영향들과 마찬가지로 긍정적인 영향들도 있다. 중요한 것은, 어떤 영향을 더 높이 평가하고 그 영향을 많이 받는가 하는 점이다!

지금 이 순간을 의식하라

우리 삶의 매 순간은 유일무이하고 되돌릴 수 없다. 그래서 매 순간을 가능한 한 의식하면서 체험해야 한다. 순간의 체험을 의식하는 것은, 유감이지만 대부분 행복한 순간에만 가능하다. 그럴 때에는 이 순간들이 결코 지나가지 않았으면 하고 바란다. 그러나 지루할 때, 초조하거나 슬플 때 순간을 만끽하기란 무척 어렵다. 그럼에도 불구하고 매 순간은 인생의 작은 조각으로, 우리는 그 순간을 이용하지 않고 탕진해서는 안 된다.

"현재를 즐겨라(Carpe diem)!"

로마의 시인 호라티우스가 송시에서 우리에게 환기시키고 있는 구절이다. 이 말을 그대로 번역해보면, 색과 향기가 좋은 아름다운 꽃을 따듯 '그날을 따라'는 뜻이 된다. 불쾌하거나 고통스런 상황을 갖고도 최상의 것을 만들어내면서, 순간을 이용해라!

예컨대 병원이나 관청에서 기다리거나 긴 여행을 할 때처럼 지루한 상황들은 늘 있게 마련이다. 평소 독서할 시간을 찾지 못한 사람에겐 그럴 때가 드디어 조용히 책 읽을 기회가 된다. 버스나 지하철에서, 또는 기차역이나 버스 정류장에서 줄을 서서 기다릴 때 많은 사람들이 책을 읽고 있는 모습을 볼 때마다 나는 경탄을 금치 못한다. 그러나 지루한 강연을 경청해야만 할 때 책 읽는 데 집중하기란 어렵다. 대신 다른 사람들을 눈에 띄지 않게 관찰할 기회를 갖게 된다. 이런 것은 늘 흥미로운 일이다. 그리고 조용히 자신의 백일몽에 골몰할 수도 있다(이것의 중요성에 대해서는 나중에 다룰 것이다).

또 우리는 특정 사건이 일어날 때까지 시간이 지나가기만을 초조하게 기다리는 경우가 얼마나 많은가! 고대하던 휴가 때까지, 사랑하는 사람을 방문할 때까지, 시험 결과가 나올 때까지의 몇 날 몇 시간은 무한히 길게 느껴진다. 이렇게 기다리는 동안, 의식적으로 살 만한 가치가 충분한 수많은 순간들이 아무런 관심을 받지 못한 채 우리를 스쳐 지나갈 수 있다! 삶은 그토록 바라 마지않는 행복의 정점으로만 이루어지지 않는다. 나란히 존재하며 삶을 형성하는 순간들이 있다. 특히 초조함의 경험은 인내심을 아주 의식적으로 연습할 기회가 된다. 그런 연습을 한다면, 인내하는 것이 초조해하는 것보다 훨씬 쉽다는 사실을 알게 될 것이다!

유쾌하지 않은 일들을 처리하는 것은 언제나 중요하다. 화장실을 청소하고 잔디를 깎고 사무실의 서류를 정리하는 일을 누가 좋아하겠는가? 해야 하는 것이지만 속으로 반감을 느끼면서 처리하는 일들이 누구의 머리에든 확실히 떠오를 것이다. 이러한 거부감 때문에 우리는 대부분 일 자체에 필요한 것보다 더 많은 힘을 소모한다! 그리고 처리해야 할 일이 있을 때, 그 일이 무엇이든 상관없이 가능한 한 잘해야 한다. 이상하게 들릴지 모르겠지만, 텔레비전 광고에서처럼 반짝거리는 화장실 변기나, 내용을 양심적으로 설명한 서신도 내적인 만족감을 전해줄 수 있다. 어쨌거나 일들은 처리되어야 한다. 그렇다면 속으로 거부감을 느낌으로써 일을 더 어렵게 만들 이유가 어디 있는가? 게다가 관조적인 명상 외에 능동적인 명상의 형태도 있다. 능동적인 명상을 통해 각각의 과제에 전적으로 몰두함으로써 평온함과 조화로움을 얻을 수 있다. 자기 자신과 유쾌하지 않은 의무에 보다 높은 가치를 부여하는 것은 전적으로 자신에게 달렸다.

기쁨은 우리의 가장 심층에 있는 감정들 중 하나일 것이다. 그러나 슬픔을 느끼는 것도 깊이에서는 기쁨과 똑같다. 기쁨을 만끽하는 동안 슬픔은 대개 억압된다. 여기에서 '슬픔에 대한 심리적 대처', 즉 상실 및 고통의 감정을 의식적으로 체험하는 것은 긍정적이며 건강하게 계속 살아나가는 데 중요하다. 친구의 남편이 죽었을 때, 친구의 딸은 강요하다시피 하여 엄마에게 저녁마다 텔레비전 드라마를 보게 했다. 딸은 "관심을 다른 데로 돌리게 하기 위해서"라고 했다. 이렇게 하는 게 옳았는지 나는 지금도 잘 모르겠다. 슬픔에 깊이 잠긴 채로 산다면, 그것은 물론 잘못된 일일 것이다. 결국 삶은 온갖 궂은일에도 불구하고 계속된다. 설령 지금은 어떻게 살아야 할지 생각할 수 없다 하더라도 말이다. 그러나 고통은 그 출구를 찾아야 한다. 고통을 울음으로 토해 낼 수도 있어야 한다. 사랑하는 사람을 애도할 때 이것은 당연하지 않은가? 그런 다음에야, 달라진 조건에 맞게 삶을 새로 형성할 준비가 그만큼 더 될 수 있을 것이다. 따라서 슬픔의 순간들일지라도 의식적으로 전부 체험해야 한다. 이런 경험들은 우리를 성장하게 해준다. 설령 당장 그것을 깨닫지는 못하겠지만 말이다.

지나온 과거를 바꿀 수는 없다. 그리고 미래가 어떨지는 아직 불확실하다. 우리의 삶이 행해지는 순간은 바로 지금뿐이다. 따라서 온 힘을 다해 지금의 순간을 지각해야 한다. 현재가 때때로 '감각적으로 된 영원의 부분'으로 지칭되는 것은 괜한 말이 아니다. 어떤 유럽인이 한번은 인도인 명상 선생에게 평온함과 태연함이 어디에서 오느냐고 물었다. 그 선생의 대답은 이러했다.

"내가 앉아 있을 때 나는 앉아 있다. 내가 서 있을 때 나는 서 있다. 내가 먹을 때 나는 먹는다. 내가 마실 때 나는 마신다."

우리는 어렸을 때부터 천성적으로 이런 지혜를 갖고 있다. 그것은 우리가 한 가지 일에, 한순간에 전적으로 몰두할 수 있기 때문이다. 어른의 삶에 수반되는 다양한 과제와 의무 때문에 우리는 점점 더 여러 가지 일들을 동시에 행하고 늘 바로 다음 과제를 주시하지 않을 수 없다. 그러나 지금 여기에 몰두할 수 있는 능력, 어린아이처럼 우리에게도 아주 자명한 그 능력을 습득할 수는 있다. 순간을 의식적으로 체험하기, 자신의 움직임이나 맛이나 냄새 느끼기, 즉 우리가 행하는 모든 일들의 느낌은 우리의 삶의 감정을 깊게 해주고 고양시켜주는 동시에, 보다 풍요롭게 해주고 살아볼 만한 가치가 있게 해준다.

이렇게 해보라

□ 한순간의 소리, 냄새, 맛을 완전히 의식적으로 지각하라.

□ 늘 이렇게 생각하자.

　'지금이다! 삶, 나의 삶은 지금 이루어지고 있다. 그리고 나는 그 삶을

　놓치고 싶지 않다. 따라서 나는 과거를 아쉬워하지도 않고, 미래를 걱

　정하지도 않는다.'

□ 당신이 바로 지금 하고 있는 것에 온전히 집중하도록 늘 애써라.

늘 기뻐하라

개가 기뻐하는 것은 확실히 알 수 있다. 꼬리를 흔들어대기 때문이다. 인간의 경우에도 기쁨은 움직임, 적어도 움직임의 충동과 결부된다. 사람들은 기쁠 때 탄성을 내지르고 기쁨에 겨워 펄쩍 뛰고 싶어한다. 그러나 우리는 흔히 너무 행복한 나머지 터져버릴 것 같은 감정을 갖기 때문에, 특히 기쁨을 전달하고 싶어 안달한다. 기쁨을 나누면 배가 된다는 것은 공연한 말이 아니다. 그래서 누군가와 기쁨을 나눌 수 없을 때 심지어 슬픈 심정이 될 수도 있다.

기쁨은 우리의 몸에 강한 영향을 미친다. 피부가 심하게 붉어지고 (너무 기쁘면 얼굴이 빨개진다), 호흡은 보다 거세지고 깊어지며, 너무 기쁘면 눈물을 흘리기까지 한다. 물론 몸을 많이 움직임으로써 이 같은 효과를 얻을 수도 있다. 가령 조깅과 같은 운동을 할 때에도 소위 행복 호르몬이라고 하는 엔도르핀(동물의 뇌 등에서 추출되는 모르핀과 같은 진통 효과를 띤 물질의 총칭—옮긴이)이 나오기 때문이다. 엔도르핀은 혈압과 체온에 긍정적인 작용을 할 뿐만 아니라, 호르몬 분비 조절과 신체의 움직임에 도움이 된다. 따라서 기쁨은 과소평가될 수 없는 건강의 요소로, '낙관주의자가 더 오래 산다'는 이 책의 주제를 전적으로 뒷받침해준다.

기쁨이 어떻게 생겨나는가에 대해 간단히 규정할 수는 없다. 기쁨의 계기가 아주 다양할 수 있기 때문이다. 어떤 사람은 음악회에서 마음속 깊이 기쁨의 순간을 체험하고, 또 어떤 사람은 아름다운 경치를 조용히 감상할 때 이와 유사한 감정을 느낀다. 맨 처음 피는 꽃, 밤꾀꼬리의 노랫소리, 미소, 아침 햇살 등도 기쁨의 계기가 될 수 있다. 예컨대 우리가 성공을 체험하고 사랑의 고백을 받거나 사랑하는 사람을 오랜만에 보게 될 때 기쁨의 감정은 특히 격렬하다. 기쁨을 느낄 때 우리 안에서 무슨 일이 일어나는가? 따뜻한 느낌이 온몸으로 퍼져나가고, 마음이 '넓어지며'(이것은 의학적인 관점에서도 입증 가능하다), 자신과 세계가 온전히 일치하게 된다.

기쁨은 감사하는 마음과도 깊은 관련이 있다. 그렇다면 다른 사람들을 우리의 기쁨에 동참케 하려고 애쓰는 것보다 더 중요한 게 있을까? 이런 점에서 기쁨은 우리를 보다 나은 인간으로 만들어준다. 기쁨의 순간에는 보다 더 관대해지고 다정해지는 경향이 있기 때문이다. 우리 자신에게 뭔가 선물로 주어졌고, 따라서 우리 역시 무엇인가를 선사하고 싶어한다. 기쁨이 세상을 보다 밝고 따뜻하게 만들어주는 것은 우리만을 위해서가 아니다. 우리가 그 기쁨을 계속 전해줌으로써 다른 사람들을 위한 것도 된다. 이런 점에서 기쁨은 실러(독일의 시인·극작가—옮긴이)가 찬양한 것처럼 "신들의 아름다운 불꽃"이다.

가능한 한 자주 기뻐하는 것보다 더 중요한 게 있을까? 기쁨의 계기는 당신이 자세히 보기만 하면 충분히 발견할 수 있을 것이다.

- 다른 사람들과 함께 기뻐하자. 누군가 행복해하고, 좋은 소식을 듣거나 멋진 선물을 받는다면 좋지 않은가?
- 다른 사람들을 기쁘게 해주자. 이는 또한 전적으로 자신을 위한 것이기도 하다. 당신이 다른 사람의 기쁨을 함께 기뻐하고 싶어하기 때문이다.
- 미래에 대한 기쁨을 간직하자. 앞으로의 여행을 기뻐하든, 아니면 조용하고 쾌적한 작품 낭독의 밤을 고대하며 즐거워하든 전혀 상관없다. 그러나 어쩌면 예기치 않게 기대를 방해하는 일이 생기거나, 그토록 갈망했던 일이 기대에 부합하지 않을 수도 있다. 그렇더라도 당신이 맛본 기대로 인한 기쁨을 누구도 당신에게서 빼앗아갈 수는 없다.
- 아무리 사소한 기쁨이라도 사소하게 여기지 말자. 삶에 긍정적인 기본 분위기를 부여하는 것은 궁극적으로 당신 자신이다. 따스하게 등을 비추는 햇살, 아침에 마시는 차 한 잔, 오랜만에 듣는 멜로디, 상점 여점원의 친절한 말 등 당신이 기뻐할 수 있는 무수히 많은 일들이 날마다 있다. 그 기회가 그냥 지나가게 내버려두지 말자!

삶의 기쁨은 삶의 의욕을 만들어준다. 온갖 문제와 어려움, 그리고 우리의 상황에 어두운 그림자를 드리우는 온갖 비극에도 불구하고 말이다. 현재를 즐겨라(Carpe diem)! 하루를 따서, 그 하루가 제공하는 크고 작은 기쁨을 모두 거둬들여라.

이렇게 해보라

□ 저녁에 하루를 돌아보자. 당신은 오늘 무슨 일로 기뻐했는가?

□ 다음날을 생각해보자. 어떤 기대로 지금 기쁜가? 혹 아침식사, 일, 음
악회, 또는 영화 때문에 기쁘지는 않은가?

□ 스스로 기쁘게 만들어보자. 당신은 잠시 산책을 하고, 기분 좋은 목욕
을 하고, 오랫동안 읽고 싶었던 책을 살 수 있을 것이다.

□ 다른 사람들을 기쁘게 해주자. 미소를 통해서건 친절한 말 한마디를 통
해서건 상관없다.

자기 중심을 잃지 마라

친구는 중요하다. 친구는 우리를 설득하고 위로하며 다시 일어서도록 용기를 준다. 그러나 당신이 '모든 사람들로부터 버림받은 채' 전적으로 홀로 서 있다면 어떨까? 그렇다 해도 당신 곁에 누군가가 있을 텐데, 그건 바로 당신 자신이다. 그러나 이는 또한 당신이 자신에게서 도망갈 수 없을 뿐 아니라 자신과 잘 지내야 한다는 것을 의미한다. 그게 그렇듯 간단치는 않다. 자신을 전혀 견디지 못하고 비난하고, 놓친 기회나 잘못된 행동을 두고 후회하는 일이 너무 빈번하기 때문이다.

따라서 우선 자신과 고요하고 조화롭게 살아갈 줄 안다는 점이 중요하다. 이 점과 그 방법에 대해서는 나중에 다루겠다. 지금은 우선 다음에 국한하고자 한다.

- 온 세상 사람들이 당신에게 맞서 음모를 꾸미고 만사가 뜻대로 되지 않으며 당신을 도울 만한 사람이 하나도 보이지 않는다 하더라도, 당신 자신은 언제나 그곳에 있다.

• 당신 자신이 최고의 친구여야 한다. 신뢰가 여기에 해당된다!

인생의 대단히 위험한 전환점에서 깊은 절망이 엄습했던 적이 있다. 모든 것이 내게 맞서는 것 같았고 만사를 그르친 게 분명했으며, 꿈들은 산산조각났고 인간관계는 고통과 혼돈으로 막을 내렸기 때문이다. 그때 나보다 훨씬 연장자인(따라서 더 현명할 게 분명한!) 친구가 한 말을 지금까지 나는 잊지 못한다. 그 친구 역시 자기의 삶 전체를 위태롭게 만드는 일들을 겪었다. 동프로이센(옛 독일제국 북동부에 본토와 분리되어 있던 영토로, 제2차 세계대전이 끝난 뒤 폴란드와 소련에 분할되었다—옮긴이)에서 도주했고, 인간이 상상할 수 있는 최악의 상황에서 재산뿐만 아니라 친구와 가족도 잃었던 것이다.

"네가 서 있는 곳은 모래뿐이야. 단단한 땅은 네 마음 깊은 곳에만 있어."

두 줄에 불과한 친구의 말은 내가 가장 어려웠던 위기 중 하나를 넘어서는 데 도움이 되었다. 내가 나 자신, 나의 내적인 확신을 믿을 수 없다면, 그렇다면 무엇을 믿어야 한단 말인가? 이런 깨달음은 전적으로 긍정적인 삶의 태도를 위한 초석이 될 수 있다. 그리고 긍정적인 인생관은 모든 실망과 불행을 견뎌내도록 도와준다.

그러므로 자기 자신을 버리거나 잃어버리지 말고 당신 안에 '단단한 땅'을 마련해라. 마치 병든 말에게 하듯 자기 자신을 설득해야 할 때마다 자신을 지지하라! 지금 이 순간 당신에게 무엇이 좋고 옳은지를 상상할 수 있는 사람은 결국 당신 자신 외에 없다. 이런 확신 가운데 늘 자신을 지지하라. 그러면 실수가 생긴다 하더라도, 거기서 당신이 배울 게 있을 것이다.

자신의 '중심'에서부터 어느 정도 자기 자신과 조화롭게 살아가고 있는 사람은 자기 안에서 고요와 평화를 찾는다. 이러한 중심은 예컨대 요가처럼 몸으로도 복강 신경 조직에 반영된다. 몸의 중심에 있는 자율 신경 조직을 의미하는 복강 신경 조직은 감정의 중심으로 여겨진다. 행복과 사랑의 느낌이 우리 안에서 흐르면 긴장이 풀리고 기분 좋게 몸이 따뜻해지곤 한다. 반면에 불안하고 화가 나 있으면 경련이 일어나 말 그대로 속이 쓰리다. 이런 이유에서 요가에는 복강 신경 조직의 긴장을 풀어주고 고요와 평화의 감정을 매개해주는 훈련들이 있다. 몸과 정신이 서로 얼마나 강하게 영향을 주고받는지 여기서 다시 드러난다.

 이렇게 해보라

ㅁ 위기 상황에 처했을 때나 흥분했을 때 고요하고 한결같이 호흡하려고 애쓰자. 호흡은 당신을 돕기 위해 늘 당신 곁에 있다! 숨을 들이쉴 때 힘과 고요와 평화를 자신 안에 끌어들이고, 숨을 내쉴 때에는 불안과 불만을 내보내자.

ㅁ 자신에게 늘 이렇게 말하자.

"나는 나를 사랑한다. 나는 나를 신뢰한다. 나는 나의 가장 좋은 친구 이다."

그리고 그 말에 부합되는 태도를 갖자.

□ 당신 자신이 기적임을 분명히 알자.

"나는 나다. 내겐 나 자신의 결단과 나 자신의 이야기, 나 자신의 감정
과 나의 사랑이 있다. 나는 나다!"

하나의 길을 찾아라

출구가 보이지 않을 정도로 절망적인 상황은 한 인간의 일반적인 삶의 감정에 부정적으로 반영된다. 출구가 없다는 느낌 때문에 병이 날수도 있고, 심지어는 수명이 단축될 수도 있다. 책의 서두에 소개한 터먼 라이프 서클 연구는 이러한 가정이 옳았음을 학문이 입증해주는 분명한 증거이다. 정말 출구 없는 상황은 아마도 거의 없을 것이다. 우리는 절망하여 "안 돼" 또는 "난 몰라" 하고 말함으로써 얼마나 자주 자신을 차단하고 있는가. 이런 식으로, 해결 방안을 찾으려 하기도 전에 종지부를 찍고 만다.

모든 사람은 믿기 어려울 정도의 창의력을 지니고 있다. 그중 극히 일부만 이용될 뿐이다. 이 사실을 말해주는 근거는 수없이 많다.

- 익숙하고 '믿을 만한' 길로 가는 것이 더 쾌적하다.
- 뭔가 새로운 것은 종종 불안하게 만든다. 새로운 것을 시도하다 잘못될 수도 있으니, 차라리 모험을 하지 않는 게 낫다.

- 가능한 문제 해결책이 낯설어 보일 때 다른 사람들의 의견을 고려하는 일이 너무 많다. 그래서 모든 게 옛날 그대로이다.
- 자신감이 부족하다.

우리 안에 잠들어 있는 가능성들은 유감스럽게도 거의 활용되지 않은 채 그대로 있다. 이러한 무진장한 샘물을 받아내고, 이미 드러난 잠재력을 방출하며 새로운 길을 모색하자! 창조적인 혼돈 상태의 그 샘을 가장 잘 활용할 수 있으려면 체계적인 접근이 필요하다.

1. 하나의 길을 찾을 거라고 믿자.
2. 엄살을 부리거나 책임을 전가하지 말고, 예컨대 실업이든 건강 문제든 배우자와의 위기든 현재 상태를 체계적으로 분석하자.
3. 문제가 발생할 수 있는 이유들을 기록하자. 객관적으로 살펴보는 것만으로도 해결책이 나오는 경우가 종종 있다.
4. 가능한 해결 방안들을 적어보자. 설사 그 방안들이 처음에는 이상해 보이거나 실행할 수 없을 것처럼 여겨져도 상관없다. 이러한 '브레인스토밍(brainstorming, 일정한 테마에 관하여 회의 형식을 채택하고, 구성원의 자유 발언을 통한 아이디어의 제시를 요구하여 발상을 찾아내려는 방법—옮긴이)'은 언제나 새로운 아이디어로 이어진다.
5. 당신의 잠재의식이 활동할 수 있도록 문제를 그대로 놔두자. 가능한 문제 해결 방안의 목록을 컴퓨터에 수많은 자료를 입력하듯

잠재의식에 불어넣어보자. 당신의 잠재의식이 그 방안들을 네트워킹하여 어쩌면 전혀 예기치 못했던 결과를 들고 당신을 방문할지도 모른다.

6. 문제를 그대로 놔두면, 문제도 당신을 그대로 놔둘 것이다. 상황이 처음에는 가망 없어 보일지라도, 삶은 계속되고 가능한 한 성공적으로 극복되어야 한다. 문제가 당신의 전체 삶이 아니고 다만 현재의 한 부분에 불과하다고 생각하자.

7. 다시 한번 하나의 길을 찾을 거라고 믿자.

발생하는 문제가 아무리 심각할지라도 피할 수 없는 운명의 타격으로 보지 말고, 차라리 운동 종목의 도전이라고 여기자. 그리고 당신의 남아 있는 에너지를 모두 동원하라. 그 에너지는 당신이 생각하는 것보다 많다. 손을 무릎 위에 얌전히 올려놓고 체념한 표정으로, 온갖 어려움이 자신에게 닥치도록 내버려두지 마라. 적극적으로 나서고 자발적으로 시작해라. 그리고 용기를 갖고 믿어라! 목까지 물에 잠긴 사람일지라도 머리를 떨구어서는 안 된다.

정치와 경제의 여러 분야에는 소위 '트러블슈터(문제해결사)'가 있다. 기술적이고 사회적인 시스템에서 발생하는 오류를 찾아내어 고쳐주는 사람들을 말한다. 그들은 문제가 있는 곳이면 어디든 가서 우선 파손된 부분을 골라내고 오류를 찾아 해결해준다.

나는 어떤 전세 비행기 회사에서 투입한 여직원의 노력을 보며 무척 감동했던 기억이 있다. 매력적이고 유능한 그녀는 짧은 시간 내에 사태의 긴장을 풀어주었다. 우크라이나에서 온 40명의 중급 장애 어린이들이 요양소에 잠시 체류한 후 안내자들과 함께 슈투트가르트로 소풍을 가기로 되어 있었다. 그런데 무슨 이유 때문이었는지 모르지만 비행기가 취소되었다. 아이들은 불친절한 렘베르크 공항에 앉아 추위와 배고픔에 떨었다. 요양소에서 수백 킬로미터 떨어진 곳이었고, 아이들의 고향으로부터는 더욱더 먼 곳이었다. 그런데 몇 시간 지나지 않아 '트러블슈터'가 다른 전세 비행기 회사를 찾아내어 직접 비행기를 타고 우리가 있는 곳으로 날아왔다. 그녀는 오는 도중 모든 승객에게 비행 지연에 대해 설명하고 양해를 구했으며, 승객 전원의 숙소를 슈투트가르트에 마련해주었다. 비행기가 어린이들을 태우고 비행하는 동안 그녀는 아이들에게 과자와 장난감을 나누어주었을 뿐 아니라, 계속 여행하기를 원하는 승객들의 노선 연결 문제를 해결해주었다. 비행기건 철도건 렌터카건 상관없었다. 다음날 아침 모든 승객이 각자 제 길을 갈 수 있었다. 일을 능숙하게 처리하는 능력 외에도, 나는 그녀의 확고한 낙관주의에 특히 감명을 받았다.

"문제가 있나요? 좋아요. 함께 해결하죠!"

나는 그때 통신원으로 동행했기 때문에, 그녀의 성공적인 임무 완수 후에 대화를 나눌 기회가 있었다. 그녀는 지쳤지만 행복해 보였다.

"난 정말 행복해요! 다시 도전을 받았고 해냈거든요! 누구나 행복하답니다. 여행자도, 전세기 회사도 말이죠. 그리고 나는 특히 행복하죠!"

문제해결사로 나서야 하는 도전을 받아들이지 못할 이유가 있을까?

어쩌면 대단히 떠들썩해 보이는 이런 식의 임무도 그렇지만, 인간의 창의력에 가장 큰 도전으로 볼 수 있는 또 다른 예는 거의 재앙이 될 뻔했던 아폴로 13호의 비행이었을 것이다. 당시 독일 우주항공사에서 근무했던 나는 그 사건을 직접 체험한 것은 아니지만, 다른 사람들보다는 비교적 가까이서 접할 수 있었다. 1970년 4월 13일, 유인 우주선이 달로 향하던 도중 탱크가 갑자기 폭발했다. 달 착륙만 불가능하게 된 것이 아니었다. 특히 문제가 되었던 것은, 과연 세 명의 우주비행사가 살아서 무사히 지구에 돌아올 수 있는가 하는 점이었다. 수천 명의 전문가들이 탱크 고장으로 인한 문제를 지구에서부터 풀려고 애썼다. 그리고 마침내 성공을 거두었다. 기내에 있는 것을 이용하여, 결함 있는 밸브 때문에 발생하는 산소 손실의 위험을 막을 수 있는 가능성을 찾아낸 팀의 업적은 지금 생각해도 무척 감동적이다. 휴스턴 기지의 커다란 탁자에 비행사들이 갖고 있는 물건이 전부 올려졌다. 그 결과, 우주복의 호스, 접착용 테이프, 깡통, 운행 일지의 딱딱한 겉표지로 응급시설이 만들어졌다. 그리고 세부 지침이 우주비행사들에게 전해졌다. 밀폐의 문제가 대단히 독창적으로 해결되었다. 양말로 필터 연결부를 '간단히' 막은 것이다. 그 당시 우주비행사의 말에서 잊혀지지 않는 게 있어 여기에 인용한다.

"휴스턴, 우리에게 문제가 있다……."

고도로 복잡한 기술이 실패로 돌아간 상태에서 생사가 달린 문제(우주비행사들의 생존 확률은 기껏해야 10퍼센트에 불과했다!)를 해결할 수 있다면, 자신의 문제가 아무리 옴짝달싹 못하게 하는 것처럼 보일지라도 당신도 출구를 찾을 수 있어야 하지 않을까? 몇 가지 예를 들어보자.

당신은 직장을 잃었고, 나이가 많아 새로운 일자리를 얻을 가능성이 거의 없어 보인다. 당신이 할 수 있는 것을 살펴보자.

자신의 재정적인 상황을 깊이 생각해본다. 일해서 받는 보수가 없어도 그럭저럭 살아갈 수 있는가? 만약 그렇다면, 자신의 삶에 새로운 내용을 부여해보는 것은 어떤가? 명예직과 관련된 활동을 하거나 오랫동안 소홀했던 취미활동을 본격적으로 하거나 계속 교육을 받을 수도 있다. 그러나 그렇지 못한 경우라면, 자격 훈련을 더 받고 전문인이 되거나 자영업을 할 수 있지 않을까? 부업을 하면 안 될까?

당신에겐 건강의 문제가 있다. 당신이 할 수 있는 것은 무엇인가?

원인이 무엇인지 생각해보자. 정신적인 문제 때문에 육체적인 문제들이 생기는 경우가 종종 있다. '십자가를 지고' 있기 때문에 십자가의 고통을 겪는 것은 아닌가? 당신의 속을 쓰리게 만들거나 화나게 하는 일이 있는가? 어쩌면 건강을 생각하지 않고 몸을 혹사하고 있는지도 모른다. 과로하고 흡연하고 술 마시고 불규칙하게 식사하며 운동을 너무 적게 하지는 않는가? 만성적인 고통이 있다면, 모든 치료 가능성에 대해 알아야 한다. 정통 의학만 계속 발전하는 게 아니다. 자연 치료나 다른 대안적인 치료 방법들도 새로운 가능성을 열어줄 수 있다.

또 당신에겐 관계의 문제가 있다. 주로 배우자와의 관계가 위기겠지만, 부모나 자녀와의 문제나 우정의 단절일 수도 있다. 당신이 할 수 있는 것을 보자.

문제가 어떻게 발생할 수 있었는지를 우선 알아내도록 하자. 마음을 터놓고 상대에게 가서 대화를 시도한다. 자신의 요구 사항이나 감정을 분명히 표현하고, 상대방의 견해를 받아들일 준비를 하자. 자신의 잘못을 고백하길 꺼리지 마라. 화해를 위해 손을 내밀고, 관계를 개선하는 데 함께 적극적으로 노력하는 것으로 충분할 때가 종종 있다.

적극적으로 참여하려고 힘을 내기만 한다면, 문제 해결이 생각했던 것보다 훨씬 간단할 때가 있다. 또 문제가 저절로 해결되는 경우도 많다. 따라서 어떤 것도 너무 성급하게 하지 말아야 한다. 그보다는 조용히 생각하고 자신의 삶에 적극적으로 뛰어들 준비를 하면서도, 갑자기 모든 게 저절로 해결되는 것처럼 보이면 감사하게 받아들일 줄도 알아야 한다. 그것은 당신의 내적인 태도, 긍정적인 입장이 그렇게 되도록 함께 도와준 것이다!

 이렇게 해보라

□ 문제를 분리시키고, 당신의 삶 전체를 그 문제의 그림자로 뒤덮지 마라. 문제가 자신을 장악하지 못하도록 하고, 당신 자신이 자발적으로 시작해라.

□ 현재의 시급한 문제에 접근한다. 예컨대 일자리를 잃었을 때 이런 식으로 말하지 마라.

"하지만 아무도 날 고용하지 않을 거야!"

그보다는 일자리를 잃게 된 원인들을 분석하라.(일자리 감축, 나이, 적응력 부족, 전문 지식 부족 등)

□ 문제를 해결할 수 있는 생각이나 아이디어를 늘 기록한다.

□ 잠재의식을 동원하여, 방법을 찾을 거라는 확신을 갖는다.

□ 실수했다고 낙심하지 말고, 그것을 '시행착오'의 경험으로 여긴다. 그
　것은 계속 갈 수 없는 길이 제거되었음을 의미한다. 그것 말고도 당신
　이 시험해볼 다른 길들은 충분히 있다.

하고 싶은 것을 하라

자신이 원하는 것을 할 수 있다면 멋지지 않은가? 그런데 왜 그렇게 하질 못하는가? 원하는 것을 하고 생각하는 대로 살지 못하도록 방해하는 게 무엇인가? 우리에겐 실현하고 싶은 많은 일들이 있게 마련이다. 또한 우리가 기꺼이 하는데도 실행 불가능해 보이는 일이 종종 사소한 일에 불과할 때도 있다. 여기에서도 관성 모멘트(물체가 그때의 상태를 유지하려고 하는 에너지의 크기를 말한다─옮긴이)가 작용한다. 가령 이런 식으로 말이다.

"내가 '안전 지대'에 있는데 굳이 새로운 것을 시험하겠는가?"

또한 우리는 흔히 용기 내기를 두려워한다. 그러나 용기가 있다면, 그 용기를 왜 추진력으로 이용하지 않는가?

"잘될 거야."

이 말은 때로 고약해 보인다. 그럼에도 일이 제대로 되고 있지 않은데 용기를 내라는 뜻으로 다음과 같이 말하는 것은 현명하다.

"설령 뜻대로 되지 않는다 해도 적어도 직접 시험은 해보았잖아."

이것은 또한 '목이나 다리가 부러진' 운동 선수가 이렇게 생각했으면 하고 바라는 말이기도 하다.

"잘될 거야. 설령 그렇지 않더라도 제대로 한 거야. 왜 위험을 무릅쓰면 안 되지? 준비가 잘되어 있는데도 말야!"

그렇다면 무얼 하고 싶은가? 일단 빈둥거리며 놀고 싶은가? 사장에게 생각을 말한다? 세계 여행을 한다? 어렸을 때의 꿈을 이룬다? 서점 점원으로 일하는 것보다 의사나 비행사나 작가가 된다?

이 모든 것을 실현하지 못하도록 방해하는 게 무엇인가?

돈이 없어서도 시간이 부족해서도 나이가 많아서도 아니다. 이 모든 반대 논거들은 소망 성취에 관한 장에서 이미 반박되었다. 그리고 여기에서는 다시 한번 반복하기만 하면 될 것이다. 모든 것에는 그 대가가 있다. 당신이 원하는 것을 하고 싶다면, 우선 더 열심히 일해야 하고 몇 가지 일에만 집중해야 하거나 어떤 것을 포기해야 할지 모른다. 그러나 정말 간절히 원하는 것을 위해서라면 그 정도는 기꺼이 하지 않을까!

하지만 여성들을 특히 심하게 가로막고 자신이 원하는 것을 하지 못하게 방해하는 다른 문제도 있다. 그것은 다름 아닌 양심의 가책이다.

'내가 정말 그것을 해도 될까?'

'그게 이기적인 것은 아닐까?'

이런 물음에 대한 나의 대답은 이렇다.

"왜 이기적이어서는 안 되는가?"

누구에게도 피해를 주지 않는 한, 우리는 꿈을 실현할 수 있을 뿐만 아니라 그럴 책임도 갖고 있다! 우리를 발전시키는 것은 결국 꿈이다.

인간적으로 본다면 우리 자신의 행복과 다른 사람들의 행복을 위해서 말이다. 예수 그리스도는 이 점에 대해 중요한 것을 말했지만, 그 말이 주의를 끌지 못하는 경우가 많아 유감이다.

"네 이웃을 너 자신만큼 사랑하라."

우리가 자신을 사랑하지 못하면서, 어떻게 누군가를 사랑할 수 있단 말인가? 자신과의 관계가 좋지 않으면서 어떻게 누군가에게 좋은 일을 할 수 있단 말인가? 그런 사람은 기꺼이 사랑하는 마음으로 좋은 일을 하기보다, 늘 입을 삐죽거리며 남들에 대해 좋지 않은 마음을 품고 억지로 희생할 것이다. 그리고 그것은 나사렛 출신의 이 놀라운 인간이 우리에게 원했고 몸소 실천하여 모범을 보였던 모습이 아니다.

자신이 무엇을 원하는지를 알고 그 원하는 바를 관철시키며 원하는 대로 산다면, 상황이 명확해지기 때문에 우리 자신뿐만 아니라 주변 사람들에게도 삶이 훨씬 수월해질 것이다. '다른 사람들'(대개 우리 가까이 있는 사람들을 말한다)이 우리의 꿈이나 소망을 헤아릴 뿐 아니라 성취시켜줄 거라는 기대를 갖고 시작할 때가 얼마나 많은가! 그런데 누가 천리안을 가지고 있겠는가? 자신이 원하는 것을 말하는 게 얼마나 쉬운가. 예컨대 아무리 통속적으로 보이는 일이어도 괜찮다.

저녁에 보고 싶은 텔레비전 프로그램은 무엇인가? 외출하는 게 나은가, 아니면 집에 편안히 있는 게 좋은가?

다른 사람들의 소망을 배려하는 것은 대단히 긍정적인 태도이다. 그러나 이때 자신의 소망이나 욕구에 대한 배려를 잊어서는 안 된다. 남들이 원하는 걸 배려하느라 정작 자신이 원하는 것을 얻지 못한다면,

그야말로 최악일 것이다! 좋은 의도를 갖는 것이 항상 최상의 태도는 아니다! 그러니 자신이 하고 싶은 것을 분명히 하라. 외출하는 대신 긴 소파에 기대 책이나 읽으며 저녁시간을 보내고 싶은가? 왜 안 되는가? 무조건 다른 사람들과 함께할 필요는 없다. 파트너가 조용히 빠져나가 멋진 저녁시간을 보내게 하라. 그런데 파트너가 당신과 함께 외출하고 싶어한다면?

"정말 그러고 싶지만, 오늘만 봐줘요!"

자신을 위해 기꺼이 하고 싶은 것을 하되, 양심의 가책을 갖진 마라. 파트너의 소망에도 부응할 선택권은 지금이 아니어도 항상 있다. 자신을 존중하고, 자신의 소망이나 욕구를 존중하라. 그러면 다른 사람들도 당신의 소망이나 욕구를 존중할 것이다. 그로 인해 오랫동안(그리고 종종 성과 없이) 다툴 필요도 없이 말이다.

진정 원하는 것을 한다면, 우리는 보다 행복하다고 느낄 것이다. 이러한 내적인 기본 정조는 다시 우리의 주변 세계에 빛을 내보낸다. 여성들은 여전히 가족이 편안한 분위기를 느끼도록, 행복하고 태연하며 원만할 의무가 있다고 느끼는 게 확실하다. 우리 자신이 내적으로 편안하다면, 다른 사람들도 마음이 편할 것이다. 우리가 안정과 삶의 기쁨을 전해줄 수 있기 때문이다. 따라서 과장해 말한다면, 이런 식으로 보다 나은 상호 관계를 만들도록 자신이 원하는 것을 할 의무가 있다.

원하는 것을 하라! 그것을 늘 하든 안 하든, 그것은 언제나 당신 자신에게 책임이 있다. 그리고 이러한 책임을 떠맡을 생각이고 그럴 준비가 되어 있다면, 스스로 결정하여 행동하는 것에 장애가 있을 리 없다.

그것은 결코 쉬운 일이 아니다. 그 책임을 누구에게도 전가할 수 없기 때문이다. 우리가 남들을 위해, 남들의 영향을 받거나 사정이 급하기 때문에 원치 않는 일이지만 부득이 하게 되었다는 말을 일상에서 얼마나 자주 내뱉는가. 자신의 삶과 그에 대한 책임을 스스로 떠맡고 그 편에 설 용기를 갖자. 자신이 원하는 것을 하라!

 이렇게 해보라

▢ 다음의 질문을 자신에게 던져보자.

- 나는 무엇을 원하는가?

- 나는 그것을 왜 원하는가?

- 나는 그것을 정말로, 내게 중요한 진짜 욕구이기 때문에 간절히 원하는가? 아니면 그저 남들에게 깊은 인상을 주거나 남들과 경쟁하기 위해 그것을 원하는가?

- 그것을 통해 내가 누군가에게, 다른 사람들이나 혹은 나 자신에게 피해를 줄 수도 있을까?

- 나는 있을 수 있는 결과를 감수할 준비가 되어 있는가?(예컨대 금전적 또는 시간적인 제약, 주변 사람들의 몰이해 등)

▢ 당신이 만족스러운 상태일 때 이 질문들에 답했는가? 그렇다면 행동하라! 자신이 원하는 것을 자기 자신을 위해, 다른 사람들을 위해, 그리고 전혀 양심의 가책 없이 행하라!

장애를 도전으로 여겨라

내가 가장 깊은 인상을 받은 운동 경기 종목 중에 장애물 경주가 있다. 이 종목의 선수는 최단 시간 내에 달리기 위해 최선을 다하는 것만으로 충분치 않다. 목표에 도달하기 위해서는 장애물도 뛰어넘어야 한다. 그 기술은 숙련성에서 볼 때 거의 완벽하다. 이 경기에서 흥미로운 것은, 장애물을 손이나 발로 건드리거나 심지어 넘어뜨리는 것도 규정에 허용된다는 사실이다.

일상생활에서는 장애를 다룰 수 있는 가능성이 훨씬 많은 편이다.

- 당신은 장애물 경주에서처럼 난관을 '극복할' 수 있다. 따라서 그 장애물을 뛰어넘을 수 있다. 그것은 대단히 역동적이고 탄력 있는 길이다.
- 당신은 장애물을 기어서 뚫고 지나갈 수 있다. 이런 기술은 점액질 인간형[히포크라테스가 개인의 성격을 설명하는 인간의 네 가지 체액설(다혈질, 담즙질, 우울질, 점액질) 중 하나로, 흥분하지 않는 조용한 기질의 인간형을 말한다—옮긴이]이 즐겨 사용한다. 때로 약간 특이하게

보이기는 하지만, 목표로 나아가는 건 마찬가지다.

- 당신은 장애물을 다룰 수 있다. 운동 경기와는 달리, 당신의 삶에서는 난관이 어떤 특정한 구간으로 정해져 있지 않다.
- 당신은 장애물을 옆으로 치우고 간단히 제거할 수 있다. 그러면 목표에 도달할 수 있는 탁 트인 길이 열릴 것이다.
- 당신은 장애물을 간단히 쳐서 넘어뜨릴 수 있다. 이 전술은 대개 조급한 다혈질 사람들에게 적합하다.
- 당신은 몇 발 물러섬으로써 새로운 도약을 시도할 수 있다. 이런 기술은 양심적인 인간에게 가장 적합하다.
- 당신은 전혀 다른 길을 갈 수 있다. 아무도 당신에게 경주 구간을 정해주지 않는다. 창의적인 인간은 스스로 새로운 길을 찾는다.

인생의 난관을 극복하기 위해 어떤 단초를 선택하든, 중요한 것은 당신이 결승점에 도달하는 것이다. 그리고 이를 위해서는 한 가지 길만 있는 게 아니다. 또, 한 가지 기술만 있는 것도 아니다. 그러니까 당신에게 가장 잘 맞는 가능성을 찾아라. 차라리 장애물을 피하겠는가? 그러면 당신이 목표에 도달할 때까지 아마 더 오랜 시간이 걸릴 것이고, 당신의 한계를 시험하고 당신 안에 숨어 있는 게 정말 무엇인지 알아낼 수 있는 이런저런 기회를 놓칠 것이다. 반면에 전략을 짜서 힘과 에너지를 아낄 수도 있다. 당신은 혹 난관을 지나기 위해 무리한 방법을 택하는가? 부수어 없애고 싶은 생각이 드는 벽이 많다는 사실을 인정하자. 그러나 벽을 부수려다 역으로 혹을 얻게 될 수도 있고, 남들에게 상처를 입힐 수도 있다. 이때 약간의 인내와 수완을 발휘하면 피해의 정도를 조금이나마 줄일 수 있다. 또한 이런 행동을 통해 목표에 보다 빨리 도달하는 경우도 종종 있다. 장애물 따위에 신경을 쓰지 않기 때문이다.

장애물이 있는 구간을 당신이 혼자 개별적으로 지나가는 데 있어 결정적으로 도움이 되는 중요한 것이 있다. 출발 지점으로 가기 전에 다음 두 가지에 유의하자. 운동 기록은 필수적인 육체적 훈련이 따라야 하겠지만, 그보다 먼저 머릿속에서 준비된다!

첫째, 당신 앞에 놓여 있는 장애물을 분석하고, 그것을 가능한 한 있는 그대로 평가하려고 노력한다. 우리 스스로 장애물을 설치하고 어느 정도 심정적으로 구축하는 일도 종종 있다. 미지의 것에 대한 불안, 자신의 능력에 대한 신뢰 부족, 무사태평함 등, 이 모든 것 때문에 원래 장애물이 없던 곳에서 새삼스레 장애물을 볼 수 있는 것이다. 또한 넘을 수 없을 것 같은 암벽도 당신의 머릿속에서만 위협적으로 보일 뿐이지, 사실은 아주 작은 난관에 불과했다는 점을 늘 확인할 수 있을 것이다. 따라서 어떤 문제를 외면하거나 그 문제에 제압당하지 않고, 그 문제의 진짜 크기와 의미를 직시하는 것이 중요하다. 예를 들어 자신에게 이렇게 물어보자.

이 장애물이 실제 존재하는 걸까?

내가 생각하는 것처럼 그 장애물이 정말 클까?

내가 좋은 기회를 얻게 된 상황에서조차 난관을 두려워하며 뒤로 물러나는 이유는 무엇인가?

둘째, 난관을 극복할 수 있는 어떤 가능성들이 당신에게 있는지 깊이 생각해보자. 당신의 능력들 중 어떤 것을 투입할 수 있는가? 차라리 참고 지낼까? 아니면 모험을 좋아하는 특성이나 개인적인 능력을 동원하는 게 나을까? 해당되는 상황에선 어떤 전략을 펴는 것이 최선일까? 목표를 달성하기 위해 특히 어떤 능력과 특성을 훈련시켜야 할까? 기존의 장점들 중 어떤 것을 이용할 수 있는가? 어떤 약점을 고려해야 할까? 이런 물음들에 답하다 보면, 최적의 성공 코스를 잡는 데 도움이 될 것이다. 이때 유연하게 있으면서 당신의 행동을 각각의 상황에 맞게 수정하라.

 이렇게 해보라

ㅁ 당신의 길을 막고 있는 장애물을 운명의 타격으로 여기지 말고, 운동 경기의 도전으로 보아라.

ㅁ 당신의 개인적인 장애물 경주를 위해 운동 선수처럼 훈련하라. 몸을 풀기 위해 작은 장애물부터 시작한다. 아침에 일찍 일어나거나 후식을 포기하기 어려운가? 보다 큰 문제에 착수하기 전에 우선 이와 유사한 작은 문제들을 갖고 연습한다. 성공의 체험이 당신을 성공적으로 만들어준다.

ㅁ 자기 자신에 대한 믿음을 지녀라! 당신은 언제라도 온갖 난관을 극복할 수 있다.

□ '부정적인 프로그램을 예상함'으로써 자신을 차단하지 마라. 몬티 로 버츠의 이야기를 소재로 하여 〈말에게 속삭이는 사람〉이라는 소설과 영화가 생겨났다. 여기에서 몬티 로버츠는 까다로운 말을 다룰 수 있는 이유를 이렇게 설명한다.

"자신의 성공을 믿지 못하면, 성공이 나타나지 않습니다."

마음껏 자유를 누려라

1846년 미국 철학자 헨리 데이비드 소로(채식주의와 친환경주의를 실천한 사상가이자 에세이 《월든》, 《시민 불복종》으로 유명한 작가—옮긴이)가 체포되어 감옥에 갇혔다. 세금 납부를 거부했기 때문이다. 그는 자신이 누리는 자유의 대가로 감금 상태의 부자유를 지불했다. 다시 말해 '시민 불복종'(이 말은 오늘날 여전히 유효하고 폭발력 강한 그의 에세이 중 한 제목이기도 하다)을 위해 시민의 자유를 대가로 치른 것이다. 소로는 자신을 지키는 교도관들과 비교할 때 자신이 오히려 자유롭게 느낀다고 적고 있다. 교도관들은 자신에게 정기적으로 급식을 제공하고 감시해야 하는 반면, 소로 자신은 그저 긴장을 풀고 고요히 자신의 생각에 몰두할 수 있기 때문이라고 했다. 에세이에서 소로는 이렇게 밝히고 있다.

"얼마나 성공했을지 모르겠지만 나는 확실히 폭력적으로 저항할 수 있었을 것이다. 사회에 맞서 미친 듯 날뛸 수 있었을 것이다. 그러나 오히려 사회가 나에 맞서 미쳐 날뛰어야 했다. 그런데도 사회는 절망적인 당사자였다."

그 다음에 내가 볼 때 가장 아름다운 문장이 나온다.

"나는 다음날 풀려났고…… 페어 헤븐 힐에서의 월귤나무 열매 밥상을 받기 위해 숲으로 돌아왔다."

한 해에 단 한 번 익는 월귤나무 열매를 맛보는 것이, 그렇지 않아도 불가피하게 걱정해야 하는 일들보다 훨씬 중요하지 않을까?

이곳에서 소로가 경험한 자유는 다음과 같다.

- 그는 법률을 따를 것인지를 스스로 결정할 수 있다.
- 그는 자신의 내적인 자유의 대가를 자기 확신에 따라 외적인 부자유(구금)로 치러야 한다. 그는 이것을 미리 알고 있었고, 이 대가가 그에게 지나치게 혹독한 것은 아니었다.
- 그는 자신을 감시하는 교도관들이 비록 나무 창살 밖에 있더라도 자기보다 자유롭지 못하다는 사실을 확인한다. 소로가 자신의 결심 때문에 감옥에 있는 반면, 교도관들은 자신의 신념이나 내적 감정에 어긋나게 일하라는 명령을 받은 사람에 불과하다.
- 석방된 다음 순간 그는 삶이 자신에게 제공하는 것, 즉 사법 당국의 혼란보다 훨씬 중요한 것을 만끽할 수 있다. 그것은 다름 아닌, 그가 가장 좋아하는 장소에서 맛보는 '월귤나무 열매 식사'였다.

이 작은 일화를 통해 우리는 자유가 위험한 산마루 타기일 수 있음을 알 수 있다. 이처럼 공기가 희박한 곳에서 살아남으려면 상당한 용기와 내적 확신이 필요하다. 과연 자유로워야 할 가치가 있을까? 자유는 우리가 '갖고 있는' 어떤 것이 아니다. 자유는 계속 새롭게 획득하고 쟁취하며 얻어내야 하는 것이다. 부자유 상태로 다시 떨어질 위험이 항상 있기 때문이다. 우리가 솔직하다면, 이러한 부자유는 흔히 우리 자신의 선택이 되곤 한다. 지시를 따르고 다른 사람들에게 맡겨둠으로써 책임을 떠맡을 필요가 없는 게 일단은 더 편안하다.

제2차 세계대전 후 독일에서 열린 전범 재판은 특히 이러한 면을 적나라하게 보여주었다. 대부분의 피고인은 "죄가 없다"고 변호했다. 그들은 '다만' 명령에 따랐을 뿐이었다는 것이다. 여기에서 문제를 제기하지 않을 수 없다.

명령이나 법률이 우리에게서 모든 책임을 벗겨주는가?

자유롭게 행동하는 사람도 책임을 떠맡으려 해야 하고 떠맡을 수 있어야 한다. 달리 말한다면, 자유롭게 행동하는 사람만이 책임 있게 행동할 수 있다. 괴테는 〈순한 크세니아〉에서 다음과 같이 표현하고 있다.

"자신에게 명령하지 못하는 사람은 항상 노예로 머문다."

자신의 내적 법칙에 따르고, 설사 명령 거부의 대가가 따를지라도 그 결과를 책임질 수 있을 때에만 진정 자유로운 것이다.

자유와 그 자유에서 기인하는 책임의 필연적인 결과 때문에 '불편함'이 너무 많이 생긴다면, 자유의 일부를 포기하고 굳이 고민할 필요 없이 남들에게 책임을 미루는 게 더 편하지 않을까? 자유롭다는 것이 그럴 만한 가치가 있을까? 광고에서는 예컨대 이번 휴가를 예약하고 특정 담배를 구입하거나 특정 속옷을 입으면 보다 자유로울 거라는 느낌을 갖도록 늘 암시한다. 자유의 광고 가치가 그렇게 높다면, 자유는 추구할 가치가 있음에 틀림없을 것이다! 다만 광고가 약속하듯 슈퍼마켓에서 자유를 살 수 없는 것이 유감일 뿐이다. 그러나 자유는 바로 책임과 결부되어 있기 때문에 자기 교육을 통해서만(그러니까 일과 노력을 통해서만) 가능하다. 따라서 자유에 대한 가장 큰 장애물은 자기 자신일 수 있다! 그럼에도 불구하고 모든 인간은 자유롭게 행동하며 살아가고 싶다는 갈망을 갖고 있을 것이다!

여기에는 여러 가지 이유가 있다. 자유란 특히 원하지 않는 것을 할 필요가 없다는 것을 의미한다. 소로의 예가 그 증거이다. 또한 '시민 불복종'의 길을 간 수많은 다른 사람들의 예도 있다. 그러나 상황이 전혀 요란하지도 극적이지도 않은 경우가 종종 있다. 우리 자신에게도 또 남들에게도 득이 되지 않는다고 생각하기 때문에 가고 싶지 않은데도 예컨대 협회의 회의에 가야 하고 사람을 만나러 가야 하고 식사하러 가야 하는 이유가 뭘까? 결국 그 결과는 무엇일까?

- 당신은 무엇인가를 놓칠까 걱정되는가? 옳은 것을 위해, 자기 자신을 위해 결단을 내리는 일은 쉽지 않다. 때때로 사람들은 모든 일에 다 끼고 싶어한다. 그때는 당신이 정말 참여하고 싶어하는 각각의 일들에 대해 점수를 매긴 종이 한 장이면 족하다.
- 누군가의 청을 거절함으로써 상처를 줄까 걱정되는가? 머리가 아프다거나 꼭 해야 할 다른 일들이 있다거나 일이 너무 많다는 식의 궁여지책의 거짓말을 두세 번 정도는 할 수 있겠지만, 그런 것도 언젠가는 더

이상 믿지 못하게 될 것이다. 따라서 독자적인 생각을 하고 이를 가능한 한 수완을 부려 전달하는 게 나을 것이다. 소위 사회적 책임이 있을 때 누군가 먼저 나서서 내키지 않는 일정을 끝낸다면 다른 사람들 모두가 기뻐한다는 것을 나는 경험으로 알고 있다. 전화나 짧은 상담을 통해 중요한 일들을 간단하고 효과적으로 상의할 수도 있다. 그리고 인간 상호간의 관계가 중요하다고 해서 무조건 만나야만 하는 것은 아니다!

• 당신은 기대할 만하다고 생각할 때에만 행동하는가? 아니면 당신이 생각하듯이, 그것으로 누군가에게 좋은 일을 하기 때문인가? 당신이 이런 이유에서 행동한다면 상대방은 언젠가 그 사실을 알아챌 것이고(그런 낌새는 언젠가 드러나게 마련이다!), 이로써 당신의 '좋은 뜻'은 가치 절하된다. '좋은 일'을 진심으로 하든가, 아니면 차라리 그냥 내버려두어라.

• 당신이 무엇을 해야 할지는 누군가가 지시하는 대로 따르는 게 아니라 스스로 결정해야 한다!

하고 싶지 않은 일을 하지 않는 자유 외에, 우리는 또 다른 자유를 갖고 있다. 그것은 원하는 것을 행하는 자유이다. 사르트르는 자유란 "인간이 자기로부터 나온 것을 갖고 만드는 것"이라고 밝혔다. 형사 소송에서는 피고가 힘겨운 유년기를 거쳤고 주변의 사회적 환경이 좋지 않았다는 점 때문에 정상 참작이 되어 형량이 낮추어지는 경우가 많다. 이는 보상과 재통합이 보복보다 중요하다는 의미에서 확실히 옳다. 그러나 '우리에게서 만들어진 것'이 무조건 우리에게 다른 선택이 없다는 것을 의미할 필요는 없다! 사회적 환경이 나빠도 범죄자가 되지 않는 사람들이 많다는 사실을 유념하자. 그것은 그들이 자기들의 삶에 다른 변화를 주기로 결정했기 때문이다. 또한 이렇게 하는 것이 가능하기 때문이었다! 유전도 사회적 환경도 어느 누구든 자유가 없는 최악의 운명을 살도록 정해졌다는 것을 의미하지는 않는다.

그러나 온갖 어려움에도 불구하고, 실현된 자유에 수반되는 우리 자신의 온갖 노력에도 불구하고, 자유가 전적으로 추구할 만한 가치가 있다는 광고는 옳다.

- 자유로운 사람에게는 온 세상이 제한 없이 무한히 열려 있다.
- 자유로운 사람은 자기 안에 목표가 있고 그 목표의 실현을 위해 노력하는 인간일 수 있다.
- 자유로운 사람은 심호흡을 할 수 있다. 이는 말 그대로의 의미에서이다. 왜냐하면 자유와 자율이란 느낌은 이와 결부된 온갖 노력에도 불구하고, 계속 억압받고 감독받는다는 확신보다 건강하기 때문이다!

당신 자신이 자유롭다면 다른 사람들, 특히 배우자나 자녀들 또한 자유롭게 둘 수 있다. 그들 때문에 덜 걱정할 것이고, 그들로 하여금 그들 나름의 경험을 하게 둘 수 있을 것이다. 이것은 관계의 종류가 어떤 것이든, 모든 관계의 짐을 덜어주고 긴장을 풀어줄 것이다.

따라서 인습과 예부터 내려온 전통에서 자신을 자유롭게 해주자. "나는 늘 그렇게 했어" "모두들 그렇게 해"라는 말의 근거를 물어보자.

예부터 내려온 것을 의문시했기 때문에 학문과 연구에서 얼마나 많은 발전이 가능했던가! 이것은 당신의 일상에서도 가능하다. 인간, 태도, 견해 등에 대한 선입견으로부터 자신을 자유롭게 만들자. 선입견들은 당신이 새로운 경험을 할 수 있는 길을 망친다! 그리고 불안과 두려움에서 자유로워지자(이런 자유에 도달하는 방법에 대해서는 나중에 보다 상세히 다룰 것이다). 이런 모든 일에서 자유로워짐으로써 당신은 다른 가능성, 즉 새로운 아이디어와 자신의 결단에 대해 자유롭게 된다. 자유는 낙관주의자를 위한 것이다. 왜냐하면 낙관주의자들은 변화가 가능하다는 것을 알고 있기 때문이다!

 이렇게 해보라

□ 다음 질문에 대답해보자.

• 제한 없이 당신이 완전히 자유롭게 행동할 수 있다면 무엇을 할 것인가?

• 그 이유는?

• 당신이 자유롭게 행동하는 데 방해되는 것은 무엇인가?

□ 다음의 두 가지 질문에 대답해보자.

• 자유란 당신에게 용기를 북돋아주는 것인가 아니면 불안하게 만드는 것인가?

• 당신은 다른 사람들의 자유를 어떻게 대하는가?

□ 당신은 언제 자유롭다고 느끼는가? 자연 속에 있을 때인가? 휴가 중일

때인가? 아니면 취미생활처럼 스스로 결정하여 행동할 때인가? 이런 체험을 가능한 한 자주 하라. 당신의 감정을 강화시키고, 그 감정을 일상에 전달하려고 노력하라.

□ 가령 하루 일과나 식사와 같은 익숙한 질서에서 한번씩 벗어나자. 늘 해오던 일을 전혀 다르게 하면 어떨지 시험해보자. 이는 보다 큰 과제를 위한 연습이 된다.

□ 압박에서 자유로워지자. 소위 '의무 사항들'과 마찬가지로 습관적인 흡연이나 음주도 여기에 해당된다.

늘 새로운 것을 시도하라

1856년 수에즈 운하 건설 공사가 마침내 시작되었을 때 레셉스(Ferdinand de Lesseps, 프랑스의 외교관―옮긴이)는 수많은 설득 작업을 벌였다. 그는 엔지니어가 아니라 외교관이었다. 하지만 그는 설득을 위한 선전활동을 결코 포기하지 않았다. 사막을 통과하는 운하를 건설하겠다는 것이 어렸을 때부터의 꿈이었다. 그는 새로운 통상로를 만들었다. 그 때문에 희망봉(남아프리카공화국 남서쪽 끝을 이루는 곳―옮긴이)을 돌아가는 길고도 위험한 길은 필요 없게 되었다. 라이트 형제[미국의 비행기 제작자이자 항공계의 개척자 형제로, 형 윌버 라이트(Wilbur Wright)와 동생 오빌 라이트(Orville Wright)를 말한다―옮긴이]가 비행기를 실험했을 때 처음에는 비웃음을 샀다. 그러나 1903년 라이트 형제는 모터 달린 비행기로 59초 동안 255미터를 날아가는 데 성공했다. 새처럼 날고 싶어하던 그들의 꿈이 현실이 된 것이다. 이미 수세기 전에 레오나르도 다 빈치가 헬리콥터의 구조를 정확하게 그려냈다는 사실을 그들이 알았을까? 1913년 안트베르펜(벨기에 안트베르펜 주의 주도―옮긴이)에서 영국으로 항해 도중 루돌프 디젤(독일의 기계 기술자, 디젤 기관의 발명자—옮긴이)이 물에 빠져 사망했다. 오늘날 사람들은 이것을 자살로 본다. 당시에는 아무도 디젤의 선구적인 고압 연소기관의 발명을 인정해주려 하지 않았고, 특허 소송과 다른 어려운 일들로 인해 그가 신경쇠약에 걸렸기 때문이다.

이것은 새로운 길을 가면서 성공을 체험했거나 디젤처럼 미리 체념했던 사람들에 대한 몇 가지 예에 불과하다. 여기에서 디젤의 운명은 남다른 의미가 있다. 언제가 되었든 자기의 꿈에 대한 믿음을 포기했기 때문이다. 그것도 자기 발명의 옳음에 대한 확신이 없었기 때문이 아니라, 주변 사람들의 불신과 저항을 견딜 수 없었기 때문에 말이다! 따라서 다른 사람들의 의견에 흔들리지 않고 독자적으로 자신의 꿈을 계속 이끌어가는 것은, '위대한 물건'을 발견하고 발명한 사람들에게만 중요한 게 아니다. '위대한 물건', 이것은 모든 인류를 위한 선구적인 발명으로 이어질 수 있지만, 각 개인이 자기 자신을 위해 행하고 자신의 삶을 변화시킬 수 있는 발견과 경험이 될 수도 있다. 당신 역시, 삶에서 그리고 상당한 '흰 반점'(지리학에서 미개척 영역을 나타내는 전문 용어이다)을 준비해놓은 세상에서 연구자이고 발견자이다. 새로운 것을 발견하고 새로운 것을 계발하라! 날마다 그리고 매 순간!

어린아이는 세상에 대해 어떻게 반응하는가? 끝없이 많은 질문을 해댄다! 하지만 우리는 언제부터인가 질문하기를 그만두었다. 그러나 세상은 간단히 끝나지 않는다. 우리의 삶이 언젠가 끝나는 것과 다르게 말이다. 다시 어린아이가 되라! 질문을 하라! 해답은 거의 없다! 새로운 길을 탐색한다는 것의 의미를 생각하면 어떤 이미지가 저절로 내 머리에 떠오른다. 어린 강아지의 모습이다. 그 강아지는 어떤 흔적에 반응을 보인다. 저기 어떤 새로운 것, 미지의 것이 있다! 그리고는 코를 킁킁거리며 그 흔적을 탐색하고 따라간다. 그 흔적의 끝에서 나는 무엇을 발견할까? 이러한 감격, 이러한 호기심은 낙관주의자에게도 적합하다. 낙관주의자에게 있어 삶과 세상은 무한히 풍부하고 클 뿐 아니라, 날마다 발견할 새로운 것이 있다. 자신의 내면 세계에서도 마찬가지다. 어디서나 새로운 가능성이 열린다. 날마다 무엇인가를 새로 시도하고 새로운 장을 펼치며 새로운 삶을 시작할 수 있다. 삶의 매 순간이 모든 것을 새로 만들고 새로운 생명을 가져다주는 봄과 같을 수 있다. 때로는 낯설고 독특하며 익숙지 않지만, 이용되지 않아서 어느 정도 순결하고, 우리 자신이 우리의 삶에 자신의 입김을 불어넣을 것을 기다리는 모습으로 말이다.

새로운 것은 우리의 마음을 꾀어내고 유혹한다. 그러나 또 한편으로는 불안을 조장할 수도 있다. 결국 우리는 우리를 기다리고 있는 것이 무엇인지 알지 못한다. 그렇다면 차라리 우리가 알고 있고 우리에게 확신을 주는 것을 고수해야 하지 않을까? 이런 의문이 있을 때, 낙관주의가 얼마나 중요한지 잘 드러난다. 최악의 경우, 당신의 꿈과 이념은 실패할 수 있다. 그러나 당신은 적어도 그것을 시도해보았고 새로운 경험을 했다. 그리고 대개는 당신이 생각하는 것보다 더 나아진다. 그리고 당신은 자율적이고 자유롭게 본연의 길을 가기 위해 힘을 쏟았고 기회를 이용했다. 이 대목에서 내가 좋아하는 프랭크 시내트라(전후 미국 대

중문화의 상징이자 팝 음악계의 살아 있는 전설로 찬양받는 가수—옮긴이)의 노래가 떠오른다. '늙은 푸른 눈' 시내트라는 결코 쉬운 길을 찾지 않았고, 늘 평가가 분분했다. 시내트라의 노래 〈마이 웨이〉에도 이런 구절이 있다.

정말 많은 것을 경험하며 돌아다녔지만,
그보다 훨씬 더 굉장했던 것은
난 항상 내 방식대로 살았다는 거야.

당신이 새롭고 유일한 길을 간다면, 적대시당할 각오를 해야 한다. 왜냐하면 당신은 이례적인 것을 행하기 때문이다. 그리고 종종 의도적으로 오해받기도 할 것이다. 설령 보다 나아지기 위해 당신이 상황을 변화시키려 하고 또 할 수 있다 하더라도 말이다. 내가 자란 도시 브레멘에는 이런 점을 잘 말해주는 '일곱 명의 게으름뱅이'에 관한 전설이 있다. 브레멘의 한 농부는 커다란 땅을 갖고 있었지만 가난했다. 땅이 늪과 모래로만 이루어졌기 때문이다. 제대로 된 땅 대신 이 농부에겐 기운 센 아들이 일곱이나 있었다. 그들은 자신들이 할 게 아무것도 없어서 지루해했다. 또 이웃들로부터 이유 없이 일곱 명의 게으름뱅이라고 놀림을 받았기 때문에, 결국 먼 세상으로 나갔다. 몇 년 후 다시 돌아온 그들은 자신들이 얻은 지식을 곧바로 활용했다. 늪지의 땅에서 물을 빼고 집을 새로 지었으며, 밭을 망가뜨리는 야생동물의 침입을 막을 울타리를 쳤다. 이웃들은 여전히 선입견을 갖고 있었다. 늪지에 무릎까지 담그고 풀을 베지 않는 사람, 밭에 침입하는 야생동물을 내쫓지 않는 사람, 예전에는 그런 사람이 게을렀던 것이다. 형제들은 점점 더 부유해졌고, '일곱 명의 게으름뱅이'라는 별명도 그대로 갖고 있었다. 이웃들은 그 형제들이 새로운 길을 찾았으며 그것으로 성공했다는 사실을 도저히 받아들일 수 없었다. 일곱 형제는 전혀 게으른 게 아니라 혁신적이었던 것이다. 그들은 힘든 육체적 노동과 일상의 번거로운 방법들을 보다 쉽게 만듦으로써, 삶에 대한 자기들 나름의 표상에 맞는 여유를 찾을 수 있었다. 그들이 다른 사람들처럼 힘들게 일하지 않고, 그늘에 누워 낮잠이나 잔다고 흉볼 이유가 있겠는가? 고된 노동을 해결할 수 있는 보다 나은 해결책이 그사이에 이미 나왔는데 말이다.

새로운 길을 찾아간다! 그것은 용기와 자신감, 그리고 낙관주의를 필요로 한다. 당신이 잃어버릴 게 무엇인가? 아무것도 없다. 설사 당신의 기대가 채워지지 않는다 해도, 경험과 성숙과 힘을 얻을 수 있을 뿐이기 때문이다. 새로운 땅으로 이어지는 길을 갈 수 있는 수많은 가능성이 당신에게 열려 있다. 파트너 관계, 인간들과의 공동생활, 직업을 위한 자격 획득, 삶에 대한 긍정적인 태도에 있어서도 마찬가지다. 이 책에 나오는 '실천 사항'조차 인생의 지도에 있는 '흰 반점'의 탐색에 기여할 수 있다! 당신이 내딛는 한 발짝 한 발짝이, 질적으로 새로운 차원의 삶으로 나아가는 걸음일 수 있다!

따라서 어떤 것의 시작도 결코 너무 늦은 게 아니다. 나쁜 경험이 있는가? 그렇다면 왜 그런 경험을 했는지 우선 분석하라. 혹 일을 잘못 다룬 것은 아닐까? 그렇다면 이제라도 좋게 만들 수 있다. 그게 아니면 너무 일찍 포기한 것은 아닐까? 그렇다면 이번에는 보다 오래 견뎌보자. 또는 당신 자신에 대한 믿음이 충분치 않았던 게 아닐까? 그렇다면 이번에는 보다 강해져서, 자기 자신에 대해 보다 확고한 믿음을 가져보자. 당신은 더 이상 초보가 아니지 않은가? "나이가 우둔함을 막아주지 못한다"라는 격언이 있다. 여기에서 우둔함이란 개념은 대단히 부정적으로 쓰였다. 그러나 이 개념은 순진하게 사심 없이 모든 일들을 시험해본다는 것을 의미한다. 마치 어린아이가 호기심과 지식욕에 가득 차서 시험하는 것처럼 말이다. 어느 나이든 새로운 일을 탐색할 수 있다. 나이가 많을수록 연관 관계를 훨씬 잘 인식할 수도 있다('모든 것이 인생의 밑천임을 기억하라' 장 참조). 그리고 다른 사람들의 견해에 흔들리지 않고 독자적이 될 수 있다. 나이는 핸디캡도, 뭔가를 소홀히 하거나 중단하는 것에 대한 변명도 될 수 없다. 80대에 승마를 배운 노부인이 있다. 대학 동창 중에는 모든 러시아어 시험에서 갓 대학에 입학한 젊은 학생들보다 성적이 우수한 70대의 노인도 있다. 그런가 하면 정년퇴직 후 전 세계적으로 이루어지는 인도주의 프로젝트에 명예직으로 동참하여 새로운 도전을 찾은 엔지니어도 있다. 이들은 모두 새로운 길을 갔다. 비록 처음에는 비웃음을 샀겠지만 말이다. 그들은 자신에게 중요한 것을 행했고, 그 때문에 부러움과 경탄을 받고 있다. 그들은 자신의 길을 가고 있는 것이다.

이렇게 해보라

□ 다음의 작은 사고 훈련을 늘 시도하라.

당신은 무언가를 어떻게 효율적으로 만들 수 있는가?

가정 살림이나 직장 일의 경우 개선이 중요할 수 있지만, 파트너 관계나 자기 삶의 극복에서 나타나는 문제도 중요할 수 있다. 이례적인 문제 해결 방안을 꺼리지 마라. 당신이 선구적인 발명을 할 필요는 없다. 그러나 새롭게 한번 시도해볼 수 있는 이런저런 방안이 분명 떠오를 것이다.

□ 다른 사람들의 견해나 당신 자신의 선입견(너무 늙었다, 너무 교양이 없다, 너무 촌스럽다 등)에 좌우되지 말고 독자적으로 하라. 누구에게도 당신은 뭔가를 입증할 필요가 없다. 출발이 아무리 불확실하더라도 그냥 새로운 것을 즐겨라.

□ 새로운 식사, 전혀 가보지 않은 곳으로의 여행, 모르는 사람과의 대화 등 늘 새로운 것을 시도하라.

자기 가치를 제대로 알아라

어떤 사람들을 가리켜 '가치가 있다' 하고, 또 어떤 이들의 행동을 보고는 '값싸다' ('천박하다'는 의미이다)며 흉본다. 사업하는 사람들은 (그리고 수많은 결혼 중매인들도) 사람을 평가할 때 2, 3백만 달러의 가치가 있다고 말한다. 인간의 가치는 어떻게 측정할까? 대단한 재력가가 아주 천박하게 행동할 수 있는 반면, 아주 가난한 사람이 귀중한 인간일 수 있으며, 또 그 반대일 수도 있다. 그 기준은 흔히 갖추기를 열망하지만 아무도 제대로 규정할 수 없는, 소위 내적인 가치들을 말한다.

따라서 자신의 가치를 평가하는 것은 매우 중요하다. 자기 가치를 안다면, 자신을 새롭게 보다 긍정적으로 다룰 수도 있고, 그로써 주변 사람들도 당신을 다르게 대할 것이기 때문이다. 당신은 자기 자신을 어떻게 평가하는가? 당신은 가치가 큰 동료이고 공동체의 귀중한 일부인가, 아니면 일반적인 가치 평가에 미치지 못하기 때문에 '쓸모없는 인간'인가? 이 질문에 그렇다는 식으로 답변한다면, 주제를 잘못 파악한 것이다. 당신이 남들에 대해 갖는 가치를 말한 게 아니기 때문이다! 남들로부터 높은 평가를 받는 것은 물론 멋지고 만족스럽기까지 하다. 그러나 당신 자신에게 높은 평가를 받는 게 훨씬 더 중요하다!

어떤 인간이든 살아 있고 또한 인간이라는 사실 때문에 가치를 지닌다.

"인간의 존엄은 침해할 수 없다."

헌법에 명시된 이 구절은 괜한 말이 아니다. 자신을 존중함으로써 자신의 존엄을 의식하라. 그럴 때에만 다른 사람들로부터 존중과 존경을 기대할 수 있다! 이 주제에 관한 고찰은 특히 직장에서 이루어질 수 있다.

우주항공사에서 근무할 당시의 경험을 토대로 몇 가지 예를 들어보겠다.

담당관 중에는 대단히 능력 있고 손재주도 뛰어나지만 내적으로 무척 불안한 사람이 있었다. 그는 동료들에게 무자비할 정도로 착취당했다. 동료들이 내키지 않은 일을 모두 그에게 미루었을 뿐 아니라, 사적인 영역에서조차 그의 손재주를 이용했다. 그는 이런 식으로 동료들에게 인정받고 보다 높은 평가를 받게 되리라는 기대 때문에 이 모든 걸 감수했다. 그러나 현실은 정반대였다. 사람들이 그를 놀린 것이다. 그가 착취당할 정도로 어리석었기 때문이다!

자기 자신을 비하하는 사람은 남들로부터도 그런 대접을 받을 것을 예상해야 한다. 그런 사람 안에는 동료들이 생각하는 것보다 훨씬 많은 능력이 숨어 있을 때가 종종 있다. 그러나 본인이 자기 가치를 알지 못하는데, 남들이 그의 가치를 어떻게 인정할 수 있겠는가? 우리 부서장은 겉으로 볼 때는 정반대 사람이었다. 실제로는 마음이 선량하고 관대한 인간이었지만, 자기 권위를 확실히 해야 한다는 강박관념에 가까운 감정을 갖고 있었다. 그래서 부하 직원을 큰 소리로 꾸짖고, 남들이 스스로 자신이 옳다고 주장하지 못하게 하며, 동료 직원들의 건설적인 제안들을 검토도 없이 단호히 거절했다. 그 결과, 아무도 그를 중요하게 여기지 않았고 그의 높은 지위에도 불구하고 두려워하지 않았다.

또한 자신을 뽐내는 사람은, 그게 종종 허풍임을 동료들이 금세 알게 된다는 것을 예상해야 한다. 또한 그런 사람은 동료들이 자신의 내적인 가치를 발견할 기회를 주지 않는다. 그 자신이 동료들을 높이 평가할 줄 모르기 때문이다. 또한 권위적인 행동을 통해 자신이 관계 맺고 있는 사람들의 가치를 부정하기도 한다.

반면 친절한 인품과 성공을 통해 모든 사람들에게 사랑과 존경을 받는 부서장이 있었다. 그는 동료 직원들의 제안이 있으면 언제나 경청했고, 늘 대화의 준비가 되어 있었다. 그러나 유감스럽게도 그가 남들에게서 얻은 정보를 자신을 위해(이 점에 대해서는 아무도 이의를 달지 않을 것이다), 그리고 남들을 제압하기 위해 이용했다는 점이 밝혀졌다. 동료 직원이 제안한 개선 방안을 자신의 업적으로 가로챘으며, 자신의 승진을 위해 동료들에 대한 정보를 이용했다.

겉으로 볼 때 그런 인간은 대단히 '가치 있는 동료'이다. 그러나 가장 무례한 방법으로 인간의 존엄과 다른 사람들의 가치를 업신여긴다. 그런 사람은 성공의 사다리를 타고 계속 위로 올라간다 할지라도, 행동에 대한 솔직한 평가에서는 경멸받을 뿐이다.

이 책을 읽는 사람 누구나 여기에 예시된 종류의 사람들을 분명히 알고 있을 것이다. 어쩌면 이런저런 예에서 자신의 모습 일부분을 발견할지도 모른다. 어쨌든 당신은 한 인간의 가치가 어떻게 형성되는지 분명히 알게 될 것이다.

- 자신의 가치를 알고 있다면, 스스로를 존중하고 이러한 자기 존중감을 잃지 않고 늘 직시할 수 있도록 행동하라. 이것은 당신의 자기 자신에 대한 의무이기도 하다.
- 자기 가치를 알고 있다면, 다른 사람들이 그 가치를 훼손하지 못하게 하라. 대개의 경우 당신의 거동에 내적인 태도가 드러나기 때문에 남들이 감히 당신의 가치를 훼손하지는 못할 것이다. 그렇지 않은 경우 분명히 말을 하라. "그러지 마세요! 거기까지입니다. 더는 안 됩니다!" 혹은 그냥 "안 됩니다" 하고 말하라.
- 자신의 고유한 가치를 알고 있다면, 다른 사람들도 존중하는 태도로 대하는 게 지극히 당연하다. 이것은 공동생활과 공동작업의 질을 보다 높여준다.

다른 사람들로부터 존중받고 우리의 가치를 인정받는 것은 우리 모두에게 중요하다. 이를 위해 우리는 많은 시간을 쏟아 부으며 노력을 기울인다. 그 시간과 노력은 자존심을 지키는 데 쏟는 것보다 훨씬 많다. 그러나 우리가 우리 자신의 가장 좋은 친구인지 아니면 가장 나쁜 적인지는, 우리 자신에게 얼마나 가치 있는가에 좌우된다. 다른 사람들이 우리에 대해 어떤 생각을 갖고 있는지는 상관없다. 그보다는 우리가 스스로를 어떻게 여기는지가 훨씬 중요하다. 특히 직장을 잃었거나 경제적으로 몹시 궁핍할 때, 또는 남들로부터 거절당했을 때처럼, 우리의 자기 가치의식이 공격받을 때 말이다. 그럴 때 자기 가치에 대한 감정을 잃지 않는 것은 삶에서 너무도 중요한 의미를 지닌다.

 이렇게 해보라

□ 거울 앞에 서서 하루 일과를 다시 한번 상기하자. 당신은 지금 거울을 직시하는 것처럼 늘 자신을 의식하며 행동했는가? 그리고 당신은 자기 가치를 의식하는 사람에게 합당한 대접을 받았는가?

□ 이 훈련을 위해서도 거울이 필요하다. 거울 속을 직시하면서 자신에게 이렇게 말한다.

"헤이, 나는 오직 하나뿐이야!"

거울을 지나갈 때마다 이 말을 하라. 처음에는 고루하게 여겨지겠지만, 어쨌든 당신의 자기 가치의식은 강화될 것이다. 이 문장을 평소에도 늘 말하자. 특히 존중받지 못하는 상황에 놓일 때 말이다.

자신을 있는 그대로 받아들여라

자신의 가치를 깨닫는 데 있어 자긍심과 자기 존중이 얼마나 중요한 가에 대해서는 앞 장에서 언급했다. 이제 그렇게 될 수 있는 중요한 조건들 중 하나를 살펴보겠다. 그것은 자신을, 그것도 있는 그대로 받아들이는 것이다. 모든 장점뿐만 아니라 단점까지 포함해서 말이다. 특히 단점을 받아들이는 것은 대단히 중요하다!

보다 날씬하고 건강하고 자신감 있고 인내심 있기를 바라지 않는 사람이 있을까? 이 모든 특성을 당신은 지닐 수 있다. 그리고 이 책에서 또한 여러 가지 방법이 제시될 것이다. 그러나 이런 특성을 갖게 되면 예전보다 자신을 더 많이 인정할 수 있을 거라고 잘못 생각해서는 안 된다! 당신의 시도는 나름대로 성과가 있을 것이다. 그것만으로도 당신은 자긍심을 가져 마땅하다. 테니스를 칠 수 있게 되었거나 예전 몸집에는 도저히 맞지 않는 멋진 옷을 입을 수 있게 되었다면, 그것은 당연히 좋은 체험이 될 것이다. 그렇게 되었다고 자신을 전보다 더 많이 내적으로 인정하는가? 설령 그럴 수 있다 하더라도, 왜 자신을 현재의 모습 그대로 받아들이지 못하는가? 그렇게 되면 어쨌든 당신의 목적을 실현하는 게 더욱 쉬울 텐데 말이다. 당신의 투쟁이 더 이상 자신에 맞서기 위한 게 아니라 자신을 위한 것이 되기 때문이다! 그리고 당신의 가장 강력한 동맹군이 자신 안에 있게 된다.

다음의 질문에 답함으로써 자신을 무조건 받아들이는 게 얼마나 중요한지 확실히 깨닫자.

당신은 단지 이런저런 약점 때문에 다른 사람, 가령 자녀나 파트너를 거부하는가? 그렇다면 당신이 자신을 거부하는 이유는 무엇인가?

사소한 약점들이 오히려 사랑스럽고 인간적으로 보이게 할 때가 종종 있지 않은가? 당신은 왜 자신을 그렇게 보아서는 안 되는가?

심각한 약점이 다른 사람들의 경우, 거부감보다는 오히려 연민을 불러일으키지 않는가? 당신은 왜 자신에 대해 연민을 갖지 못하는가?

흔히 자신의 인격을 거부하는 데서 약점이 생기고, 그 약점은 큰 병으로 발전할 수 있다. 우리의 삶을 망치는 일들을 보상하고자 애쓰는 게 종종 그 이유가 된다. '삶'은 그러나 대개 우리 자신이다! 그 예를 들어보면 다음과 같다.

• 제어할 수 없는 식욕: 이것을 통해 우리의 내적인 어린아이를 달랠 수 있다. 우리는 내적으로 아직 어리다는 점을 인정하지 못한다. 그리고 내적인 어린아이는 자신이 받지 못한 애정을 단것을 통해 보상받으려 한다. 그 결과 과체중이 되어 몸과 정신이 건강하지 못하고, 종종 억지로 토함으로써 체중을 줄여야 할 때도 있다.

• 습관적인 음주: 이것으로 부정적인 상황이나 감정을 억압할 수 있다. 즉 "술에 취해 삶이 아름답게 되는 것이다". 처음에는 잠시 그렇게 될 수 있고 기분도 좋아지며 자신감까지 생긴다. 그러나 상황 자체나 우리 자신을 보면, 달라지는 것은 전혀 없다. 이를 깨닫고 나면 후회만 점점 더 깊어지고, 그 후회를 다시 알코올로 이기려 하게 된다.

• 일 중독: 누가 보아도 '일 중독자'임에 틀림없는 사람들이 있다. 그들에게 있어서 일은 삶 전체를 의미한다. 이런 사람들이 없었다면 수많은 발명이나 발견은 이루어지지 않았을 게 분명하다. 그러나 이런 사람들은 큰 대가를 지불한다. 그들은 삶의 다른 영역을 모두 배제한다. 배제되는 영역에는 흔히 건강과 행복에 중요한 인간관계가 해당된다. 대부분의 일 중독자들은 오직 자기 일에 대해서만 정의를 내리려 하고, 자기 자신이나 남들에 대한 가치를 일을 통해 규정하려 한다. 그리고 자기 자신의 인성에서 기인하는 문제들로부터 흔히 일하는 것으로 도망친다. 그들 역시 자신을 현재 있는 그대로의 인간으로 받아들일 수 없는 것이다.

우리 자신을 조건이나 이의를 달지 않고 있는 그대로 받아들일 수 있다면, 이런 약점들은 저절로 사라지기도 한다. 그렇게 되면 다른 경험 가능성들을 군것질이나 음주나 일로 대체할 필요가 없다. 자신의 약점을 받아들이면 적어도 효과적인 치료로 나아가는 길이 열린다. 당신의 온갖 약점들 외에 자신 안에 가지고 있는 장점과 자기 자신을 믿어보자. 발음 장애나 시각 장애, 또는 기타 신체 장애 등 사람들을 의기소침하게 만들 수 있는 결함의 경우에도 마찬가지다. 이런 것들은 당신의 아주 작은 부분에 불과할 뿐이다! 당신의 인격 전체가 그런 것들에 장악당하지 않도록 하자. 말을 더듬고 귀가 쫑긋 세워지고 다리가 잘렸다 해도, 현재 있는 그대로의 인간인 당신은 전혀 달라질 게 없다! 반면 자신이 처한 상황을, 함께 살아가는 사람들과 당신 자신을 위해 바꿀 수 있다. 당신이 자신에 대해 "예스"라고 말하는 걸 배운다면 말이다.

 이렇게 해보라

ㅁ 오늘 실수한 게 있는가? 괴로운 상황을 겪었는가? 그런 순간들을 억압하지 말고, 특히 그런 일 때문에 자신을 미워하거나 경멸하지 말자. 상황이 '바보같이 진행되었다' 하더라도 이미 엎질러진 물이다. 다음번에는 더 잘할 수 있을 것이다.

ㅁ 자신에게 늘 미소를 짓고, 내적으로 그리고 가능한 한 외적으로도 보이도록 미소를 짓자. 영리하게, 만족스럽게, 그리고 부드럽게, 어쩌다 한번쯤은 약간 비웃듯이, 그러나 언제나 애정 어린 미소를 짓자. 자기 자신에게 늘 미소를 선사하자.

자기 자신을 좋아하라

당신은 자신을 좋아하는가? 다시 말해, 자신과 기꺼이 함께 있고 싶어하는가? 당연한 소리다. 당신이 자신과 떨어져 있을 수는 없으니까! 당신은 자신을 피할 수 없다. 왜냐하면 당신은 어쩔 수 없는 당신의 지속적인 동반자이기 때문이다. 자신을 좋아한다는 것은, 자신을 있는 그대로 받아들이는 것 이상이다. 자신을 좋아한다는 것은, 상황에 따라서는 자신을 사랑하는 것보다 중요할 수 있다.

자신을(또는 다른 누군가를) 있는 그대로 받아들인다고 해서, 그것이 무조건 자신을(또는 다른 누군가를) 좋아한다는 것을 의미하지는 않는다. 당신은 존중과 존경을 한다. 하지만 '좋아한다'는 것은 이와는 다른 것이다.

그리고 당신이 누군가를 사랑한다 할지라도, 그것이 곧 사랑하는 사람을 무조건 좋아한다는 것을 의미하지는 않는다. 사랑하는 사람은 때로 당신을 절망으로 몰아갈 수 있다!

누군가를 좋아한다면 그 사람과 함께 있고 싶어할 것이다. 그런 상태에서는 마음의 긴장이 풀리고 솔직하게 되며 신뢰가 넘칠 것이다. 또한 재미를 느낄 수 있고, 반드시 좋은 인상을 계속 주어야 할 필요도 없고, 전혀 감동을 주지 않아도 된다. 누군가를 좋아한다면 그냥 현재의 모습 그대로면 된다. 기분 좋다고 느낄 수 있고, 별다른 생각을 하지 않거나 그 어떤 이유에서건 양심의 가책을 느끼지 않으면서 순간을 즐길 수 있다. 그냥 마음의 긴장을 풀어도 되는 것이다……. 이런 유쾌한 느낌은 우리 안에 새로운 힘을 불러일으키고, 우리로 하여금 자신과 삶에 자신감을 갖게 해준다. 다른 사람과 함께 있을 때 이런 느낌을 갖는 것은 좋다. 그런데 당신이 대부분의 시간을, 심지어 늘 함께 지내는 존재는 누구인가? 바로 자기 자신이 아닐까. 따라서 당신이 자기 자신을 좋아하고 긴장을 풀어주며 놓아줄 수 있다는 것은 대단히 중요하다.

여기에서도 상호 작용이 일어난다. 자기 자신을 좋아하는 사람은 또한 다른 사람들도 좋아한다. 그것은 자신의 약점이나 인간성을 있는 그대로 받아들이고 좋은 측면도 볼 수 있기 때문에 가능하다. 자기 자신과 있을 때 긴장을 풀 수 있는 사람은 남들과 있을 때에도 긴장하지 않는다. 그리고 이것은 상호 작용을 강화시켜준다. 당신이 자기 자신을 좋아한다면, 남들도 당신을 좋아하는 일이 보다 쉬울 것이다. 자기 비난이나 자기 증오로부터는 사랑스러운 인성이 생겨날 수 없다. 그 결과, 동료들은 이런 사람 주변에서 기분 좋게 느끼지 못하기 때문에 마음을 접게 된다.

아무도 나를 좋아하지 않는다 하더라도(어쩌면 이런 경우만 있다 할지라도), 중요한 것은 내가 날 좋아하는 것이다! 이 명제는 언제고 당신을 도울 수 있다. 그러나 아침에 눈을 뜰 때마다 자신이 그냥 싫을 때가 있을 것이다. 다시 이불 속으로 기어들어가 세상에 전혀 존재하지 않는 것처럼 있고 싶은 마음이 굴뚝같을 것이다. 당신의 마음이 좋지 않을 이유는 전혀 없다. 해가 비추고 즐거운 날이 당신 앞에 놓여 있다. 그럼에도 불구하고…… 당신은 그냥 기분이 나쁜 것이다. 이에 대한 설명을 하자면 다음과 같을 수 있다.

- 잠을 잘못 잤다.(수면시간이 너무 짧았거나 전날 너무 많이 먹었거나, 잠자리가 너무 덥거나 차거나 시끄러웠다.)
- 나쁜 꿈을 꾸었다.
- 감기나 다른 병이 시작됨을 알려주는 전조다.
- 당신은 우울증 때문에 고생하고 있으므로, 아침에 깨어날 때 느끼는 비참한 기분은 일단 지나가야 한다.
- 당신은 원래 아침에 일어날 때마다 습관처럼 투덜대는 사람이다.

이런 설명 중 어느 것도 맞지 않다면, 당신은 그냥 기분 나쁜 것이다. 그 이유 때문에 당신은 물론이고, 다른 사람들도 나쁜 기분으로 생활해야 한다. 대부분의 경우 특이하고 성가시며 설명하기 어려운 이러한 현상은 빨리 극복된다. 비교적 짧은 시간 후에, 늦어도 저녁에나 아니면 다음날이면 그런 기분은 사라진다. 이런 기분을 다루는 최고의 전략은 '피해의 한계'를 정하는 것이다. 이 순간 당신에게 말을 거는 것이 더 낫다는 것을 분명히 알자. 누구든 때때로 별다른 설명 없이 기분 나

빨 권리가 있다. 그러나 어떤 경우든 명심해야 할 것은, 이는 당신이 자신과 함께 해결해야만 하므로 다른 사람이 대신 떠맡을 수 없는 문제라는 사실이다. 때때로 나쁜 기분의 공격을 받는 것은 너나없이 예외가 없을 것이기에 누구나 당신을 이해할 것이고, 그런 상태가 지속되는 동안 가능한 한 당신을 건드리지 않을 것이다.

 이렇게 해보라

ㅁ 외모, 특성, 능력 등 당신이 자신에게서 좋아하는 면을 전부 적어라.

ㅁ 다른 사람들이 당신에게서 좋아하는 것을 전부 적어라.

상처받거나 상처를 주지 마라

게르만 전설에 나오는 영웅 지크프리트(13세기 초에 완성된 〈니벨룽겐 노래〉의 주인공—옮긴이)에겐 다치기 쉬운 부분이 어깨에 있었는데, '면역시켜주는' 용의 피를 뒤집어쓸 때 보리수 잎이 떨어진 자리였다. 그리스 신화의 영웅 아킬레우스에게도 똑같은 일이 벌어졌다. 아킬레우스의 어머니인 바다의 여신 테티스는 아들을 영원히 살게 하고 싶었다. 그래서 아킬레우스에게 암브로시아(그리스 신화에 나오는 신들의 음식으로, 신들이 영생하는 것도 바로 이 신묘한 음식 때문이라고 한다—옮긴이)를 발라주었으며, 아들의 발목을 잡고 거룩한 불을 견디게 했다. 이곳이 아킬레우스에게 다치기 쉬운 약점이자 숙명이 된 발꿈치였다. 그래서 '아킬레스건'이라는 표현이 생긴 것이다. 어깨든 발꿈치든 마음속 깊은 곳이든, 누구나 '상처 난 지점'이 있다. 그리고 이 지점을 건드리는 사람은 우리에게 상처를 입히고 우리를 아프게 한다. 그것은 삶의 불안으로 이어지고, 삶에 대한 기쁨마저 어둡게 만든다.

이런 상처는 어떻게, 그리고 왜 생겨나는가? 대체로 우리를 아프게 하는 건 다른 사람들이다. 우리는 거절당했다고, 심지어는 적대적으로 취급당해 실망했다고 느낀다. 괴테는 사람들이 일반적으로 우리가 생각하는 것보다 훨씬 덜 위험하다고 말한다. 악의적으로 다른 사람들에게 상처를 주는 사람은 극소수라는 점에서 이 말은 맞다. 대개의 경우 전혀 다른 이유들이 작용한다.

예컨대 생각 없는 경솔함 때문이다. 종종 조심성 없이 원래 '그런 뜻'이 아니었던 말을 하고 만다. 다른 사람이 그 순간 어떤 상황에 처해 있고, 또 그 사람이 우리의 말이나 행동을 어떻게 이해할지에 대해 우리는 얼마나 생각하는가.

또는 서투름 때문이다. 많은 사람들이 근본적으로는 남을 위해 늘 최선을 다하고 싶어하지만 서투르기 이를 데 없다.

게다가 때때로 순전히 자기 방어일 때가 있다. 우리에게 침을 쏘는 벌은 악의에서 그렇게 하는 것이 아니다. 오히려 생존 의지 때문에 침을 쏘는 것이라 하겠다. 예컨대 개의 발톱을 자르려고 하면 아무리 아끼는 개도 덥석 물면서 저항할 것이다. 그것은 제어 불가능한 반사 작용이다. 인간의 공동생활에서도 사정은 같다. 우리가 파트너나 자녀 또는 다른 사람을 어떤 식으로든 곤경에 처하게 했다면, 그는 반사 작용으로 우선 어떻게든 자신을 방어하려고 할 것이다. 그때 우리의 가장 약한 부위를 공격하는 것보다 더 적합한 게 있을까?

당신은 앞에 나열한 이유들 때문에 누군가에게 뜻하지 않은 상처를 준 일이 없는가? 그리고 그렇게 한 것을 나중에 유감으로 생각하는 일은 없었는가? 그렇다면 당신이 먼저 상처 때문에 제어 불가능한 반응을 했으며, 왜 그런지를 상대방에게 솔직하게 말하자. 그렇게 하는 것이 당신과 상대방에게 도움이 될 것이다. 그러고 나서 상대방에게 이해하고 용서한다는 뜻이 담긴 미소를 지어주자. 그러면 당신은 양쪽의 상처를 치유하는 것이다.

그런데 궁극적으로 누구로부터 상처받는지 우리 스스로 알아낼 수 없을까?

앞에 언급한 경우들에서는 다른 사람들의 뜻하지 않은 서투름이 문제가 된다. 그렇다면 이런 서투름을 진지하게 받아들여 쓸데없이 고통을 겪을 필요가 없다.

누군가 우리에게 의도적으로 상처를 준다면, 그의 태도는 오히려 그에게 불이익을 초래하지 않을까?

사람들이 우리에게 무관심하다면, 그들의 말 역시 우리와는 상관없는 일이다.

다음의 원칙을 명심하자. 의도적으로 상처를 주려는 사람에게서는 상처받지 않을 수 있다. 그렇게 하는 동기를 이미 알고 있기 때문이다. 그것은 결국 상처를 주려는 사람 자신을 겨냥할 뿐이다. 그리고 무의식적으로 뜻하지 않게 상처를 준 사람은 근본적으로 당신을 해친 것이 아니다.

우리는 나름대로의 '아킬레스건', 즉 '상처 난 지점'이 있다. 격언이 되다시피 한 보리수 잎으로는 이런 약점을 보호하지 못한다. 우리의 이런 부위를 다른 사람들은—의도적이든 무의식적이든—쉽게 명중시킬 수 있다. 당신은 거미를 무서워하는가? 입술에 물집이 잘 생기는가? 가족 중 감옥이나 요양소에 간 사람이 있는가? 자신의 과거에 어두운 부분이 있는가? 당신의 지극히 사적인 아킬레스건이 무엇이든, 그것을 스스로 인정하자. 그리고 남들에 대해서도 굳이 숨기지 마라. 그렇게 되면 당신은 특히 중대한 문제가 생겼을 때, 악의를 품는 사람들의 의도를 처음부터 무산시킬 수 있다. 옛 속담을 뒤집은 다음의 말은 사소한 약점들에 적합한 듯싶다.

"처음에 웃는 자가 진짜 웃는 자이다."

당신이 자신의 사소한 약점에 대해 웃을 수 있는 첫 번째 사람이길!

그런데 우리가 자신에게 준 상처의 경우는 어떤가? 우리는 얼마나 자주 자신을 욕하고 조롱하며 하찮게 만들고 실수와 태만에 빠지며, 자신을 믿지 못하였는가? 우리가 우리의 가장 좋은 친구일 수 있지만, 또 우리의 가장 나쁜 적일 수도 있다는 말은 이미 언급하였다. 그러니 자신을 용서하고 믿자. 그리고 자신에 대해 한 번이라도 미소를 짓자! 자기 자신에 대한 의심과 비난을 통해서는 아무것도 더 좋은 쪽으로 바꾸지 못한다. 과거의 일이든 미래의 일이든 말이다. 자기 신뢰, 사랑, 자기 자신에 대한 애정이라는 '용의 피'를 언제나 뒤집어쓰자. 이로써 당신의 정신적인 면역 시스템이 강화되어 정말로 상처입지 않게 될 것이다.

 이렇게 해보라

▢ 당신은 오늘—원했든 원치 않았든—누군가에게 상처를 주었는가?

□ 당신이 누군가로부터 상처를 받았다고 느낀다면 그 이유가 무엇인지 자신에게 물어보자. 그 사람이 당신의 '상처 난 지점'을 건드렸는가?

□ 당신이 누군가에 의해 상처를 받았다고 느낀다면, 그것을 분명히 말하자. 의도적이라는 느낌을 받았다면, 왜 상처를 주는 말이나 행동을 했는지 직접 물어보자.

경험의 폭을 늘려라

인간은 말년보다 유아기에, 그것도 처음 몇 달 동안 엄청 많이 배운다. 그때 수많은 경험을 극히 짧은 시간 내에 수용하여 가공해야 한다. 목소리와 얼굴을 알아보고 연결하기, 몸짓과 표정과 억양을 알고 해석하기, 단어와 대상을 일치시키기, 소리를 말과 문장으로 형성하기, 앉기, 서기, 가기 등등. 유아기 때부터 우리는 상당한 양의 배움의 과제를 해치워야 했다. 그리고 이것을 어느 정도는 장난하면서 한다! 여기에는 항상 우리에게 유익한 경험들이 있다. 설사 그 경험들이 고통스럽다 할지라도 말이다. 뜨거운 아궁이에 한 번이라도 데인 아이는, 계속 "아궁이에 가지 마라. 뜨겁다"라는 말만 들은 아이보다 더 조심스러울 것이다. 개념이 감각적인 경험과 연관되지 않는다면, 아이가 '뜨거움'이란 단어의 뜻을 어떻게 알겠는가?

따라서 누구든 자기 나름으로 경험한다는 것은 또한 아주 중요하다. 얼마나 우리는 자녀들에게 고통스런 경험을 안 겪게 하고 싶은가. 특히 우리 자신이 이미 한 경험의 경우에는 더욱 그럴 것이다. 그러나 뜨거운 아궁이의 예에서처럼. 누구든 제 손가락을 데어보아야—말 그대로의 의미에서건 해석된 의미에서건—그것에서 배울 수 있다. 수많은 교육 과정이 '실행 학습(learning by doing)'으로 구상되는 것은 공연한 게 아니다. '시행착오', 그러니까 시도와 오류 시스템은 고도로 발전한 산업에서조차 혁신적인 기술의 주요 원리이다. 따라서 경험의 '보물'에 대해 이야기하는 것이다.

이런 생각을 한번 해보자. 당신의 삶에서 가장 중요한 경험은 가장 고통스러웠던 것이 아닐까? 물론 우리가 그 경험에서 배울 때에만 경험은 유익하다. 경험은 결국 무엇인가를 잃음으로써 풍성하게 된다는 것을 뜻한다. 이는 곧 우리가 한 번 실수할 용기를 가져야 한다는 것을 의미한다. 결코 어떤 새로운 것을 시험하지 않는 사람은 새로운 경험을 하지 못하고, 따라서 계속 발전할 수도 없다. 이것은 직업적인 면뿐만 아니라 인격적인 면에서도 마찬가지다. "경험은 엄격한 스승이다"라는 격언이 있다. 이는 경험이 우선 문제를 제기하고, 그 다음에야 비로소 배움이 시작되기 때문이다. 그러나 이것 또한 괜찮다! 가령 자동차 운전을 예로 들면 핸들을 잡지 않고 처음에 누구나 할 수 있는 실수도 하지 않았다면, 온갖 이론이 무슨 소용이 있겠는가? 감각적으로 한 경험이 비로소 이론에 의해 보완되고 설명되고 지지되어, 마침내 새로운 인식으로 이어질 수 있다.

우리가 교육을 통해 자녀들에게 늘 새로운 경험과 세상과 삶에 대한 보다 많은 지식을 전해주고 늘 새로운 문을 열어주려고 애쓰는 것처럼, 우리 어른들도 이 모든 가능성에 열려 있어야 한다. 발견하도록 자극하는 일이나 아름답고 고통스런 일이 여전히 많다 해도, 우리를 계속 발전으로 이끄는 일들은 언제나 존재한다. 늘 새로운 경험에 개입할 능력과 준비성은 우리를 보다 풍부하게 할 뿐만 아니라, 정신적·육체적으로도 젊게 해준다. 그리고 그것은 우리를 현명하게 만들어준다.

"한 인간의 지혜는 그의 경험으로 재는 것이 아니라, 경험하는 그의 능력으로 재는 것이다."[조지 버나드 쇼(영국의 극작가·소설가·비평가—옮긴이)]

또 이런 질문을 던질 수도 있다.

"특히 고통스런 경험을 통해 지혜를 얻는다면, 이 지혜가 우리에게 무슨 소용이 있을까?"

이미 언급된 온갖 장점들 외에, 다른 사람들과의 교제를 통해서도 더 많은 이해와 침착함을 계발할 수 있다. 또한 다른 사람들의 '어리석음'에 대해 오히려 미소를 지으며, 보다 정겹게 받아들일 수도 있다. 그렇게 되면 훨씬 편안한 상호 관계가 다시 형성될 것이다. 이는 당사자 모두에게 기분 좋은 일이다. 그러나 가장 중요한 것은 우리가 접하는 사건이 아니라, 그 사건에서 우리가 만들어내는 것이다! 그 사건 때문에 화가 나거나 심지어 괴로워할지라도, 우리가 거기에서 이득을 얻고 경험의 보물을 늘릴지는 오직 우리에게 달렸다. 그리고 경험이 우리의 지혜를 증대시켜주긴 하지만, 우리가 새로운 잘못이나 우둔한 짓을 하는 것을 막아주지는 못한다. 그래서 우리가 발전 가능성과 관계를 맺는다면, 우리의 발전 가능성에는 한계가 존재하지 않는다.

이렇게 해보라

□ 하루가 지나갈 때 그날 어떤 새로운 경험(크고 작은 경험, 좋고 나쁜 경험 등)을 했는지, 또 그 경험에서 당신이 미래를 위해 어떤 유익함을 끌어낼 수 있는지 깊이 생각해보자.

□ "현명한 인간은 자신이 하고 싶어하는 경험을 스스로 해본다."
  영국의 소설가 헉슬리가 한 말이다. 모든 경험을 다 해볼 수는 없겠지만, 그래도 선택의 폭은 크다. 그것을 움켜쥐어라!

□ 잘못할 수 있다는 두려움 때문에 낙담하지 말자.

살아 있음을 즐겨라

우리에게 활력이 있다는 것은 당연하다! 우리는 숨을 쉬고 식사를 하며, 심장이 뛴다. 우리는 일을 하고 운동을 하며, 그 밖의 다른 많은 일도 한다. 그러니까 우리는 살아 있는 것이다. 그렇지 않은가? 그런데도 자신이 마비되어, 삶 그러니까 이 귀중하고 짧은 삶이 스쳐 지나간다는 느낌을 갖는 사람들이 많다. 심리학자 필립 레르쉬는 '생명감(Lebensgefuhl)'이란 개념을 만들었다. 그는 인간의 현존 체험을 규정하는 일련의 감정들을 이 개념으로 이해했다. 다음과 같은 기본 정조가 여기에 해당된다.

- 배고픔
- 목마름
- 피곤함
- 불안
- 분노

- 슬픔
- 명랑함

　배고픔, 목마름, 피곤함은 우리가 스트레스를 받는 상황에선 한동안 무시할 수 있지만, 생존을 보장하기 위해 결국 충족되어야만 하는 느낌들이다. 식물의 경우 적어도 배고픔과 목마름은 충족되어야 한다. 동물은 사냥 때문에 지친 몸을 쉬지 못하면 극도의 피로로 인해 죽을 수 있다. 식물이 불안을 느낄 수 있는지에 대해서는 오늘날의 과학조차 해명하지 못하고 있다. 동물의 경우 불안의 감정은 생존에 필요한 요소이다. 반면 인간의 경우 불안은 생명감을 손상시킬 수 있으므로, 불안을 제대로 평가할 줄 알아야 한다. 동물도 슬퍼할 수 있다는 것은 분명하다. 예컨대 일부일처제를 따르는 황새와 백조를 통해 이런 사실을 알 수 있다. 황새와 백조는 죽은 배우자를 오랫동안 애도한다. 그러나 우리에게 닥치는 모든 것의 의미를 물을 때 생기는 인간의 슬픔은 동물들에게는 낯설다. 분노 역시 동물은 느낄 수 없다(어떤 사람을 미쳐 날뛰는 개에 비유할지라도, 이때는 광견병의 이미지를 말한 것이지 인간이 발전시킬 수 있는 감정을 말한 것은 아니다. 설령 그 감정이 병적인 것이 될 수 있다 하더라도 말이다). 명랑함도 이와 마찬가지다. 동물은 기분이 좋을 수 있지만, 마음의 명랑함은 동물에겐 낯설다.

　레르쉬의 정의에 따르면, 인간은 다른 모든 피조물보다 세분화된 생명감을 갖고 있다고 한다. 한마디로, 보다 생기 있다는 것이다. 현대의 자연과학도 오늘날까지 생명에 대해 명확한 물리적·화학적 정의를 내리지 못하고 있다. 다음의 특징을 묘사하는 것 정도만 가능할 뿐이다.

- 신진대사(신진대사의 필연성)
- 재생산(증식에 대한 능력)
- 돌연변이(유전질의 변화 가능성)

우리는 원생동물 및 영장류 등 다른 모든 생물과 함께 이런 속성들을 우리 안에서 하나로 만든다. 우리는 살고 있다. 그러나 그 이유 때문에 우리가 살아 있다고 느끼는가?

고전철학은 생명의 세 가지 발전 단계를 언급한다. 그것은 식물적 형태, 감각적 형태, 이성적 형태로, 각각 식물의 세계, 동물의 세계, 인간의 세계를 가리킨다. 식물은 '무성생식하고', 동물은 느끼고 또 감정을 표현할 수도 있으며, 인간은 자기의 이성(ratio)을 사용할 수 있다. 인도 격언 중에 이런 내용을 잘 요약해놓은 것이 있다.

"신은 돌 속에서 잠을 자고, 식물 속에서 숨을 쉬고, 동물 속에서 꿈을 꾸고, 인간 속에서 깨어난다."

행동 형태의 자유 역시 여러 차원에 걸친 이러한 존재 형태에 상응한다. 우리에게 중요한 것은 자유를 이용하고, 삶 즉 살아 있음의 모든 가능성을 활용하는 것이다. 따라서 아리스토텔레스는 삶의 두 가지 기본 원칙을 지각과 성장이라고 강조한다.

사소한 학문적인 부설은 이 정도로 하자. 삶, 우리 자신의 사적이고 개인적인 삶은 그저 유전과 환경의 작용만이 아니라, 오히려 우리 자신이 자본과 부채가 똑같을 수 있는 이러한 작용을 통해 만들어내는 것이다. 어떤 사람이 자신의 삶을 자율적으로 살지 못하고 혼자서는 아무것도 시작하지 못할 때, 식물처럼 근근이 살아간다고 말하는 것은 괜한 말이 아니다. 살아 있다는 것은 다음과 같은 의미를 지닌다.

- 자기 주위에 있는 모든 것을 깨어 있는 감각으로 수용한다.
- 계속 변화하고 있고 생성 중에 있으며 성장하고 있는 중이다. 살아 있는 인간은 뿌리, 줄기, 꽃부리, 꽃, 잎, 열매를 갖고 있는 나무와 같다. 나무는 필요한 양분을 땅뿐만 아니라 공기로부터도 받아들인다. 나무는 자라고 줄기가 튼튼해져 그늘을 드리우는 화관을 키운다. 꽃이 피고 나뭇잎은 푸르게 된다. 그리고 열매를 키운다. 그러나 살아 있는 인간은 나무의 이런 능력에 추가하여 또 다른 가능성들을 지닌다.
- 살아 있는 인간은 움직일 수 있다.
- 그 인간의 결실은 특히 그 자신에게 유용하다.
- 그러나 특히 그 스스로 자기의 성장을 결정할 수 있다.

루소는 이러한 사유 과정을 주제로 삼았다.

"생명이란 숨을 쉬는 것이 아니라 행동하는 것이다. 즉 우리의 장기, 감각, 능력, 간단히 말하면 우리에게 존재의 느낌을 주는 모든 부분을 이용하는 것을 말한다. 가장 많이 산 사람은 가장 오랜 세월을 사는 사람이 아니라 삶을 가장 많이 느낀 사람이다."

여기서 의식적인 삶에 대한 도전을 재발견하게 된다. 이 점에 대해서는 앞 장에서 이미 이야기한 바 있다. "현재를 즐겨라(Carpe diem)", 즉 하루를 따라!

나무는 결코 '완성되지' 않는다. 어쨌든 나무가 베어 넘어지거나 죽는 그날까지는 완성되지 않는다. 주변에 있는 나무를 한번 관찰한다면, 나무에서 일어나는 변화를 알아챌 수 있을 것이다. 성장 단계마다의 변화뿐만 아니라 계절의 변화를 알 수 있다. 나무는 단 하루도 그 전날과 같지 않다. 그런데도 그 나무는 늘 같은 나무이다. 인간은 나무만큼 쉽게 '완성되지' 않는다. 생물학적으로 커진다고 해서 그 자체로 완성되는 게 아니다. 자신의 살아 있음은 자신의 변화 및 발전 능력을 통해, 생명의 가능성과 자기 안에 놓여 있는 가능성에 대한 호기심을 통해 경험할 수 있다. 괴테의 《파우스트》는 삶의 지혜에 관해 무진장한 보물을 담고 있다(이것으로 젊은 사람들을 언제든 놀라게 하고 감격하게 만들 수 있다!). 무대에서의 전곡에 나오는 어릿광대의 말을 그 예로 들 수 있다.

"완성된 인간은 만족시킬 수 없지만 아직 성장하는 인간은 언제나 고맙게 여깁니다."

나무도 성장에 대해 그 나름대로 고마워할 수 있을지 모른다. 그러나 우리 인간은 우리의 성장을 의식적으로 느끼고 조절할 수 있다. 이 것이야말로 진짜로 고마워해야 할 이유가 아닐까?

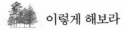 이렇게 해보라

▫ 당신은 언제 정말로 살아 있다고 느끼는가? 긴장하는 상황에서인가, 아니면 긴장이 풀리는 상황에서인가? 혼자일 때인가, 아니면 다른 사람들과 함께 있을 때인가? 움직일 때인가, 아니면 휴식하고 있을 때인가?

살아 있다는 느낌을 일상에서 강화시키려고 애쓰자.

▫ 당신이 뿌리, 줄기, 화관, 잎, 열매를 가진 나무라고 구체적으로 상상해 보자.

▫ 이 모습을 일상에 적용해보자. 당신의 뿌리는 어디인가? 당신은 어디서 '양분'을 얻는가? 당신은 어떤 '열매'를 지니는가?

▫ 당신의 가지와 뿌리가 대기 중에, 그리고 땅에 퍼져나가는 것처럼 성장의 느낌을 생생하게 그려보자.

시간을 활용하라

친절하게 미소짓는 데 얼마나 많은 시간이 필요한가? 그리고 언짢은 말을 하는 데는? 좋은 생각을 하는 데는? 나쁜 생각을 하는 데는? 시간은 아마 똑같을 것이다. 하지만 다른 사람들과 특히 자신을 위해 이런저런 행동을 결정하는 데 얼마나 긴 시간이 걸리는가?

당신은 얼마나 많은 시간을 낭비하고 활용하는가? 자신을 위해서인가, 아니면 다른 사람들을 위해서인가? 중요한 일을 위해서인가, 아니면 중요하지 않은 일을 위해서인가? 이처럼 귀중하지만 제한된 자본을 당신은 어떻게 다루는가? 시간이 사나운 개처럼 당신에게 달려드는가? 아니면 시간을 귀찮아하며 쫓아버리고, 할 일 없이 시간을 보내는가?

선함, 사랑, 동감 같은 감정의 자극들(이런 것들은 주면 줄수록 더욱 증가한다)과 달리, 시간은 우리에게 제한된 양만 주어지는 재산임에 틀림없다. 그런데도 우리는 시간을 '밑 빠진 독'에서 빠져나가는 것처럼 아주 헤프게 쓴다. 탕진하고 몰아내는 것, 심지어 할 일 없이 보내는 것은 시간의 한 측면이다. 다른 한편 우리는 시간에 쫓기고 추격당하고 독촉당한다. 시간은 내적으로 분열된 어떤 것이다. 어쨌든 우리들 대부분에겐 시간이 너무 적고(가끔은 너무 많고) 결코 충분치 않은 것처럼 보인다. "시간은 돈이다"라는 구호는 그사이 구식이 되었다. 점점 더 많은 직장인들이 돈보다는 여가시간에 보다 큰 가치를 두게 되었다. 유대인들의 특별한 사업 수완에 대해 말들이 많지만, 유대인 격언에 "시간이 가장 귀중한 재화다"라는 말이 있다. 시간은 돈으로 살 수 없기 때문이다.

물리적인, 따라서 측정 가능한 시간을 지각하는 게 얼마나 천차만별인지 특이할 정도다. 예를 들면 주관적인 시간 같은 것도 있다. 그래서 경험이 풍부한 시간은 우리에게 짧게(흥미진진하고 강렬하게) 여겨지는 반면, 동일한 시간만큼의 기다림은 길게(지루하게) 느껴진다. 회상할 때 우리의 시간감각이 거꾸로 된다는 것은 무척 흥미로운 사실이다. 미국의 철학자 맥타가트(J. M. Ellis McTaggart)는 모든 세상사에서 시간을 순전히 인간학적인(인간적인 느낌에서 시작되는) 요소로 이해했다. 상대성 이론(아인슈타인이 제창한 현대 물리학상 중요한 이론으로, 시간·공간이 각각 관측자에 대하여 상대적으로만 의미를 가진다고 한다―옮긴이)은 여기서 한 발 더 나아간다. 말하자면, 상대성 이론은 시간이 다른 좌표계로 이행될 때 변형, 그러니까 변환된다고 말한다. 모든 좌표계에서 동일한 시간의 위치를 향해 수많은 특수한 좌표계 시간이 다가간다. 상대성 이론이 비록 학문적으로 논란의 여지가 있다 하더라도, 한 시간이 무척 빨리 지나가기도 하지만 영원처럼 오래 걸리기도 한다는 경험은 누구나 했을 것이다. 이처럼 우리의 시간 체험이 주관적인 것이라면, 우리의 시간 할당도 주관적으로 할 수 있어야 한다.

"시간이 없다."

이것은 오늘날 시간과 관련된 우리의 고민인 듯싶다. 한 시간은 여전히 60분이다. 그것은 백 년 전이나 천 년 전이나 똑같다. 오늘날 벌어지는, 이처럼 특이한 '시간 감소'에 대해서는 여러 가지 이유가 있다.

첫째, 우리의 세계는 점점 더 작아지고 있다.

현대의 교통수단 덕분에 오늘날 거주지와 일터의 지역이 다를 수 있게 되었다. 출퇴근하는 직장인들은 날마다 거리와 선로에서 많은 시간을 보낸다. 거주지와 일터의 분리는 시간 소비를 부추긴다.

이와 마찬가지로 멀리 떨어진 장소에서 여가를 보낼 가능성도 보다 쉬워졌다. 기차나 자동차나 비행기를 이용해 수백 킬로미터 떨어져 살고 있는 친구를 방문할 수도 있다. 현대의 관광 산업은 주말에 '잠깐' 런던이나 뉴욕을 다녀오거나, 마요르카 섬(지중해 서부, 스페인령 발레아레스 제도에서 가장 큰 섬—옮긴이)이나 세이셸 군도(인도양 서부에 있는 섬으로 이루어진 나라—옮긴이)로 휴가를 갈 수 있게 해준다. 그 가능성은 너무 유혹적이어서 차마 뿌리칠 수 없을 정도이다. 예전 같으면 이웃 동네로의 나들이도 오랫동안 생각하고 차근차근 계획을 세워야 했지만, 지금은 모든 게 쉬워졌다. 모든 게 도달 가능할 만큼 가까워졌기 때문이다. 그러나 이렇게 쉬워졌다 해도 시간은 걸리게 마련이다.

둘째, 생활이 점점 더 빨라지고 있다.

현대의 교통수단, 계속 발전하는 소통 기술, 새로운 근무 기술 및 생산 기술 덕분에 많은 일들을 10년 전보다 훨씬 빨리 처리할 수 있게 되었다. 컴퓨터 기술의 급속한 발전만 생각해보자. 기술적인 도움이 없으면 수년이 걸렸을 계산이 오늘날에는 몇 초면 해결된다!

모든 게 더 빨라지고 있다. 그래서 우리는 기껏 얻은 시간에 더 많은 일을 처리하려고 애쓴다. 시간을 얻는 데 또다시 시간이 필요하다. 그리고 시간을 얻느라 많은 시간을 잃어버리는 일도 종종 있지 않은가?

얼마 전에 누군가 엽서를 보내왔다. 그 속에 담긴 사연이 나로 하여금 깊이 생각하게 만들었기에, 엽서는 줄곧 내 책상에 놓여 있다.

"몇 년 동안 시간의 뒤꽁무니만 쫓아다녔습니다. 그러던 중 5월에 어느 기차역 화장실에서 시간이 뿌리박힌 듯 꼼짝하지 않는 일이 벌어졌습니다. 그곳에서 이런 문장을 발견했기 때문입니다.

'더 빨리 살아가는 사람은 일찍 끝장난다!'

여태껏 바지를 그렇게 천천히 끌어올린 적이 없고, 한낮의 햇빛을 받으며 마음 편히 기차를 놓친 적이 없었습니다."

셋째, 선택 가능성이 보다 다양해진다.

정보, 상품, 여가시간의 활용 등 선택 가능성은 그사이 엄청나게 많아졌다. 텔레비전 프로그램이 단 세 가지였던 게 결코 오래 전 이야기가 아니다. 그때는 결정이 쉬웠다. 그러나 오늘날은 위성과 케이블을 통해 30개 이상의 프로그램을 접할 수 있다. 비디오나 라디오 프로그램을 빼고도 말이다. 이제는 프로그램을 고르려 한다면, 미리 프로그램 예고를 살펴보아야 한다. 이를 위해서도 시간은 필요하다.

물건을 살 때도 마찬가지다. 오늘날 버터나 요구르트나 라면을 그냥 집는 사람은 없다. 더 맛있고 건강에도 좋으며 값싸고 특별한 상표를 먼저 살펴보아야 한다. 가정 살림을 위한 장보기를 계획하고 실행하는 것은 어느덧 과제가 되다시피 했다. 그것은 평범한 경영을 위한 자격의 전제 조건이 되고 있다. 제공되는 상품이 다양하다는 것은 기분 좋고 유혹적이다. 그러나 아무리 유쾌하다 하더라도 우리의 시간을 대가로 한다.

그리고 우리는 여가시간을 어떻게 다루는가? 어떤 가정주부든 어느 평범한 직장인이든 어떤 어린아이든, 오늘날에는 일정을 기록하는 메모장 없이 살아가지 못한다. 테니스 게임, 플루트 연습, 다과회, 한 달에 한 번 있는 브리지 게임, 협회나 단체의 회의 등, 뭔가 다른 일이 이미 계획에 들어가 있기 때문에, 우리는 계속 다른 일들을 단념해야 한다. 다른 많은 일들을 위해 기꺼이 시간을 내고 싶지만, 유감스럽게도 당장은 시간이 없는 것이다.

넷째, 우리는 늘 새로운 지식을 점점 더 많이 갖추어야 한다.

지식을 익히는 일은 대개의 경우 소위 시간을 절약해주는 제품을 사용하기 위해 필요한 게 사실이다. 그것은 간단한 토스터의 조작 설명서를 보는 데서 이미 시작된다. 간편한 세탁기도 오늘날 두꺼운 사용 설명서 없이는 결코 다가서지 못한다. 새로운 전화기나 팩스, 또는 컴퓨터의 작동 방법에 대해서는 두말할 필요가 없다. 이 모든 것에는 신경외에 늘 상당한 시간이 필요하다.

이 모든 일을 포기할 수는 없다. 어쩌면 특별히 추구할 만한 가치가 전혀 없는 일일 수 있다. 그렇다면 우리 시대가 가져다주는 좋은 점과 유리한 점을 가능한 한 이용하도록 하자. 그러나 속도와 다양성에 점령

당하지 않고 오히려 시간을 얻을 수 있는 일들을 시도하자. 인간과 우리가 중요하게 여기는 일들을 위해서이지만, 특히 우리 자신을 위해서 말이다. 바로 시간을 다룰 때 낙관적이어야 한다. 삶은 너무 짧거나 길기 때문이다. 물론 근본적으로 우리가 갖고 있는 시간은 너무 적지 않으며, 우리가 이용하지 않는 시간이 많다고 하겠다!

당신은 왜 시간이 없는가? 다음의 두 가지 질문에 대답해보자.

- 시간 경영을 잘못하는 것은 아닌가? 당신의 하루를 제대로 계획하지 못하는 것은 아닌가? 중요한 일과 그렇지 않은 일들을 구분하지 못하는 것은 아닌가? 기분 전환에 너무 쉽게 시간을 빼앗기는 것은 아닌가?
- 혹 '텅 빈' 시간 때문에 불안하지 않은가? 철저히 계획을 세우지 못해 당신이 자기 자신하고만 있게 되는 시간 말이다. 그 시간에 당신은 어쩌면 자기 자신하고는 아무것도 시작할 줄 모를 수 있다.

첫 번째 질문을 위해 이번 장은 당신에게 생각의 단초를 제공해줄 것이다. 두 번째 질문을 위해서는 책 전체가 도움이 될 것이다.

그렇다면 낙관주의자들은 시간을 어떻게 다루는가?

낙관주의자들은 시간을 이용한다. 앞의 장에 나오는 "현재를 즐겨라(하루를 따라)"라는 격언을 기억하자.

그리고 낙관주의자들은 시간을 즐긴다. 이 점에 대해서도 이 책은 기운을 북돋아줄 것이다.

또한 낙관주의자들은 시간을 갖고 있다. 시간이 없다면, 시간을 얻거나 취해라. 이때 다음의 훈련이 도움이 될 것이다. 하지만 그 훈련에 착수하기 전에, 시간을 다루는 것에 관한 작은 일화를 당신에게 들려주고 싶다.

뉴욕의 한 회의에서 미국 사람과 중국 사람이 서로 알게 되었다. 두 사람은 다음 회의 장소가 같았기 때문에 함께 길을 나섰다.

"지하철보다 버스를 타면 10분이면 도착할 겁니다."

미국 사람이 이렇게 말하자, 중국 사람도 동의를 표하고 미국 사람을 따라갔다. 두 사람은 버스에서 내려 공원을 지나갔다. 중국 사람이 벤치에 앉아 아침 햇살을 쬐며 이렇게 말했다.

"얼마나 멋져요. 이제 정말 10분을 벌었군요."

 이렇게 해보라

▫ 며칠 동안의 시간 목록을 작성해보자. 당신이 시간을 어떻게 사용하는지 철저히 기록한다. 당신은 중요하지 않거나 상관없는 일에 얼마나 많은 시간을 낭비하고 있는가?

▫ 그 다음에는 일회성 사건들을 기록하고, 그때마다 가능한 한 빨리 그 항목들을 제거하자. 그러면 당신은 보다 중요한 일들을 위한 시간을 얻게 되고, 무엇보다도 당신 자신을 위한 시간을 확보할 것이다.

▫ '시간 도둑'을 찾아내자! 어떤 일들과 어떤 사람들이 당신에게서 중요한 시간을 훔쳐가는가?(작은 충고: 미카엘 엔데의 놀라운 책《모모》를

읽어보자! 당신에게 시간이 왜 부족한지를 알기 위해, 이 책을 읽을 시간을 내보자.)

□ 당신은 다급하고, 쫓기는 것 같은가? 깊이 심호흡을 하되 아주 천천히 하자.

□ 날마다 자신을 위해 시종일관 15분씩 내자. 당신에게 재미있는 것을 당장 해보자. 책을 읽고 음악을 듣고 산책을 하거나 그냥 바깥을 응시해도 좋다. 그러나 이 15분의 시간은 고정된 습관으로 만들자.

인내심을 갖고 기다려라

이 장에서는 당신에게 차 한 잔을 대접할까 한다. '기다리며 차를 마신다'는 것은 괜한 짓이 아니다. 그것은 적어도 영국 사람들이 가장 보편적으로 따르고 있는 현명한 습관이다. 향기 좋은 차 한 잔을 마실 때는 미리 고민하거나 논의하지 않는 것이 가장 중요하다. 차 한 잔을 마시다 보면 들떴던 마음도 가라앉고, 비로소 생각도 차분하게 가다듬을 수 있다. 또 차 한 잔을 마신 후에는 어떤 일이 예전처럼 그렇게 나쁘거나 불안하게 보이지 않는 경우도 종종 있다.

물론 급히, 그것도 당장 행동에 들어가야만 하는 화급한 상황은 늘 있게 마련이다. 예를 들어 손실을 막고 도움을 주거나, 적시에 제대로 된 말을 찾아야 하는 경우가 그렇다. 그러나 아무리 그런 상황일지라도 당황하지 말고, 아무리 급해도 성급하게 행동해서는 안 된다. 오히려 대개의 경우 기다리는 것은 전적으로 그럴 만한 가치가 있다.

우선, 저절로 해결되는 일들이 많다.

이런 경험을 틀림없이 해보았을 것이다. 별로 급할 것 같지 않은 편지들을 모아두었다가, 작정하고 편지함을 열 때가 있을 것이다. 그럴 때 혹 아주 중요한 일을 방치했다는 사실을 깨달을 때가 있을지 모른다. 그러나 내 경험상 이런 경우는 극히 드물다. 그냥 그때까지 기다려도 되는 일들이 있다. 또한 깊이 숙고할 시간을 가짐으로써, 또는 그사이에 새로운 발전이 이루어지거나 새로운 정보가 축적됨으로써 오히려 득이 되기도 한다. 그러나 처음에는 불안할 정도로 엄청나게 많아 보였던 편지도 대부분 그사이에 그냥 저절로 처리되고, 모두 휴지통에 버려지기 일쑤다.

어떤 일이 흥미로울 것 같아서 더 많은 정보를 수집하려고 애쓰지만 결국 그렇게 되지 않는 경우도 종종 있다. 정말 중요해 보이는 경우, '긴급 요망!' 표시가 있는 편지함에 넣는다(이런 편지함이 실제로 있건 아니면 우리의 관념 속에만 존재하건 상관없다). 그러나 급하지 않은 다른 것은 전부 일단 저장해둔 후 제자리를 찾아도 된다. 특히 우리 자신의 평가에 따라서 말이다. 그렇게 하면 시간과 에너지를 절약할 수 있을 뿐만 아니라, 종종 불필요하게 얽히는 일들도 피할 수 있다.

그리고 차분히 관찰하면 전혀 다르게 보이는 일들이 많다.

처음에는 우리를 화나게 하고 격분하게 만들거나 불안하게 만드는 일도, 조금만 가까이서 살펴보면 전혀 그럴 만한 일이 아님을 알 수 있다. 반면에 처음에는 우리를 열광케 했던 것이 시간이 지나면서 그 광채를 잃어버릴 수 있다. 따라서 중요한 결정일수록, 좀 더 거리를 갖고 냉정하게 관찰할 수 있을 때까지 사안을 일단 그대로 내버려둘 필요가 있다. 일들은 "하룻밤 넘기면서 생각하라"라는 옛 선현들의 지혜는 오늘날에도 유효하다. 중요한 결정을 내려야 할 때 생각할 시간을 갖고자 한다면, 누구든 당신의 요청을 존중할 것이다.

성급한 행동은 실수를 낳기 쉽다. 기다릴 줄 아는 사람은 상대편이 실수를 하도록 만든다. 가령 정치적·경제적 협상에서 '꾹 참고 끝까지 앉아 있는' 사람이 가장 성공적인 결과를 얻어내는 경우도 종종 있다. 솔로몬의 잠언에 이런 내용이 있다.

"인내하는 자가 강한 자보다 낫다."

그러므로 시간을 자신을 위해 유리하게 써라.

마지막으로 '제때'가 필요한 일들이 많다.

성장하는 것은 모두 시간이 필요하다. 식물이나 인간은 물론이지만, 감정이나 능력도 그렇다. 이런 것에서도 인내심을 갖고 기다릴 줄 알아야 한다. 씨앗을 땅에 뿌린 사람은 일주일도 되지 않아 꽃이 피기를 기대해서는 안 된다. 태아가 태어나려면 열 달이 걸린다. 한창 자라나는 청소년이나 갓 성년이 된 사람에 대해서는 우리의 인내가 더욱 많이 요구된다. 발육하고 무엇인가를 몸에 익히기 위해서는 각자 자기 '나름의 시간'이 필요하기 때문이다. 그것은 부모나 교육자가 늘 하게 되는 경험이다. 영국인들이 "서둘지 마(Take your time)"라고 말하는 것을 독일인들은 부정확하지만 "침착하게 해!"라고 번역한다. 누구에게든 그 나름의 시간을 갖게 해주자. 자기 자신을 다룰 때도 마찬가지다. 자기 자신에 대해, 즉 자신의 성장과 변화에 인내심을 갖자. 그리고 유머를 갖고 기다림을 견디자. 유머러스한 기다림이 가능해야, 자신은 물론이고 주변 사람들에게도 삶이 훨씬 힘들지 않다.

기다림은 주저하거나 망설임이 아니라 자신 안에서 이루어지는 명확한 결단이라는 것을 이제 알 것이다. 기다리는 능력에 속하는 지구력도 우선은 훈련을 통해 얻어야 한다. 그렇게 되면 대체로 다음의 옛 격언이 진실로 판명될 것이다.

"최후에 웃는 자가 진짜 웃는 자이다."

따라서 영국 사람들, 그들의 차 한 잔, 그리고 '기다리면서 관망하는 태도(wait and see)'에 공감을 표하자. 독일의 축구 영웅 프란츠 베켄바우어는 이것을 '일단 지켜보자!'라고 멋지게 번역했다.

 이렇게 해보라

▫ 어떤 문제의 해결을 위해서는 기다리는 편이 혹 성급할지 모를 행동보다 낫지 않을까? 이 점에 대해 곰곰이 생각하는 습관을 기르자.

▫ 중요한 결정은 "하룻밤을 넘기면서 숙고하자".

▫ 성급하게 대답부터 하지 말고 열까지 세자. 그러는 동안 생각할 수 있는 시간을 얻을 것이다.

늘 깨어 있어라

자유로운 야생 상태에 있는 동물은 심지어 잠을 자는 동안에도 주변에서 일어나는 사건들에 촉각을 곤두세운다. 소리, 냄새, 움직임 하나하나 모두 기록하는 것이다. 그렇지 않으면 살아남기 어렵기 때문이다. 집에서 키우는 개와 고양이에게서도 이런 행동 방식을 엿볼 수 있다. 예를 들면 여러 가지 소리에 대해 귀를 움직이면서 반응한다. 이젠 굳이 그렇게 하지 않아도 살 수 있지만, 오랜 본능이 아직 습성으로 남아 있기 때문이다.

반면 우리 인간들은 사정이 다르다. 물론 사람도 위험이 있거나 스트레스를 받는 상황에 처할 때마다 아드레날린 분비가 증가하여, 뛰어 달아나는 것처럼 신속한 반응을 할 수 있다. 그러나 아주 보통의 일상에서 완전히 깨어 있는 사람은 극소수에 불과하다. 그 이유는 대개 다음의 두 가지로 볼 수 있다.

• 대부분의 시간을 자신과 자신의—실제 혹은 상상의—문제와 씨름하느

라고, 주변 세계를 의식적으로 지각하지 못한다. 다른 사람과 대화할 때, 쇼핑할 때, 산책할 때 자기 자신을 한번 시험해보라. 당신은 주로 '자기 안에' 빠져 외부 세계를 부차적으로 지각한다는 사실을 확인할 것이다.

- 또 다른 이유는 우리가 현대의 전자오락 제품과 맺은 관계 때문이다. 우리는 오락 제품을 즐기기보다 그것에 끌려다닌다. 여가시간을 적극적으로 만들어내기보다는 많은 경우 단순한 소비자로 전락하여, 습관적으로 보고 듣는다. 이로 인해 외부 인식의 많은 부분이 차단되고 만다.

그러나 주변 세계에 대해 완전히 깨어 있을 때에만 위급한 상황이 닥쳤을 때 신속하게 반응할 수 있다. 앞 장('인내심을 갖고 기다려라')과 모순되는 것처럼 보일지라도, 실제로는 앞 장의 보충이라고 할 수 있다. 기다리는 게 더 나을 때가 있는가 하면, 빨리 행동하는 게 나을 때가 있다. 이 두 가지를 구분하는 것도 기술이다. 하지만 그것은 우리 주위에서 벌어지는 일을 주의 깊게 인식할 때에만 가능하다. 한편으로 성급한 행동은 실수로 이어지지만, 다른 한편으로는 '시운(時運)'을 간과함으로써 심각한 결과를 초래할 수 있다. 이런 이유에서 "너무 늦게 오는 사람에겐 삶이 벌을 내린다"라는 고르바초프의 명언이 인구에 회자되는 것은 당연하다 하겠다.

그러나 사업이나 직장생활을 할 때에만 깨어 있어서는 안 된다. 평범한 일상생활에서도, 깨어 있는 정신으로 세상을 살아갈 만한 가치가 있다. 평소 부주의해서 보거나, 발견하지 못하고 지나칠 수 있는 일은 너무도 많다. 눈을 크게 뜨고 주위를 둘러보고 삶의 풍요로움을 깨달아라! 의도적으로 주변 사람들에게 관심을 기울인다면, 그들의 기분이나 감정도 알 수 있고 당신의 반응도 조절할 수 있다. 이것은 인간적인 정겨움의 형태만이 아니다. 이로써 양측의 상처도 피할 수 있게 된다.

 이렇게 해보라

▫ 오늘 만난 사람을 떠올려보자. 외모, 옷차림, 목소리, 몸짓 등을 묘사해보자.

▫ 당신은 대화를 나눌 때 상대방이 아직 말하고 있는데, 자신이 하고 싶은 말만 생각하는 경향이 있는가? 그렇다면 상대방의 말에 주의 깊게 귀 기울여보자.

▫ 주변 사람이나 주변 세계를 의식적으로 지각해보자. 직장이나 가정에서뿐만 아니라 산책할 때나 전철 안에서도 시도해보자.

긍정적인 감정을 마음껏 써라

낭비, 이 말은 부정적인 개념으로 자리를 잡았다. 그러나 솔직히 말한다면, 낭비하고 싶었던 때가 단 한 번도 없었는가? 이따금은 별 생각 없이 통 크고 아량 있는 사람이고 싶지 않은가? 이것은 대체로 시간과 돈, 그리고 에너지의 낭비와 연관되는 이야기인데, 그것도 주로 아무 의미나 쓸모 없이 사용할 때의 이야기이다. 그러나 항상 '이성적'이어야 하는 세상에서 한 번이라도 '비이성적인 것'을 하는 것이야말로 참된 해방이 아닐까? 얼마 전에 잘 알고 지내는 여자가 몹시 화를 내며 이런 이야기를 들려주었다. 나이 80이 훌쩍 넘어 양로원에서 살고 있는 어머니가 여름옷을 두 벌이나 새로 샀다는 것이다.

"그건 낭비예요! 어머니는 아무 데도 가지 않을뿐더러, 살아 계시는 동안은 옛날 옷들로 충분해요. 어머니라면 우리가 나중에라도 쓸 수 있는 걸 사는 게 사리에 맞을 거예요."

하지만 늙은 어머니가 옷 때문에 기뻐했다면, 낭비의 이유가 충분하지 않을까? 그렇게 생각하지 않는가?

나의 어머니는 내가 아는 한, 절약 정신이 그 누구보다 투철한 분이다. 어머니가 아버지의 박봉으로 어떻게 가족 전체를 배불리 먹이고 늘 좋은 옷을 입혔으며, 자식들에게 최상의 교육을 시킬 수 있었는지는 여전히 수수께끼다. 어머니는 매주 신선한 꽃다발 하나를 빼고는 자신에게 아무것도 허용하지 않았다. 때때로 돈을 들여 미용실에 다녀오거나, 시간이 감에 따라 절실하게 된 겨울 외투를 장만할 수도 있었으리라. 하지만 아니었다. 어머니는 돈을 신선한 꽃에 '낭비했다'. 그것도 꽃에서 그만한 기쁨을 얻는다는 단 하나의 이유 때문이었다. 나는 어머니로부터 배운 것이 많은데, 그중에서도 특히 외부의 상황이 어려울수록 인색하지 말아야 한다는 점이었다.

시간의 낭비도 이와 유사할 때가 종종 있는 것 같다. 시간의 문제는 앞에서 이미 다루었다. 오늘날 사람들은 돈보다 시간에 더 쪼들리는 것처럼 보인다. 한번이라도 시간을 낭비한다면 이중으로 좋은 일이 아닐까? 예를 들어 순전히 목욕만을 위해서는 몇 분으로 충분하겠지만, 향내 나는 오일을 부은 욕조에 사치스럽게 몸을 담가보자. 또는 집 안을 청소할 때 옛날 사진을 보면서 빈둥빈둥 시간을 보내보자. 또 페인트 값이 새 의자 값보다 비쌀지라도, 흔들거리고 낡았지만 무척 좋아하는 의자를 직접 칠해보자. 우리는 종종 시간을 벌기 위해 시간을 절약하려고 한다. 그러나 이때, 낭비한 시간이 바로 벌어들인 시간이라는 점을 명심해야 한다. 돈의 경우도 마찬가지지만, 그것은 시간이 거의 없을 때에도 적용된다.

시간과 돈이 낭비하면 사라지는 '원료'라면, 낭비해도 어느 만큼

'다시 자라는 자원'도 많다. 많이 낭비하면 할수록 우리는 그것에서 더 많이 얻게 된다. 이것은 예컨대 사랑, 친절, 미소 등에 적용된다. 이런 것들은 우리에게서 결코 고갈되지 않으며, 오히려 계속 새로 생겨난다. 인색하거나 좀스럽게 굴지 말고, 이처럼 풍부한 재화를 아낌없이 써보자. 남들이 애교가 부족하고 기분 나쁘고 신랄한 말을 헤프게 쓴다고 해서 우리도 그렇게 해서는 안 된다. 사랑, 친절, 미소 등을 많이 실천하면, 세상만 조금 더 밝고 아름다워지는 게 아니다. 그와 동시에 우리의 내적인 아량도 발전하여 삶에 새로운 차원이 생긴다.

긍정적인 감정들을 모두에게, 모든 일에 헤프게 쓰자.

 이렇게 해보라

□ 친절, 미소, 애정, 관심 등을 아주 의식적으로 헤프게 쓰자.
□ 때때로 시간과 돈을 헤프게, 그리고 '어리석게' 써보자.

걱정하지 마라

누구나 걱정은 있다. 큰 걱정이든 작은 걱정이든 있게 마련이다. 생존과 연관되는 걱정이 있는 반면, 삶의 질에 관계되는 걱정도 있다. 아무리 최선을 다해도 누구에게나 걱정은 생기게 마련이다. 하지만 그렇게 걱정해야만 하는가? 걱정의 상당 부분은 우리가 손수 만든 것임을 인정하자. 우리가 상상하는 최악의 사태는 벌어지지 않을 것이다. 그런 걱정이야말로 정말로 쓸모없는 것에 우리의 시간과 에너지를 낭비하는 것이다. 그러니 일단 걱정들을 제거하자. 우리의 활력을 빼앗고 방해까지 하니 말이다. 게다가 걱정은 정작 벌어진 사태를 조금도 바꾸지 못한다.

당신에게 걱정이 있다면 두 가지 가능성을 생각해보아야 할 것이다.

첫째, 만사가 너무 끔찍해진다.

어쩌면 실망하더라도 기분 좋을 수 있고, 그렇게 되면 기분 나쁜 정도도 절반 정도밖에 안 된다. 그러나 나쁜 것을 기대하면, 자석이 쇳가루를 끌어당기듯 대부분 나쁜 것을 끌어당기게 된다. 그러면 만사가 끔

찍하다.

둘째, 만사가 좋아진다.

모든 게 실패할 수 있다. 그러나 아닐 수도 있다. 어쨌든 당신은 부담되는 생각을 미리 하지 않았다. 그런 생각은 해보았자 아무것도 바꾸지 못했을 것이다.

당신에게 지금 게임을 하자고 유인하는 것은 아니지만, 그냥 일단 승리에 기대를 걸자. 만약 당신이 진다면, 걱정한다고 해서 패배를 막을 수 없을 것이다. 그렇지 않은가? 하지만 당신은 자신과 운명에 적어도 게임할 기회를 한 번은 준 것이 된다.

당신의 걱정이 아무리 정당하다 해도, 그리고 걱정을 별도로 더한다고 해서 달라지는 일은 전혀 없을 것이다. 이제 당신이 할 수 있는 생각들을 제시하겠다.(생각은 당신이 생각하는 것보다 큰 힘을 지니고 있다.)

• 그것은 현재 그대로이며, 나는 아무것도 바꿀 수 없다.

　그렇다면 나는 운명과 화해하고 거기에서 최상의 것을 만들어내겠다.

• 그것은 훨씬 좋아질 수 있을 뿐이다.

　그렇다면 나는 이 긍정적인 생각을 지원하기 위해 모든 걸 하겠다.

• 그것은 훨씬 나빠질 수 있을 뿐이다.

　그렇다면 할 일이 많다. 시작하자.

• 그것은 현재 있는 그대로이다.

　그렇다면 내가 왜 다른 모든 것을 즐기지 못하겠는가?

'걱정'이란 단어를 언어사적으로 살펴보면 '병'의 의미를 지닌다. 병은 전염이나 기질이나 여러 상황에 의해 걸릴 수 있다. 그런데 의도적으로 병에 걸릴 수 있을까? 그런 이유 때문에라도 걱정해서는 안 된다. 그리고 이런 점에서 '걱정하지 말고 살아라!'라는 데일 카네기(인간관계 분야에서 유명한 컨설턴트—옮긴이)의 책 제목은 참으로 적절해 보인다. 걱정이란 당신의 삶에서 일부에 불과할 뿐 삶 전체가 아니라는 사실을 결코 잊지 말자. 말하자면 삶은 걱정이 있음에도 불구하고 계속 이어지며, 어쩌면 그 이유 때문에 아주 강렬하게 경험할 수 있다. 그렇지 않아도 물이 목까지 차 있다면, 고개를 떨어뜨려서는 안 될 일이다. 이 대목에서 다시 한번 '인내심을 갖고 기다려라'라는 장을 참고할 것을 권한다. "기다리면서 관망하라." 그러면 깜짝 놀라며 당신의 운명이 지닌 긍정적인 힘을 신뢰할 것이다. 영국에서 지낼 때 영국 노래 몇 개를 배웠는데, 그중에는 제1차 세계대전 때 만든 병사의 노래도 있었다. 나는 걱정이 생길 때마다 이 노래를 부르곤 한다. 그리고 지금까지 매번 도움이 되었다.

　걱정을 모두 벗어버리고서
　스마일, 스마일, 스마일.
　젊은이답게 활짝 웃어요, 세상 즐겁게.

　그저 한번 미소지음으로써 얼마나 많은 (실제 혹은 상상의) 걱정들이 없어지는지를 알면 깜짝 놀랄 것이다.

이렇게 해보라

□ 당신을 걱정하게 만드는 것을 몽땅 집어넣을 수 있는 쓰레기 봉지를 상
상으로 싸맨 후 길가에 세워둔다. 이러한 영혼의 쓰레기를 위한 수거도
있게 마련이다.

□ 긴장을 푼다. 천천히 심호흡을 하고, 가을에 잔잔히 흘러가는 강물 위
의 다리에 서 있는 자신의 모습을 상상한다. 낙엽은 떨어지면서 당신을
스쳐 지나간다. 근심을 강물에 던져버리고 흘러가게 한다.

□ 걱정들을 차례로 불러모으고 그 모습을 직시한다. 그리고는 매번 이렇
게 말한다.

"내가 널 갖고 있는 거지, 네가 날 갖고 있는 건 아냐."

□ 걱정하는 일 자체를 거부한다.

건강하게 사고하라

영양학자들은 인간을 먹는 존재라고 주장한다. 이와 마찬가지로, 인간은 생각하는 존재라고 말할 수 있다. 스페인의 철학자 오르테가 이 가세트는 심지어 사유야말로 소화나 혈액 순환처럼 생명의 작용이라고 여겼다. 이는 우리의 사유를 몸과 마찬가지로 소중히 다루어야 한다는 것을 의미한다. 실제로 부정적인 생각(증오, 시기, 질투)은 중독될 수 있는 반면, 긍정적인 생각(사랑, 애정, 호감)은 건강하게 해주는 힘을 방출한다. 수많은 명상법은 활동의 근거를 대부분 사고력에 두고 있다. 소망 성취에 관한 장에서도 보았듯이, '건강하게 사고하는 것'은 전적으로 가능하다.

"생각은 자유롭다"라는 말이 있으나 그 말이 우리가 마음대로 생각해도 된다는 것을 의미하지는 않는다. 설사 생각을 보거나 잴 수 없다 해도(생각을 측정하는 일은 뇌전류의 경우에만 가능하다), 생각에는 무한한 작용이 담겨 있다.

생각은 우리에게 영향을 미친다.

이에 관한 예는 무수히 많다. 자신을 보잘것없게 생각한다면, 또한 열등하다고 느낄 것이다. 반면 자신에 대해 좋은 생각을 갖고 있다면, 그에 상응하게 자신감을 느낀다. 건강에 대해 잔뜩 걱정 어린 생각을 한다면, 어떤 병이든 걸리기 쉬울 게 뻔하다. 그러나 긍정적으로 생각한다면, 건강에도 영향을 미쳐 몸이 질병을 보다 쉽게 물리치는 데 도움이 될 수 있다. 다른 사람들에 대한 부정적인 생각이 당신을 병들게 할 수 있다. 그것 때문에 심리적으로 괴로울 뿐만 아니라, 육체적인 고통도 불러일으킬 수 있다. 어떤 사람은 '시기심 때문에 얼굴이 노랗다'. 질투심 많은 생각 때문에 간이 손상되어 얼굴색이 누렇게 된 것이다.

또, 생각은 다른 사람들에게 영향을 미친다.

설사 생각을 드러내지 않고 애써 숨긴다 해도, 생각은 어느 정도 분위기로 전달된다. 이것은 거부나 증오에 대한 생각을 할 때나 애정과 사랑에 대한 생각을 할 때나 똑같다. 자신에 대해 품는 생각도 마찬가지다. 그런 생각은 흡사 아우라(독일의 철학가 발터 벤야민의 예술 이론에 나오는 개념으로, 예술작품에서 흉내낼 수 없는 고유한 '분위기'를 뜻하는 말—옮긴이)처럼 우리를 감싼다.

그러나 직접 접촉해야만 다른 사람들에게 생각이 작용하는 것은 아니다. 어떤 사람에게 전화를 걸려고 하는 바로 그 순간, 상대방에게서 걸려온 전화를 받은 경험이 있을 것이다.

"이심전심이야!"

이런 경우에 할 수 있는 말임에 분명하다. 그러나 이심전심은 계속 작용한다. 당신이 누군가에게 보내는 좋은 생각은 모두 그 사람에게 긍정적인 의미로 작용하고, 멀리 떨어진 곳에서도 그 힘을 펼칠 수 있다. 나 자신은 어려운 상황에 직면할 때마다 친구들에게 좋은 생각을 보내 달라고 부탁한다. 그 힘이 날 지탱해주고, 친구들의 애정 속에서 나는 안전하다고 느끼기 때문이다.

우리가 생각을 어떻게—우리를 위한 것인지 아닌지, 다른 사람들을 위한 것인지 아닌지—사용할 것인가에 대한 결정은 전적으로 우리 자신에게 달렸다. 극기는 다른 사람들(또는 자기 자신)에 대해 부정적인 생각을 품지 않기 위한 것이다. 그러나 극기도 훈련될 수 있다. 그냥 늘 올바른 생각을 하라!

 이렇게 해보라

▫ 잠들기 전에 애정 어린 마음으로 당신이 알고 있는 사람들, 특히 당신 이 좋아하지 않는 사람들을 생각하자.
▫ 자신과 다른 사람에 대해 얼마나 자주 부정적인 생각을 하는지 유념하 면서 사고 훈련을 하자. 부정적인 생각의 최대 피해자는 바로 자신임을 분명히 깨닫고, 긍정적인 생각으로 바꿔보자.

위기를 기회로 삼아라

독일어에서 '위기(Krise)' 라는 단어는 그리스어에서 유래했으며, '결정적인 방향 전환' 의 의미를 지닌다. 이 개념 자체만 보면, 더 나은 쪽으로의 방향 전환인지 아니면 더 나쁜 쪽으로의 방향 전환인지 알 수 없다. 그런데도 일반적인 언어 습관상 거의 부정적으로만 사용된다. 그러나 여기에서는 위기가 전적으로 긍정적인 것일 수 있다!

먼저, 경제적 위기를 보자.

경제에서 위기는 언제나 경제적 상황의 악화를 의미한다. 그 때문에 이 장을 다 읽은 후에는 놀라게 될 것이다.(경제생활에서 혹 낙관주의자는 없는가?)

그리고 건강의 위기를 들 수 있다.

의학에서 위기는 종종 대단히 극적이지만, 모든 일이 좋게 되거나 나쁘게 될 수 있는 시점 또는 상태를 의미한다. 중병에 걸린 사람에게 의사가 우선 '고비를 지나봐야' 좀 더 정확한 것을 알 수 있다고 말하는 것을 들었을 것이다. 여기에서 고비는 대단히 중요한 요소로, 온갖 의료 행위보다 몸의 자연 치유력이나 환자의 삶에 대한 의지의 영향을 더 많이 받을 수 있다.

마지막으로, 개인적인 위기가 있다.

여기에는 두 가지 가능성이 있다. 하나는 외부에서 생겨나고, 다른 하나는 내부에서 생겨난다. 외부에서 일어난 위기는 예컨대 직장이나 가정이 해당될 수 있다. 이때는 대부분 문제가 어떻게, 왜 발생했는지 아주 분명히 인식할 수 있다. 직장에서는 해고 때문일 수 있고, 파트너 관계에서는 당사자들 사이가 소원해지는 것 때문일 수 있다. 이럴 때는 뭔가를 언급하는 것만으로도, 문제 해결에 다가설 수 있다!

내적 위기는 대개 사정이 다르다. 내적 위기는 처음에 답답한 불쾌 감으로 표현된다. 내적 위기에 처한 사람은 신경질적이고 불만을 품으면서도 정작 그 이유에 대해서는 알지 못한다. 규정하기 어려운 이러한 불쾌감은, 발전을 위한 새로운 걸음을 내딛는다는 신호이다. 이런 느낌을 긍정적인 것으로 여기자. 새로운 상황이 시작되는 것이다! 그리고 이때 우리 자신을 적극적으로 형성할 기회도 생긴다.

뉴스에서 위기 경영에 관한 언급이 있다면, 이는 대체로 아직 구할 수 있는 것을 구하려는 시도로 보는 게 좋다. 반면 개인적인 위기 경영이란 상황을 계속 발전할 수 있는 기회, 즉 긍정적으로 변화할 수 있는 기회로 본다는 것을 뜻한다. 그래서 낙관주의자는 내적인 위기에도, 외적인 위기에도 쉽게 무너지지 않는다. 낙관주의자는 위기를 운동 경기의 도전처럼 여기고, 그 기회를 이용하여 생각을 바꾼다. 이로써 보다 강해지고 계속 발전하게 된다. 위기는 언제나 당신 자신이 재료로 이용할 수 있는 것이다. 당신이 바로 위기 관리자이기 때문이다!

　그것은 비단 당신 자신에게만 적용되는 것이 아니다. 다른 사람들에게도 도움을 줄 수 있기 때문이다. 이는 냉정을 잃지 않음으로써 가능하다. 단지 당신이 위기를 파국이 아니라, 이제 드디어 능동적인 존재가 될 수 있는 기회로—아니, 도전으로!—보기 때문이다. 불운이 우리를 직접 가격하는 경우도 있다. 그러나 대개의 경우, 이 문제와 씨름할 수 있는 가능성은 우리 자신에게 있다. 따라서 운명의 급작스런 '가격'에 쓰러지지 않고, 또 가까운 사람이 당했을 때에도 약해지지 않는 것이 특히 중요하다. 친구가 유산의 위험에 처했을 때, 그 집에 있던 어머니가 곧장 응급 센터에 전화를 걸었다. 거기까지는 좋았다. 하지만 그것으로 끝난 게 아니었다. 그 어머니는 딸을 도와달라며 여기저기 돌아다녔다. 그 결과 구급차는 딸 대신 어머니를 병원으로 옮겨야 했다. 그 사이 딸은 가방에 들어갈 내용물을 침착하게 알려주었다. 이런 상황에서 모두 냉정을 잃는다면, 적어도 당신만이라도 굳건해야 할 것이다.

 이렇게 해보라

▫ 탐욕, 불만, 무관심 등 위기에 대한 징후가 나타나는지 살펴본다. 그렇다면 그 이유를 알아내려고 애쓴다. 해결 방안을 찾아라!

▫ 무슨 일이 일어나든 냉정을 잃지 않는다. 경련이 일어나지 않게 심호흡을 하고, '쿨' 하게 있어라.

온전한 재미를 즐겨라

당신은 최근에 언제 재미있었는가?

어쩌면 이렇게 되물을지 모른다.

재미라고? 그게 대체 뭔데? 웃는 것인가?

그렇다. 어떤 일에 대해 진심으로 아주 즉흥적으로 웃을 수 있다면 말이다. 영화를 보거나 어떤 상황을 경험하거나, 다른 사람들의 행동 때문에도 재미있어서 웃을 수 있다.

'기분 좋다고 느끼는 것' 인가?

그렇다. 이것은 사지를 쭉 펴고 말할 수 있다. 예컨대 하루를 시작할 때 "안녕, 좋은 날아!" 하고 말하는 게 여기에 해당된다. 유감스럽지만 우리는 대개 휴가 중에나 이런 식으로 말한다. 그리고 극히 드물지만 외부에서 받은 스트레스가 없거나, 스트레스가 없을 때에도 이런 식으로 말하는 게 가능하다.

'즉흥적으로 행동하는 것' 인가?

그렇다. 그냥 어떤 생각이나 기분에 따른다면 말이다. 비눗방울을 만들거나 맨발로 잔디밭을 거닐고 싶은 욕구가 없는가? 그렇다면 왜 하지 못하는가? 남들이 어떻게 생각할까 하는 염려 때문은 아닌가?

어떻게 하면 재미있을까? 이에 관해서는 확실히 여러 아이디어가 있을 것이다. 종종 이렇게 말하고 있진 않은가?

지금 뭔가 하고 싶은 게 있다면 재미있을 텐데!

물론 시간과 돈 또는 여건이 안 되기 때문에, 재미있을 만한 아이디어가 있다 해도 즉시 실행에 옮길 수는 없을 것이다. 그리고 어떤 경우에도 남들을 미끼로 하여 재미를 느껴서는 안 된다. 그러나 낙관주의자라면 언제든 웃을 수 있고 기분 좋게 느낄 수 있는 기회를 찾을 것이다. 그 이유는 이렇다.

낙관주의자는 남들이 자신을 어떻게 볼까에 대해 별 관심이 없다. 계단 난간을 타고 내려오거나 맨발로 춤을 춘다고 남들이 고개를 절레절레 흔든다 해서, 그것 때문에 신경 쓸 이유가 있겠는가?

낙관주의자는 좌중의 흥을 깨는 사람이 아니다. 낙관주의자는 스스로에 대해서도 재미있어하며 웃을 수 있다. 남들이 비웃는다고 해서 그게 무슨 대수겠는가? 오히려 유명한 속담을 뒤집은 말이 여기에서는 맞는 셈이 된다.

"처음에 웃는 자가 진짜 웃는 자이다."

낙관주의자에겐 오락반장이 필요 없다. 흥을 돋우는 사람의 지시에 따라 웃고 즐거워하는 것 따위에 낙관주의자는 관심이 없다. 그보다는 자기 나름의 방식으로 즐거워한다. 다른 사람들처럼 낙관주의자도 삶이 진지하며 때론 심각하기도 하다는 것을 잘 알고 있다. 그러나 이 또한 낙관주의자가 삶을 경쾌하게 여길 만한 충분한 이유가 된다.

낙관주의자는 자신의 행동 방식을 정당화하지 않는다. 어떤 것을 '그냥', 그러니까 "특별한 이유 없이 순전히 재미 때문에" 하는 것으로 충분하다. '즉흥적인 행동'(라틴어로는 '자발적'이라는 의미를 지닌다)은 갑작스런 충동을 따른다는 것만이 아니라, 충동이 외적인 계기나 영향 때문에 생길 필요가 없다는 것도 의미한다.

낙관주의자는 상황에 따른 익살을 알아볼 줄 안다. 이런 익살은 수많은 계기들 속에 숨어 있다. 대부분의 공식 모임이나 아주 평범한 일상생활에 약간의 거리를 두는 것으로는, 이 모든 게 진지한 의도를 지녔는지 아니면 그냥 시트콤(situation comedy)에 불과한지 거의 구분할 수 없을 것이다.

낙관주의자에겐 자기 자신이 세상에서 가장 중요한 사람이지만, 그렇다고 자신을 너무 중요하게 여기거나 늘 진지하게 여기지는 않는다. 어머니가 늘 하는 말에 따르면, 만사를 진지하게 여기는 사람은 바보 취급당한다고 한다.

낙관주의자는 즐거운 시간을 보낸 것에 후회하지 않는다. 설사 생각보다 돈이 많이 들었거나, 밤새 춤추느라 발에 물집이 생기고 눈 아래 피로의 흔적이 남는다 하더라도 말이다. 브라질 속담 중에 이런 말이 있다.

"재미있는 일을 하는 것은 지갑에 돈을 두둑이 갖고 있는 것보다 가치가 있다."

그리고 낙관주의자에게 있어 이런 경우에는 '재미의 요인'이 두둑

한 돈 뭉치보다 중요하다.

재미있다는 것이 의미하는 바를 나는 친한 친구에게서 직접 목격했다. 내가 그를 알았을 때 그녀의 나이는 예순 살이었다. 회색의 카이사르 복장 차림에, 왼쪽으로 몇 가닥 재미있게 땋은 머리를 길게 늘어뜨린 모습이었다. 추운 2월에 굳은 표정으로 바삐 지나가는 사람들에게 그녀는 제비꽃을 선물했다. 제비꽃을 주면서 미소와 함께 "봄이 올 거예요!"라고 말하는 것도 잊지 않았다. 사람들의 반응은 천차만별이었다. 불신과 거부의 표정을 짓는 사람도 있었지만, 미소를 짓는 사람도 무척 많았다.

"왜 이런 일을 해요?"

나의 물음에 그녀는 이렇게 대답했다.

"재미있으니까."

그뿐이었다. 재미 때문이라고 했다. 그녀는 또한 방금 잘라낸 침엽수로 둘러싸인 남의 집 정원 앞쪽에 화초도 놓아두었다. 이것도 재미 때문이었다. 얼마 되지 않는 연금의 대부분을 물감과 미술 재료 구입에 썼다. 그녀는 자신이 즐거울 만한 일만 했다. 그런데도 그녀는 내가 이제껏 알았던 이들 중에서 가장 진지한 여성 중 한 명이다.

이렇게 해보라

▫ 일단 즉흥적으로 행동하라. 이 말이 역설적으로 들리겠지만, 즉흥적으로 행동하는 것도 훈련해야 한다.

▫ 결정을 내릴 때 자신에게 재미있는 것을 하라. 여러 가지 의무에서 결코 벗어날 수 없을 것이다. 그래도 상당히 많은 의무에서 벗어날 수는 있다. 자기 나름의 선택을 하라.

상황을 자신에 맞게 만들어라

이 제목이 거슬리는가? 그렇다면 당신이 어떤 기대에 부응하려고 애쓰는지 한번 곰곰이 생각해보자! 직장, 배우자, 자녀, 어쩌면 시어머니의 기대일지도 모른다. 뿐만 아니라 '사람들'이 대체 뭐라고 할까 하고 궁금해할 수도 있다. 우리는 계속 새로운 요구들을 받으며, 또 이에 부응하려고 부단히 애쓴다. 그렇게 하는 게 때때로 심기에 거슬릴 뿐 아니라 능력을 벗어나는데도 말이다. 왜 우리는 그렇게 남의 비위를 맞추고, 때로는 너무 심해 병이 날 정도까지 되는 걸까?

우선, 인정받고 받아들여지고 싶기 때문이다. 사랑받고 싶어 그럴 때도 종종 있다. 그것은 인간적인 삶과 생존의 기본 욕구이고, 숨쉬고 먹고 마시는 일만큼이나 중요하다. 그러나 그에 대한 대가로 마음에 들지 않을뿐더러 심지어는 자신의 생각과 정반대되는 일을 하기도 한다.

그리고 상처받고 싶지 않기 때문이다. 때문에 진짜 자기 모습을 드러내지 않고, '남들'이 자신에게 기대하고 있다고 생각하는 것을 하려고 한다.

또, 성공하고 싶기 때문이다. 물론 누구에게나 성공은 필요하다. 그러나 유감스럽게도, 바라 마지않는(하지만 그렇게 자주 나타나지 않는) 성공의 대가를 너무 크게 치르는 경향이 있다. 즉, 자존심을 버리는 것이다.

마지막으로, 이목을 끌고 싶지 않기 때문이다. 이목을 끄는 것이 부정적인 의미에서 바람직하지 않다면, 유감이지만 긍정적인 의미에서도 그렇다. 적응을 잘하고 보통 수준에 부응하는 게 가장 잘하는 것이다. 많은 사람들의 생각이 어떻든 결론은 이렇다.

이 모든 문제들에 대해서는 낙관주의자도 물론 알고 있다. 그러나 낙관주의자는 한 가지 사실을 더 알고 있다. 즉, 남들의 기대에 계속 부응하는 것이 자신을 아프게 하며, 그로 인해 원래 의도했던 것과 정반대가 된다는 사실을 말이다.

나는 실제로 탈진했던 경험이 있다. 성공적인 사업가가 되고, 함께 살고 있는 부모의 기대에 부응하고, 남편에겐 늘 기분 좋은 이상적인 배우자이고, 어린 아들에겐 좋은 엄마이며, 또 이와는 별도로 유능한 작가이기 위해 무진장 애를 썼다. 그 결과, 자신의 욕구들로 인해 불리한 입장에 처하고 말았다. 내가 병원에서 정신을 차렸을 때, 의사는 가차없이 문제의 정곡을 찔렀다. 내가 신체적인 병을 앓고 있는 게 아니며, 내 병의 본질은 오직 요구와 현실 사이의 균열에 있다고 했다. 의사의 말이 맞았다. 나는 몇 주간 곰곰이 생각한 끝에, 문제는 내가 부응하려고 애썼던 남들의 기대가 아니라 무엇보다도 내 자신의 기대였음을 깨달았다. 이어 나는 새로운 말 두 마디를 배웠다. 그에 대해서는 다음의 두 장에서 다루겠다.

내게 가장 중요했던 깨달음은, 누구나 모든 사람들의 기대에 다 부응할 수는 없다는 사실이다! 자기 자신의 요구에 대해서도 마찬가지다. 그리고 기대에 부응한다고 해서 사랑이나 성공을 얻을 수 있는 것도 아니다. 오히려 그 반대이다. 자기 자신은 물론이고 다른 사람들에게도 피해만 줄 뿐이다. 당신은 늘 자기 자신만 위해 일할 수 있을 뿐이고, 이로써 자신과 남들에게 중요한 존재일 수 있다. 그렇다면 인습과 전통, 또는 남들의 생각으로 여겨지는 것에 왜 적응해야 하는가? 차라리 상황을 자신에 맞게 만들어라! 이 말이 거창하게 들리겠지만, 보이는 것보다는 훨씬 간단하다. 정말로 시험해보면, 많은 문제들이 얼마나 쉽게 풀릴 수 있는지를 알고 놀랄 것이다. 생각하는 것을 말하고, 옳다고 여기고 책임질 수 있는 것을 행하라. 그러면 이 장에서 요약된 목표를 보다 빨리 달성할 것이다.

다시 한번 이 장의 처음으로 돌아가서, 우리가 남들의 기대에 부응하려는 경향이 있는 이유를 읽어보자.

우리는 인정받고 받아들여지고 싶어한다. 그러나 자기 나름의 길을 가면서 옳다고 여겨지고 또한 책임질 수 있는 것을 행하고 말한다면, 가장 먼저 인정받고 받아들여질 것이다.

우리는 상처받고 싶어하지 않는다. 그러나 이것은 우리에게 상처를 줄 수 있는 사람이 누구인지 찾을 때뿐이다. 남들이 기대하는 약점을 그들에게 보였다고 해서 스스로 상처받지는 말자.

우리는 성공하고 싶어한다. 그러나 직장이든 사회든 사생활이든 언제나 '자신의 길'을 가는 사람이 가장 큰 인상을 준다. 적응하려고 애쓰는 사람은 얼마든지 있다. 그러나 '제멋대로인' 사람은 소수이다.

우리는 이목을 끌고 싶어하지 않는다. 그러나 유감이지만(?) 기대에 부응하지 못하는 사람은 언제나 이목을 끌 것이다. 그렇다면 일단 이목을 끄는 것에 좀 더 익숙해지자! 때때로 약간 성가실 수 있지만, 아프지 않을 뿐 아니라 이따금 정말 즐겁기도 하다.

삶에서 늘 그렇듯, 여기에서도 실제로 시험해보는 것이 연구하는 것보다 낫다. 옳다고 여기는 것 그대로 행동하고(대개 기대에 부응하지 못하는 것이겠지만), 이로써 자신은 물론이고 남들에게도 삶이 수월해지는 것을 경험하자. 아직 낙관주의자가 아니라면, 이 경험을 통해 낙관주의자가 될 것이다!

 이렇게 해보라

□ 자신에게 요구는 많이 하더라도, 그 요구에 부응해야 한다고 기대하지는 말자. 세상에 완벽한 사람은 없다.

□ 주변 사람에게도 그들이 행할 수 없거나 하고 싶어하지 않는 것을 기대하지 말자. 혹 고양이가 개처럼 짖기를 기대하는가?

"아니요"라고 당당하게 말하라

그렇다고 낙관주의자가 언제나 "예"라고 말해서는 안 된단 말인가? 정확하게 말하면, 자기 자신에게는 "예"라고 말해야 한다. 그리고 이 말은 때로 남들에겐 "아니요"라고 말한다는 것을 의미한다. 신약성서에는 예수가 이렇게 말하는 대목이 나온다.

"너희는 그저 '예' 할 것은 '예' 하고, '아니요' 할 것은 '아니요' 라고만 하여라." (마태복음 5장 37절)

이런 이중적인 표현은 여기에서 중요한 게 솔직함이라는 것을 분명히 해준다. 즉, 우리가 말하고 있는 것을 정말 그렇게 생각하고, 또 생각하고 있음을 말한다는 것을 뜻한다. 분명한 '아니요'가 불쾌감을 감추면서 말하는 '예'보다 언제나 낫다! 차마 거절하기 어려울 정도로 호의를 베풀어달라는 요청을 얼마나 자주 받고 있는가. 우리에게 그럴 의무가 있다고 느끼기 때문이든, 우리가 너무 선량해서 우리 자신의 이해관계를 맨 뒤에 놓기 때문이든 상관없이 말이다. 그리고 우리는 "예" 하고 대답한 것을 늘 후회한다. 특히 "아니요" 하고 말하고 싶었을 때

더욱 그렇다. 왜 그럴까?

- 우리는 '아니요'라고 말하면 사랑받지 못한다는 느낌을 갖는다.
- 우리는 '아니요'라고 말하면 불친절하고 반사회적이고 성의 없게 행동한다는 느낌을 갖는다.
- 우리는 '아니요'라는 말 때문에 더 이상 받아들여지지 못하고 주변 사람들의 사랑과 애정을 잃을까 두려워한다.

이러다가 우리는 가장 먼저 우리 자신을 잃어버린다! 우리가 스스로를 존중하거나 사랑하지 못하고 그래서 "아니요"라고 말할 수 없다면, 사람들이 누굴 존중하고 사랑해야 한단 말인가? 차마 거절 못하는 것은 마지막 남은 담배 한 개비나 집으로 가는 도중에 마시는 술 한잔일 수 있고, 또 착취 상태에까지 이르는 초과 근무나 자기 자신의 이해 관계와 충돌하는 호의일 수도 있다.

"아니요"라고 말하는 것이, 모든 요청을 받아들이지 않고 오직 자신만 생각한다는 것은 물론 아니다. 그것은 오히려 자신이 납득하지 못하는 것을 더 이상 하지 않는다는 것을 뜻한다. 그 이유는 아주 간단하다.

- 누구도 그것을 스스로 하려 하지 않기 때문이다.(단추를 꿰매고, 성가신 전화에 대꾸하고, 과제를 떠맡는 것 등.)
- 누군가 당신을 사랑하지 않겠다고 을러대기 때문이다.(하지만 그게 무슨 사랑인가?)

- 당신 스스로 의무감이 불분명하기 때문이다.(당신이 과제를 떠맡음으로써 다른 사람에게 해를 끼치는 것보다 이익을 준다는 것에 대해 곰곰이 생각해보자!)

당신의 '아니요'는 당신이 생각하는 것보다 훨씬 쉽고 빨리 받아들여진다는 사실을 확인하게 될 것이다! 처음에는 약간 놀랄 게 분명하고 심지어 불쾌하기까지 하겠지만, 대개의 경우 예기치 않게 존중하는 태도를 접하게 된다. 당신은 결혼했는가? 그렇다면 결혼할 때 말하는 공식적인 문구가 생각날지 모른다. "예, 하겠습니다"라고 말하도록 요청받았을 때 말이다. 그 당시 당신은 평생은 아니더라도 오랫동안 생각하여 결정을 내렸고, 그 결과에 대해서는 사전에 심사숙고했을 것이다. 사소한 일처럼 보이는 것일지라도 "예"라고 답할 때마다 이렇게 깊이 생각해야 한다. 당신이 정말 그렇게 생각할 때에만 "예" 하고 말하자! 마음 편하자고 "예"라고 말하는 건 결국 자신을 황폐하게 만들 수 있다. 제3제국에 의해 그런 결말이 생겨난 것처럼 말이다(제3제국에 대해 본래는 아무도 "예"라고 하고 싶어하지 않았다).

그러나 낙관주의자는 결코 "아니요" 하고 말하는 것을 두려워하지 않는다. '아니요'라는 말은 한때 '경구피임약'의 명칭이었다. 좁은 의미에서 이것은 원치 않는 임신을 방지할 수 있는 가장 확실한 방법일 수 있다. 그러나 일반적으로 볼 때, 이 말은 내적으로 의구심을 가지면서 자의 반 타의 반 내뱉는 '예'보다 당사자 모두에게 훨씬 유익하고 중요할 수 있다. 특히 어떤 일에 동의하고 싶은 유혹을 느끼지만 확신하지 못할 때, 우선 자기 자신에게 "아니요"라고 말하자. 19세기에 오스트리아의 한 시인은 이것을 고풍스러우면서도 적절하게 표현했다.

    그대의 '예'는 오랫동안 뜸들여 나온 것이건만 신성하구려.
    그대의 '아니요'는 부드러운 말투이건만 조급하지 않구려.
    그래서 '예'는 친구를 기쁘게 하고,
    '아니요'는 그대를 결코 후회하게 만들지 않을 거요.

    물론 거의 저항하지 않고 '예'라고 말하며 순응하는 것이 더욱 쉬울 것이다. 그러나 조금 긴 안목에서 본다면, 이렇게 함으로써 주변 사람들의 존경만이 아니라 자기의 존중감마저 잃게 될 것이다. 그리고 바로 이 점 때문에 중대한 정신적 문제들이 야기되어 마음의 병이 생길 수도 있다.

 이렇게 해보라

▫ 하고 싶지 않다면 "아니요"라고 당당하게 말하자. 그런 상황에서 '예'도 아니고 '아니요'도 아닌 어정쩡한 태도를 보이거나 '어쩌면' 식의 대응은 하지 말자.
▫ "아니요" 하고 말한 것 때문에 양심의 가책을 갖지 말자. 그보다는 차라리 당신의 '아니요'에 대한 주변 사람들의 긍정적인 반응을 관찰하자.

이기주의자가 되어라

주변 세계와 달리 우리는 자신을 '나'로 경험한다. 우리는 자신의 개성과 정체성을 인식한다. 또 심리 분석에서는 인간의 자아를 외부 세계의 여러 가지 요구와 자신의 충동, 그리고 우리의 도덕적 요구에 부응하고 이들 간에 조화를 이루도록 도와주는 정신의 내적 기관으로 묘사한다. 따라서 아무리 상이한 요구들 가운데서도 약해지지 않고 오히려 성장하는 강한 자아가 중요하다.

일반적으로 인간의 이기주의(egoism)가 대단히 부정적으로 평가되고 있다는 것은 매우 특이한 일이다. 윤리적으로 상이하게 평가될 수 있는 다양한 태도가 이 말에 포함된다. 《대(大) 브로크하우스》(독일의 브로크하우스사에서 1811년부터 출판한 국민적 백과사전—옮긴이)에 실려 있는 내용을 보면 다음과 같다.

• 이기주의는 우선 순전히 생물학적인 토대를 지닌다. 생물학적인 토대는 생명 보존 및 자기 보존에 기여하는 본능 또는 충동으로 이루어진

다. 자기 자신과 남들의 생존이 문제될 때, 이러한 생물학적 토대는 인간으로 하여금 더욱 탁월한 일을 할 수 있게 해준다. 재난에 처했을 때나 전시의 구조활동이나, 감금 상태에 있거나 황무지에서 조난된 인간의 생존 의지를 생각해보자.

- 모든 태도나 행동이 자기 위주로, 그것도 남들을 무시하고 희생시키면서 이루어진다면, 이기적이라고 말할 수 있을 것이다. 뿐만 아니라 영향력이나 권력의 추구가 이기주의로 될 수도 있다. 이런 이기심은 남들의 권리와 안녕을 가차없이 무시한다. 물론 이런 인간들은 근본적으로 벌을 받는다. 즉, 그들은 아무도 신뢰하지 못하고, 또 아무도 그들을 신뢰하지 않는 벌을 받는 것이다. 그런 사람들은 남들을 멸시하지만, 자신의 권력에도 불구하고 스스로 경멸당한다. 그들은 어느 누구의 친구도 되지 못하고 그 어떤 친구도 가질 수 없다.

- 그러나 자기 이익은 생물학적인 생존 메커니즘만이 아니다. 특히 영국의 철학자와 경제학자들은 여기에서 경제적 행동의 주요 동기와 경제적 발전의 전제 조건뿐만 아니라 사회적 질서의 추진력도 보았다. 이 점에 대해서는 의견이 분분할 수 있다. 너무 많은 인간적인 요인들이 마찬가지로 중요한 역할을 하기 때문에, 특히 문제 전체가 교과서에 묘사된 것보다 훨씬 세분화되어 있는 게 확실하다. 그러나 예컨대 이미 지나간 공산주의 정책이 실패한 주된 이유가 인간의 건전한 이기주의를 고려하지 않았다는 데 있음을 확인할 수 있다. 특히 사람이 자신의 노동에 대한 구체적인 성과, 더욱이 자기 주머니에 있는 돈을 보고 싶어한다는 데 초점이 맞추어진 이기주의를 말이다. 따라서 이기주의는

경제적 · 사회적 발전의 강력한 동기 부여라고 하겠다.

- 철학적 체계 역시 이와 같은 이기주의에 근거했다. 예를 들어 그리스 철학자 에피쿠로스의 이론은 기쁨과 쾌락의 삶을 통한 행복을 목표로 삼는다. 이것은 근본적으로 낙관주의적인 삶의 목적과 다르지 않으며, 더욱이 시민의 행복추구권을 보장하는 미국 헌법에 잘 나타나 있다. 에피쿠로스에 따르면 이러한 행복은 내적인 확고함, 합리적인 통찰, 쾌락보다 고통을 더 많이 야기하는 모든 것의 기피 등을 통해 달성된다.

이기주의 철학에 대한 작은 산책은 이 정도로 해두자. 그러나 우리의 일상만으로도 우리가 자신을 생각한다는 게 얼마나 중요한지 알 수 있다. 무척 선량하고 희생적이었던 아버지는 내가 청소년기 때 늘 이렇게 말함으로써 나를 당혹하게 만들었다.

"우선 자기 자신을 돌보아야 한다. 그래야만 남들을 위해 뭔가를 할 수 있어. 열여섯 살이면 모든 것을 주고 싶어해. 자신에게 무진장한 힘이 있다고 믿는 거지……."

나중에야 아버지의 말을 좀 더 잘 알게 되었다. 그리고 이러한 이기주의가 얼마나 중요한지를 말해준 사람은 남편이었다. 그는 선장이었다. 남편은 한 손은 자신을 위한, 다른 손은 선박을 위한 용도라고 했다. 결국 우리는 모두 살아남으려 하고 살아남아야 한다. 이것은 누구나의 일상에서 생기는 사소하고 극적이지 않은 일에도 적용된다. 볼테르는 자기애를 자기 보존의 도구로 보았다. 그리고 신약성서에도 이웃을 자신만큼 사랑해야 한다고 적혀 있지 않은가? 우리가 자신을 사랑하지 않으면서 어떻게 이웃을 사랑할 수 있단 말인가? 그렇다면 긍정적인 의미에서 이기주의의 편에 서자! 그것이 의미하는 바는 다음과 같다.

자기 자신이나 남들에 대해 책임질 수 없는 일은 어떤 것이든 하지 말자.

자신이 착취당하고 있다는 사실을 알았을 때 '내'가 중요하다고 생각하자. 그리고 자신을 더 이상 가혹하게 착취할 수 없게 된 사람들로부터 차라리 이기적이라고 비난을 받자.

자기 자신에게 충실하면 남들에 대해서도 악의를 품을 리 없다.

'나'라고 말함으로써 자신을 면역시키자. 이것은 말 그대로의 의미이다. 많은 질병이 자아의 약함 때문에 생기기 때문이다.

이기적이지 않게 행동하는 것은 인간적으로 훌륭한 특성이지만, 그렇게 행동한다고 해서 결코 '내'가 없는 것은 아니다.

남들이 당신의 '제 멋'에 얼마나 긍정적으로(또는 적어도 거의 부정적이지 않게) 반응하는지를 보면 당신도 놀랄 것이다.

특히 '나'라는 단어의 부정적인 의미를 잊자. 토론이나 관계에서 '나'라는 말을 쓰기를 종종 꺼리는 것도 이 말의 부정적인 의미를 내면화시켰기 때문이다. 그때마다 다음과 같은 문제를 제기해야 할 것이다.

이 상황에서 나는 대체 어디 있는가?

나의 바람이나 관심은 어디 있는가?

자신의 삶에 책임이 있고, 자신이 하는 모든 것에 책임 있는 사람은 다름 아닌 바로 당신 자신이다. 이런 책임을 떠맡을 수 있으려면, 또한 당신이 자신의 편이 되어야 한다!

이렇게 해보라

□ 자기 자신은 물론이고 남들에 대해서도 자신의 욕구를 부인하지 말자.

□ 자신을 거울에 비추어보자. 쭉 뻗은 왼쪽 팔을 아래쪽으로 약간 굽히고
오른팔을 위로 들어올리자. 가능한 한 멀리 해본다. 그러면서 '나'라고
말해보자. 이런 훈련을 가능한 한 자주 반복한다. 그리고 이런 자세를
늘 마음속으로도 해보자.

자신의 몸에 만족하라*

다음과 같은 사실을 알고 있는가?

- 피부는 인간 몸의 가장 큰 기관이다.
- 피부의 표면은 인간의 몸에 따라 1.5 내지 2평방미터에 달한다.
- 피부는 인간 체중의 약 6분의 1이다.
- 인간은 뱀처럼 허물이 벗겨지진 않지만, 인간의 피부는 죽은 세포를 떨어지게 하는 동시에 새로운 세포를 형성함으로써(하루에 6그램까지 가능하다) 계속 자신의 상태를 바꾼다.
- 인간의 피부는 약 2백만 개의 선(腺)과 길이가 약 50킬로미터에 달하는 혈관 회로망을 포함한다.
- 피부의 중요한 기능은 촉각이고, 따라서 평방센티미터의 아주 작은 표면에 평균 두 개의 열기 수용체와 열 개의 냉기 수용체는 물론이고, 스무 개의 피지선과 백 개의 땀샘, 스물다섯 개의 촉각 소체(손의 내피에는 심지어 평방센티미터당 2백여 개나 있다), 그리고 2백여 개의 통각

---
* 원 제목을 직역하면, '자기 피부에 만족하기 때문이다' 라는 뜻이다.

소체가 위치한다.

- 우리 몸의 정상적인 체온 유지를 위한 생리 작용은, 피부가 계속 외부
  온도에 적응하면서 추울 때의 열 손실과 더울 때의 과열을 방지함으로
  써 조절된다.
- 피부는 그 속에 장착된 신경 단부 때문에 고도로 민감한 감각기관으로,
  비상시에는 다른 감각기관의 상실(예컨대 눈이 머는 경우)을 대신할
  수 있다.

여기에서 피부에 관한 여러 사실을 왜 열거하는지 궁금할 것이다.
단지 이번 장의 제목에 '피부' 라는 말이 들어 있기 때문이다! 우리는
피부에 의해 주변 세계와 경계를 이룬다. 피부는 우리의 내적인 기관과
표면 아래 있는 몸의 모든 '기능 영역' 을 외부 세계의 영향으로부터 지
켜주고, 몸과 정신을 결속시켜준다. 그러나 또 한편으로 피부는 다른
감각기관들 외에, 외부 세계와의 가장 중요한 접촉 가능성 중 하나이기
도 하다. 피부가 우툴두툴해지고 주름이 잡히는 것은 외부의 영향만이
아니라 내적인 체험을 통해서도 가능하다. 의사이자 작가인 페터 밤이
피부를 '운명의 가죽' 이라고 부른 것은 괜한 말이 아니다.

그러므로 자신의 몸에 만족하자. 결국 자기의 살갗에서 벗어날 수
없기 때문이다! 외모, 몸무게, 나이에 따른 주름살 등에 문제가 있다고
말하는 많은 사람들은 '무분별한' 광고 산업이 구실로 삼는 소위 이상
적인 미모 때문에 점점 더 불안해하고 있다. 피라미드형 연령분포도가
거꾸로 되어 젊은 사람보다 나이 든 사람들이 점점 더 많아지는 사회에

서 이것은 상당히 특이한 일이다. 노년층이 많아지는 사회에서 사람들의 체중은 대개 정상이지만 약간 또는 상당한 과체중도 많고, 또 모델의 얼굴처럼 흠이 없거나 무표정하지도 않다. 그런 곳에서 광고를 통해 선전되는 미의 이상은 근본적으로 그에 걸맞은 대상을 찾지 못하건만, 그런데도 이러한 미의 이상을 열망하는 사람이 많다.

성형외과는 호경기를 구가하고, 날씬해지기 위해 단호한 다이어트를 시도하는 사람들도 해마다 늘어나고 있다. 몇 달마다 새로운 피부 손질 방법이 소개되고, 우리의 피부를 젊어 보이게 유지할 수 있다고 약속한다. 설사 자신의 피부에 만족할 수 있다 하더라도, 이런 광고에는 매번 속아넘어간다. 우리에게 제공된 것을 전부 시험해보고서야, 우리는 내적으로 여전히 똑같고 외적으로도 선전된 미의 이상에 거의 부합되지 않는다는 것을 확인하게 된다. 물론 많은 경우에 이런 가능성은 모두 그 나름의 정당성을 갖고 있다.

성형외과는 사고의 희생자들에게만 유용한 게 아니다. 보기 흉한 얼룩점, 쫑긋 세워진 귀, 휜 코 등을 바로잡을 수 있는 경우에도 유용하다. 성형 수술을 통해 당사자들은 대부분 전혀 새로운 자의식, 즉 보다 긍정적인 삶의 태도를 갖게 된다.

"나는 통통하다. 그래서 어쨌단 말인가?"

이런 자신의 모습에 자신감을 가질 수 있다면 좋다. 자신의 체중에 만족하지 못하는 것은 문제가 있다. 그것도 입고 싶은 옷을 걸칠 수 없어서 몸무게를 줄이고 싶어하는 게 아니라, 과체중 때문에 움직임이 둔해지고 건강도 해쳤다고 여겨질 정도라면 곤란하다. 이런 경우 의사의 지시 아래 다이어트 요법을 쓰고 영양 조절을 하면, 개인적인 삶의 질은 향상될 것이다.

현대의 화장품 산업이 제공하는 온갖 피부 관리 방법을 알아서 안 될 이유는 없다. '운명의 가죽'인 우리의 피부에 좋아서 안 될 이유가 있는가? 우리가 느끼는 대로 젊어 보일 수 있다면, 머리를 염색하고 화장품을 사용하지 못할 이유가 무엇인가? 우리의 몸을 정성껏 돌보면 자의식은 물론이고 내적으로 긍정적인 태도가 생긴다. 그렇다면 왜 그렇게 하지 못하겠는가?

현재의 모습 그대로 자신을 받아들이고 좋아하기 위해 이 모든 가능성이 필요할 수 있다. 그런데 왜 우리는 지금의 모습에 만족하지 못하는가? 또 근본적으로는 우리와 무관한데도 광고에서 선전하는 미의 이상만 좇느라, 우리의 개성이나 정체성을 부인하는 이유는 무엇인가? 어쨌든 광고에는 현재 병적으로 마른 여성의 유형이 나오는 게 확실하다. 설문 조사 결과, 그렇게 마른 모습에 감격할 남성은 거의 없다는 게 밝혀졌다. 바로크 시대 플랑드르의 화가 루벤스는 배가 불룩하고 풍만한 인물들을 자주 그렸다. 이런 인물들은 '시대의 이상'을 나타냈다. 아마도 그 당시에는 날씬한 여성들이 어떻게 하면 보다 통통해질 수 있을지를 두고 고민했을 것이다.

마지막으로 결코 자신의 것이 아닌 외적인 이상의 추구가 아니라, 삶의 기쁨, 자의식, 좀 더 긍정적이고 낙관주의적인 기본 태도가 호감이나 매력을 결정해준다. 그런데 왜 현재의 자신과 다른 사람이고 싶어 하는가? 그리고 자신의 처지에 더 이상 만족할 순 없는 걸까? 어떻게도 바꿀 수 없는 단점들도 물론 있다. 하지만 그런 것을 끌어안고 살면서 '약점'을 장점으로 역전시킬 수 있다. 예를 들어 내 주위에는 키가 160센티미터가 채 안 되는 동료가 있다. 나와 친한 이 사람은 사적이나 공적인 모임에서 매번 믿기 어려울 정도의 자신감을 보여주기 때문에 사람들에게 깊은 인상을 준다. 그는 자신이 훌륭한 작가이자 탁월한 대학교수일 뿐만 아니라, 전적으로 자기 자신이고 바로 그 때문에 높이 평가받고 사랑도 받는다는 사실을 알고 있다.

그러므로 자신의 신체에 온갖 '결함'이 있다 하더라도 그대로 받아들이자. 여기에서 말하는 것에는 외모(기다란 코, 작은 입, 근시)나 일반적인 노화 현상만이 아니라, 가령 잘려나간 팔, 마비 등 기준에서 벗어나는 질병이나 사고와 연관된 사건도 해당된다. 이 모든 것은 현재 당신의 모습이나 개성을 전혀 바꾸지 못한다! 크리스티안 모르겐슈테른(독일의 시인—옮긴이)은 이런 글을 남겼다.

"사랑의 마음을 갖고 관찰하면 모든 게 아름답다."

사랑을 갖고 자신을 관찰하면 당신은 자신의 아름다움을 발견할 것이고, 남들에게도 아름답게 비칠 것이다!

 이렇게 해보라

ㅁ 거울 앞에 서서 자신을 주의 깊게 관찰하고 특히 가장 마음에 드는 곳에 초점을 맞추자. 아름다운 머리, 귀여운 입, 깨끗한 피부 등 어디든

괜찮다. 자신에게 미소를 지어주자. 그게 당신이기 때문이다!

□ 거울 앞에 그대로 서서, 마음에 들지 않는 곳을 특히 다정하게 바라보자. 주름살, 빠지는 머리칼, 기다란 코 등 어디든 괜찮다. 자신에게 미소를 지어주자. 그게 당신이기 때문이다!

□ 혹시 고양이가 있는가? 그렇다면 이 동물이 언제 어디서나 집에 있는 것처럼 자기 처지에 만족한다는 것을 알 것이다. 기지개를 켜고 몸을 쭉 뻗고, 자신의 몸을, 사지를 느껴보자. 자기의 신체 조건에 만족하자!

□ 자신의 몸을 다정하게 다루자. 자기 몸을 보호하고 돌보며, 목욕하고 이를 닦고 머리를 빗을 때마다 만끽하자.

몸이 전해오는 신호를 받아들여라

지그문트 프로이트의 제자였던 의사 그로데크(G. W. Groddeck)는 환자에게 다음과 같은 별난 질문을 했다.

"그런데 대체 왜 다리를 부러뜨리려 했나요?"

당혹스러운 질문이었다. 자기의 뼈를 부러뜨리고 싶어하는 사람이 있을까 하는 이유 때문이다. 그러나 앞에서 자기 충족 예언(self-fulfilling prophecies)에 대해 말했던 것을 떠올린다면, 사고 배후에 차마 발설하지 못하는 소망이 숨어 있다는 게 그렇듯 이상하게 보이지는 않을 것이다. 당사자는 풀리지 않을 것 같아서 맞서기보다는 도망치고 싶은 문제와 대결하고 있다고 여길지 모른다. 또는 자신이 거의 무시당하고 사랑받지 못한다고 느낄 수도 있다. 물론 이런 사고를 의도적으로 초래할 사람은 거의 없다. 그러나 우리의 잠재의식은 종종 특이한 길을 간다. 그 길에 대해서는 아직 완전히 규명되지 않았다.

우리가 정신적으로 심한 부담을 느낄 때마다 우리의 몸도 반응한다. 이처럼 과중한 부담을 전혀 의식하지 못할 때가 흔히 있다. 그러나 우리의 몸은 대부분 우리 자신보다 훨씬 현명하다. 신체기관보다 정신적인 문제에 원인이 있는 질병은 많다. 민간 속담에 이를 말해주는 진술이 무척 많다.

"무엇 때문에 누구의 속이 쓰렸다."

위장 장애나 소화 장애는 음식 때문에 생길 수 있다. 그러나 그 원인이 소화하기 어려운 문제 때문일 때도 왕왕 있다.

"누군가 십자가의 고통을 지고 있다."

이런 고통은 심각한 육체적인 무리 때문에 생길 수 있지만, 또한 우리에게 너무 힘든 정신적인 부담 때문에, 즉 우리가 짊어져야 하는 십자가 때문에도 생길 수 있다.

"누군가 분노하고 싶어한다."

가려움증, 발진, 습진은 흔히 곤충 자상, 화학 제품 또는 기타 외적인 영향 때문에 생긴다. 그러나 몸 안의 문제가 피부에 증상으로 나타나는 경우도 많다. 정신적인 문제가 있는 사람은 피부도 좋지 않다. 현대 사회에서 알레르기가 증가하는 것은 피부에 해로운 화학 제품에 일부 원인이 있을 수 있다. 또한 심리적인 원인도 어느 정도의 몫은 차지한다.

"뭔가가 우리의 숨통을 조인다."

폐와 호흡기관은 무척 건강하지만, 사회적 환경이나 우리 자신의 문제 때문에 정말 숨이 막힐 것 같다는 느낌을 가질 때에도 이런 현상이 나타날 수 있다. 천식과 관련된 많은 질병은 이것의 결과일 수 있다.

"뭔가가 우리의 심장 박동을 빠르게 한다."

이것은 즐거운 흥분이나 불안을 야기하는 상황에 의해 일어나는 아주 '정상적인' 심장의 고동이 아니라, 밤에 우리를 잠에서 깨우거나 근거 없어 보이지만 낮에도 우리를 괴롭힐 수 있는 것을 말한다. 이 역시 종종 신체기관 때문이 아니라, 우리가 의식하지 못하는 삶의 두려움이나 불안 때문에 생긴다.

이러한 종류의 질병은 우리도 알다시피, 흔히 심신 상관의 원인을 갖고 있다. 그러니까 육체적인 상태에 영향을 미치는 정신적인 원인들이 있는 것이다(그리스어로 프시케는 영혼을 뜻하고, 소마는 육체를 나타낸다). 19세기에 이를 때까지 이런 의미에서 인간의 전체적인 고찰 방식은 의술의 한 구성 요소였다. 너무 당연해서 이에 대한 학문적인 개념조차 없을 정도였다. 19세기에 이르러서야 세균학, 세포병리학 등에서 거둔 학문적 성과를 토대로 하여 인간의 몸은 점점 더 복잡한 '기계'로, 인간의 질병은 '고칠 수' 있는 '결함'으로 여기게 되었다. 이런 경향은 심리 분석을 거친 후에야 어느 정도 반대 방향으로 나아가 생물학적인 의학 모델이 다시 확장되었다. 육체와 정신의 상호 작용에 대한 고찰은 오늘날 의료인에게 있어 진단과 치료를 위한 주요 요소이다. 이런 이유에서 가정의의 진단이 전문의의 것보다 나을 때가 종종 있다. 가정의는 한 가정의 삶을 평생 동행하므로 개별적인 삶의 상황에 대해서도 잘 알게 마련이다. 반면 전문의는 환자의 부분만, 다시 말해 병에 걸렸을 가능성이 있는 기관만 다루기에, 아무리 정확한 병력으로도 파악할 수 없는 심리적인 상황에 대해서는 알지 못한다.

질병은 흔히 무의식적인 심리적 갈등과 제대로 다루지 못한 심리적 부담 때문에 생긴다. 이런 증세는 예컨대 심장이 빨리 뛰고 머리가 아프고 속이 쓰리며 발기 불능으로 나타난다. 알레르기나 거식증과 병적인 허기증도 대부분 심리적인 문제 때문에 생긴다. 심신 상관의 질병에 대한 원인은 여러 가지일 수 있다. 그 예를 들면 다음과 같다.

- 깨닫지 못하거나 이야기하지 못한 배우자 문제는 물론이고, 이별이나 죽음을 통한 배우자 상실도 병의 원인이 될 수 있다.
- 직장이나 학교에서의 스트레스(아이들도 이에 상응하는 병 때문에 고생한다)는 크든 작든 병의 원인이 될 수 있다. 요즘 들어서는 소위 마빙(mobbing) 때문에도 스트레스가 더욱 커지고 있다.
- 자신의 욕구가 아니라 남들의 온갖 요구(때로는 추측성 요구)에 맞추느라, 자신에게 하는 지나친 요구도 병의 원인이 될 수 있다.

이번 장이 당신의 상태가 좋지 않거나 아플 때 의사에게 가는 것을 결코 막아서는 안 될 것이다. 그러나 지금 고통받고 있는 병이, 정작 당신에게 필요한 것은 아닌지 깊이 숙고할 용기를 내어야 한다. 약간의 거리나 숨 돌릴 틈을 얻기 위해서 말이다. 또는 이 병이 당신의 심리적 상태에 대해 뭔가를 전달하려는 것은 아닌지 생각해보아야 한다. 어느 경우든 병은 삶의 전환에 대한 요구이다. 그것은 식사 습관이나 기타 외적인 일에 국한되지 않고 어쩌면 보다 철저한 '궤도 수정'을 초래할 수도 있다. 따라서 아무리 위기라 하더라도 어떤 병이든 삶에 대해 새롭게 숙고하고, 이번에야말로 무의식적인 문제를 의식할 수 있는 기회로 이용하라('위기를 기회로 삼아라' 장을 참조하라).

이때 심신 상관성 의학은 심리 치료와 함께 효과를 낸다. 환자의 의지가 미치는 정신적인 영향은 완쾌 과정에서 대단히 중요한 요인이 된다. 대화나 역할 놀이 또는 그룹별 모임에서는 우리가 아직 의식하지 못하는 문제를 드러내고 구체화시키는 게 중요하다. 이것은 흔히 고통스럽고 눈물을 흘리게 한다. 그러나 명명되고 밝혀질 수 있는 것 모두, 표면 아래에서 끓고 있는 것보다 우리에게 미치는 힘은 작다. 그러므로 의문이 생길 경우, 치료사에게 도움을 청하길 꺼려서는 안 된다! 치료사가 당신의 건강을 되찾기 위해 해야 할 일을 말하지 못할 수도 있다. 그러나 당신의 문제를 인식하도록 도와주고, 문제를 능동적으로 풀 수 있는 방법을 알려줄 것이다.

물론 '자격을 갖춘' 심리치료사의 도움이 필요치 않은 경우도 많다. 친구와의 대화가 때로는 이와 똑같은 효과를 지닐 수 있다. 이때도 필요한 것은 충고가 아니라 말을 들어주는 누군가이다. 완전히 공감하고 호감을 갖는 누군가가 말이다. 그러므로 친구들과 자신의 문제에 대해 이야기하고(대부분의 사람들이 비슷한 문제를 갖고 있음을 확인하게 될 것이다), 친구들에게 시간과 관심을 요청하길 꺼리지 마라! 그것 때문에 당신의 품위는 떨어지지 않는다. 오히려 어떤 경우엔 보다 나아졌다고 느낄 것이다. 그러나 대다수 여성들이 이러한 '치료 가능성'을 요청하는 반면, 남성들은 사적인 영역이든 의학적인 영역이든 여전히 자신을 솔직히 표명하길 꺼린다(어쩌면 서투르고 미숙한 것인지 모른다)는 사실은 확실히 유감이다. 여성이 누구에게나 열려 있는 조기 진단 가능성을 남자들보다 잘 인식한다는 것은 통계적으로도 입증된 사실이다. 여성이 남성보다 훨씬 오래 사는 것은 혹 이러한 보다 강한 신체 의식 및 '자아' 의식 때문은 아닐까? 나는 친구와 30분간 전화로 이야기하는 것이 숙련된 치료사에게서 같은 시간을 보내는 것보다 훨씬 효과적임을 몸소 체험했다. 그리고 전화가 할인 요금이 아닐 때에도, 심리치료사에게 지불하는 사례보다는 훨씬 싸다.

그렇다면 사적인 영역에 있는 네트워크를 이용하라! 그리고 자기의 몸이 왜 그렇게 반응하는지를 스스로에게 물어보자. 자신을 솔직하고 성실하게 다룬다면 자신을 아프게 만드는 문제의 흔적을 알아낼 수 있을 것이다! 바로 이런 영역에서 당신은 사고의 전환과 이로부터 기인하는 방향 전환을 통해 자신의 의사가 될 수 있다! 따라서 여기에 제시되는 훈련을 진지하게 여겨야 할 것이다.

 이렇게 해보라

▫ 다음의 물음을 자신에게 던지자(그리고 경우에 따라서는 이 문제들에 대해 친구와 상의하자). 이로써 당신은 자신이 보다 건강하고 행복한 삶을 영위할 수 있을 것이다. 답변할 때에는 자기 자신에게 정직하자!

• 어디가 아픈가? 위에서 목록이 제시된 것처럼, 여기에서는 육체적인 증상을 말한다.

• 왜 아픈가? 병의 증상으로 이어졌을 수 있는 내적인 문제를 알아내도

록 애쓴다.

- 무엇을 할 수 있는가? 증상을 고치지 말고, 당신을 아프게 만드는 문제를 해결하도록 애쓴다.

□ 병을 부정적인 것으로 여기지 말고, 당신 몸의 지혜에 감사하자. 몸은 그 지혜를 통해 당신의 삶이 정상이 아님을 확실히 알게 해준다.

무턱대고 어울리려 하지 마라

하모니를 생각하면, 저절로 음악이 연상될 것이다. 그런데 하모니는 어떻게 생겨나는가? 딸림음, 버금딸림음, 으뜸음의 3화음에서 하모니가 생겨난다. 이러한 3화음은 변증법적이다. 왜냐하면 명제, 반명제, 합명제로 이루어져 있지 않은가? 합명제 또는 으뜸음 내지 하모니에 이르기 위해서는 우선 대결이 필요하다. 음악처럼 인생에서도 긴장은 우선 갈등에서 생겨난다. 갈등 없이 하모니의 음악은 존재하지 않는다. 각각의 음이 일상 속에서 여기저기 흩어질 뿐이다.

"싸움을 피하기만 하지는 마라."

다혈질적인 사람들이 주로 하는 말이다. 그들은 자기 의견을 방어하거나 요구를 관철시키는 게 중요할 때 종종 인정사정없다.

이와는 달리 소위 '융화에 연연하는 사람들'은 갈등을 얼버무려넘긴다. '사랑하는' 평화 때문에 말이다. 유감이지만 그런 사람들은 이런 평화란 존재하지 않고, 이로써 문제만 더 많이 생긴다는 것을 너무 늦게 깨닫곤 한다.

융화에 연연하다 보면, 육체적으로 '탈진할 정도로 심각한 심리적 문제가 생길 수 있다! 게다가 여성이 주로 이런 문제 때문에 고통을 겪는다는 것은 특기할 만한 일이다. 왜냐하면 여성이 남성보다 언제나 훨씬 양보를 잘하고 자의식이 약하기 때문이다. 모든 중독의 경우와 마찬가지로, 이로 인해 생겨나는 종속에서 벗어나는 일이 중요하다. 중독물, 이 경우에는 병적으로 융화에 연연해하는 것이 문제를 해결하는 게 아니라 반대로 더 악화시킨다고 생각하라. 물론 누구나 사랑받고 받아들여지고 싶어하지만, 그렇다고 계속 자신을 숙여가며 오직 순응하느라 줏대까지 버려서는 안 된다. 그렇게 한다고 우리가 더 사랑받거나 용인받지는 않는다! 오히려 그 반대의 경우가 되기 쉽다.

갈등은 인간의 삶에서 항상 일어나게 마련이다. 당신 자신이 전진하도록, 또 관계가—직업적인 것이든 파트너에 관한 것이든—발전할 수 있도록 갈등은 참고 견뎌야 한다. 갈등이 없다면 삶은 멈출 것이다. 갈등을 무시한다면 자신이 좀 더 강해지고 나아질 수 있는 기회를 잃고, 인간적인 관계는 물론이고 건강에도 해가 될 것이다. 융화를 잘못 생각하여 모든 걸 꾹 참지 말고, 중요하게 생각하는 것을 말하라. 가까운 사람들의 생각에 종속되지 마라. 그들의 견해는 정작 그들 자신의 신념에서 나온 것도 아니고, 이유도 모른 채 그냥 남들의 생각을 차용하는 경우가 흔하기 때문이다. 또한 우리가 생각하고 느끼고 특히 원하는 것만 말할 때 의외로 호의를 드러내는 사람들이 많음을 확인하고 놀랄 것이다.

남편이 한동안 내가 좋아하지 않는 바카라 장미를 선물했던 게 아직도 기억난다. 나는 남편의 마음을 다치게 하고 싶지 않아서, 장미를 받을 때마다 무척 기뻐하는 척했다. 그러다가 마침내 용기를 내어 속마음을 털어놓았다. 그러자 남편도 사실은 장미를 싫어하기 때문에 차라리 꽃다발을 사고 싶었다고 고백했다. 그런데 어디선가 여자들이 바카라를 최고로 친다는 말을 들었던 것이다……. 이런 부차적인 일이 늘 문제되는 것은 아닐 것이다. 하지만 이와 같은 작은 예를 통해, 상대방의 마음을 다치게 할 위험이 있더라도 솔직히 말만 해도 숱한 오해가 얼마나 쉽게 풀리는지 똑똑히 알 수 있다.

다른 사람을 '만족' 시키고 싶은 이유 때문에 일하는 경우가 얼마나 잦은가. 그렇게 함으로써 우리는 상대방의 기분을 편하고 유쾌하게 해주고, 따라서 갈등을 피하고 싶어한다. 그러나 우리의 이런 태도로 인해 다음과 같은 갈등이 유발될 수 있다.

우리는 종종 다른 사람을 만족시킨다고 생각한다. 그런데 그 사람은 전혀 다른 것을 원하고, 우리가 '최선' 이라 여기는 것이 그에겐 맞지 않을 수 있다. 그 사람이 화합에 연연하여 솔직히 말하지 않는다면, 위에 설명한 나의 예에서처럼 오해의 시나리오는 완벽해진다.

또 우리는 누군가에게 좋은 뜻으로 대했건만, 그게 그 자신이 바라는 바가 아니었다는 말을 직접 들음으로써 상처받을 수 있다. 관계의 융화에 연연하는 사람은 '상처를 받기 쉽다'. 그런 사람 스스로 그 누구도 아프게 하고 싶지 않기 때문에, 이런 태도를 무의식적으로 다른 사람들에게도 기대하게 된다.

우리가 평화를 유지하기 위해 점점 더 많이 양보한다면, 이야말로 최악의 경우일 것이다. 이렇게 한다고 해서 애정이나 사랑을 얻는 게 아니다. 오히려 우리는 점점 더 착취당하고 하찮게 될 것이다.

따라서 자신에게 이런 질문을 던져보자.

내가 정말 원하는 게 무엇일까? 또 원하지 않는 것은 무엇인가?

이런 점이 명백하다면 행동도 그에 맞게 하라! 처음에는 그렇게 하는 게 어려울 것이다. 그렇게 행동하는 데 익숙지 않기 때문이겠지만, 다른 한편으로는 그런 '이례적인' 행동을 다른 사람들이 우선 인식할 수 있어야 하기 때문이기도 하다. 자신의 마음속에 있는 생각을 솔직히 말하되 침착함을 유지하자. 그리고 논쟁이 생기면 싸움에도 자신이 지켜야 하는 운동 규칙 같은 것이 있다고 생각하자.

우선, 말하기에 적합한 시간과 장소를 고른다. 이때는 가능한 한 방해받지 않고 시간의 압박도 받지 않아야 한다.

그리고 자신과 상대방이 지닌 공통점을 확인한다. 그것은 긍정적인 출발의 토대가 된다.

주제를 벗어나지 말자! 상대방과의 화해에 이른다는 목표에 다가서게 된다. 이는 이야기 궤도를 이탈하거나 진부한 이야기를 다시 꺼내는 것으로는 이루어지지 않는다. 또한 "너는 늘 ……해" 또는 "너는 절대 …… 안 해"라는 식으로 싸잡아 단죄하지 않도록 조심하라.

자신이 잘못 생각했을 때는 솔직히 인정하자. 그런 태도만으로도 상대방의 닫힌 마음을 무장 해제시키는 작용을 할 수 있다.

대화가 자신에게 유리한 방향으로 진행되면, 상대방이 체면을 유지하도록 도와주어라. 이것은 만족스럽다는 표시를 너무 공공연히 드러내지 않고, 상대방의 기분을 가능한 한 조금만 더 맞춘다면 가능한 일이다.

다툼 중에 있었던 말을 모두 곧이곧대로 듣지 말자. 다툼 중에 흥분해서 말한 것들은 실제 '그런 뜻'이 아니기 때문이다.

공통분모를 찾는 것이 모든 논쟁의 목표여야 한다. 당신은 무조건 케이오(KO)로 대승을 거두겠다는 게 아니라, 자신의 생각을 가능한 한 많이 관철시키고 싶을 것이다. 자기 나름의 생각은 부분적으로나마 상대방의 생각과 충돌할 것이다. 그렇지 않다면 논쟁은 애당초 전혀 필요 없을 것이다. 따라서 융화에 연연해하는 특성을 다른 극단적인 특성, 고집으로 대체하지 마라. 어떤 현명한 정치인은 이런 말을 했다.

"도달한 것에 양쪽 다 전적으로 만족하지 않는 타협이야말로 최상의 타협이다."

이 대목에서 다시 서두에 언급한 3화음을 생각해보자. 3화음이 생기도록 하나의 조성을 다른 조성으로 바꾸어야 한다!

 이렇게 해보라

□ 평화를 위해 당신이 하는 일들을 솔직하게 보여주는 목록을 작성하자.

□ '예비 훈련'을 하자. 비교적 덜 심각한 상황을 찾아내어, 스스로를 주장하는 상상을 해보자. 남들로부터 어떤 반응들이 나올 수 있을까? 당신은 그 반응들을 어떻게 다룰 수 있을까? 그에 맞는 대화를 연습하라.

감정을 있는 그대로 드러내라

어떤 사람을 두고 '감정이 없다'고 말한다면, 그 사람은 우리 눈에 '둔감한' 것처럼 보인다. 이 말은 그 사람 자신은 분명 고통을 느끼지 않기 때문에, 남들의 감정에 대해서도 고려하지 않는다는 것을 뜻한다. 또 감정이 풍부하다고 말한다 해서, 그것이 반드시 긍정적인 의미를 지닌다고는 볼 수 없다. 감정의 폭발이 연상되기 때문이다. 감정들을 합리적으로(이 말은 그 자체로 모순이 있다) 삶의 구조에 적응한다는 것은 간단하지 않다. 학문은 감정을 주관적이고 개인적인 체험의 기본 현상이라고 명명한다. 이 기본 현상은 누구나 알고 있지만, 직접 파악하기는 어렵다. 여기에 주관적 체험이 또 다른 어려움으로 보태진다. 감정은 결코 동일한 형태로 공유될 수 없고, 때로는 거의 전달조차 불가능하다.

그러니까 우리가 설명할 수 없는 이런 현상 때문에 '지쳐버렸는가'? 오히려 이성의 힘을 이용하여 이러한 현상을 줄여야 하지 않을까? 이러한 시도를 하는 사람들이 많다. 왜냐하면 감정을 자신의 질서정연한 삶을 무질서하게 만드는 것으로 여기기 때문이다. 감정은 계산할 수 없고, 숫자와 사실이 지배하는 세상에는 맞지 않는다. 그러나 감정은 스위치를 올리고 내리듯 간단히 다룰 수 없다. 그리고 감정 때문에 혼란이 생기는 것은 그나마 괜찮다. 감정은 전적으로 우리 안에서 생겨나고 우리 자신에게 속하는 어떤 것으로, 생각 이상이기 때문이다. 감정은 어떤 것이든 삶이 우리에게 마련해준 선물로, 우리로 하여금 삶의 다양함과 풍부함에 대해 더욱 민감하게 만들어준다.

여기에는 고통스런 감정도 해당된다. 이 말이 이상하게 들릴 수 있겠지만, 자신이 언제 가장 상처받는지 한번 생각해보라. 아마 행복이 충일한 순간일 것이다. 행복을 잃으면, 행복을 아쉬워할 것이므로 고통이 특히 깊기 때문이다. 반면 고통 속에서 당신은 난공불락일 것이다. 만사 더 잘되는 것 말고, 당신에게 이제 더 일어날 불행이 없기 때문이다. 이것은 삶의 수많은 역설 중 하나이다.

그렇다면 우리는 감정을 어떻게 다루어야 할까? 감정을 억압하고 허용하지 않으려고 애쓴다면, 마음 밑바닥에서 부글부글 끓어올라 전혀 예상치 못한 때 밖으로 나온다. 우리는 다소 그런 감정들에 내맡겨져 있다. 억압된 감정은 심리적인 고통으로 나타날 뿐만 아니라, 육체적인 질병으로까지 표현된다. 이러한 현상은 학문적으로 제대로 규정되지 않았다. 그렇더라도 억압된 감정을 적이 아니라 친구라고 생각해보자. 나의 어머니는 가정용 정밀 저울도 계량컵도 전혀 없다. 어머니는 '느낌대로' 요리하지만, 언제 먹어도 맛이 기가 막힐 정도로 좋다. 자신이 품은 감정이 선한 것인지 아니면 나쁜 것인지에 따라 결정을 내리는 사람들이 많다. 그리고 그런 사람들은 자신감을 갖고 제대로 결정을 내린다. 비록 내가 책을 통해 몸짓이나 다른 외적인 특징들에 대해 알게 된 것을 활용하려고 애쓴다 하더라도, 나 스스로는 늘 인간에 대한 지식이 부족하다고 나무란다. 그러나 나의 '감정'을 믿는다면 미혹될 리 없다. 당신도 이와 비슷한 경험이 있을 거라고 단언한다. 그렇다면 자신의 감정을 억압하고 배척하기보다, 그 감정과 동맹을 맺어야 하지 않을까? 하르트만분트 의사협회의 대표자위원회는 젊을 때나 노년이나 정서적인 영향이 건강에 도움이 된다고까지 설명했다. 이 말은 기쁨, 감격, 슬픔, 동정에 대한 능력을 돌보고 잃지 않아야 한다는 것을 의미한다. 인간은 전적으로 의식적이고 때론 영적으로 열려 있어야 한다는 것이다. 연구 결과, 건강하게 장수하기를 원하는 사람은 일찌감치 "심리적으로나 정신적으로 유연하기" 위해 노력하는 것으로 나타났다.

물론 감정이 우리의 삶을 혼란스럽게 만들기도 한다. 그러나 그것도 괜찮다. 그래야만 우리가 생생하게 살아 있음을 느끼기 때문이다. 감정은 새로운 충동과 새로운 경험을 가져다준다.

따라서 감정을 억누르지 말고 드러내 보이기도 하자. 슬플 때는 울어라. 이것을 혹 약점으로 느끼는가? 이러한 '약점'을 인정하면 강해진다! 주변 사람들이 당신을 알 수 있는 기회를 주어라. 설사 당신이 슬퍼할 때나 고통 중에 있다 하더라도 말이다. 이를 통해 당신 자신이 조금씩 나아지고 있음을 알게 될 수 있다.

그리고 사랑, 기쁨, 감사 등 즐거운 감정도 드러내 보이자. 이미 말했듯이, 그 누구도 다른 사람의 감정을 전부 공유할 수 없지만 일부라도 함께 나눌 수는 있다.

'부정적인' 감정일지라도 억압하지 마라. 질투, 분노, 시기, 심지어 증오라 할지라도 그냥 억압해서는 안 된다. 이런 감정들 역시 다른 감정들과 마찬가지로 당신의 것이다. 자기 자신에게도 이런 감정들을 허용하자. 누군가를 미워하는 마음이 인다면, 그대로 느껴라. 그 이유를 분석해보자. 그러고 나면 이러한 감정들을 긍정적으로 바꿀 수 있다. 이런 감정들이 마음에 들지 않고 자기의 자아상에 맞지 않는다고 해서 그냥 부인한다면, 이런 결과는 나올 수 없다.

자신의 감정을 말해보자. 누구나 다 민감한 것은 아니다. 그래서 직접 말하지 않으면 당신이 슬픈지 기쁜지 화가 났는지 알지 못한다. 직접 말함으로써 자신과 다른 사람들의 삶이 보다 경쾌해질 것이다.

자기 억제가 자기 억압을 의미하지는 않는다. 자기 자신에 대한 감정들을 인정하고 그 감정들과 화해한다면, 다른 사람들에 대해서도 냉정을 잃지 않는 일이 보다 쉬워질 수 있다. 이것은 특히 증오나 짝사랑과 같은 극단적인 감정이 문제될 때 중요하다.

감정이 명확하지 않을 때가 종종 있다. 복잡한 감정이나 심지어 모순되는 감정에 대한 이야기들이 많다. 침착함을 잃지 말고 하룻밤 넘기면서 차분히 생각해보자. 그러는 동안 어느새 감정은 명확해질 것이다.

다른 사람들에게도 감정을 허용하라. 그 사람의 슬픔을 억압하지 말고 그냥 안아주어라. 누군가 몹시 화가 나 있다면, 우선 화풀이를 하게 두어라. 분노가 '풀어진다' 라는 말은 괜히 있는 게 아니다.

감정은 우리의 삶과 체험에 중요한 요소이다. 감정을 배제한다면 우리 자신의 일부를 배제하는 것이 된다. 당신이 누군가를 미워한다고 생각하는가? 그것을 큰 소리로 말해보자. 다만 당사자를 마주 보고 하는 게 아니라 혼자서 말이다. 그 사람의 얼굴에 대고 당신이 느끼는 것을 전부 쏟아내보자! 당신이 사랑하고 있지만, 당신의 사랑에 응답이 없는가? 사랑할 수 있다는 놀라운 체험에 대해 감사하자. 사랑을 느낌으로써, 당신은 보다 풍요로워지고 보다 나아질 것이다. 설령 응답이 없다 하더라도 말이다. 당신은 어떤 사람 때문에 슬퍼하고 있는가? 당신이 슬퍼하지 않는다면, 그는 당신에게 아무런 가치도 없을 것이다. 그 사람이 당신의 삶에 있었고 당신에게 무척 많은 것을 줄 수 있었다는 사실에 감사하자. 그렇지 않았다면 당신은 지금 더 보잘것없을 것이다. 당신은 기쁨과 감사로 가득 차 있는가? 그렇다면 다른 사람들도 기쁘게 함으로써 당신의 긍정적인 감정들을 나누자. 자신의 감정이 어떠하든 그대로 받아들이자. 그래야만 그 감정들과의 대결을 통해 결실을 거둘 수 있다.

 이렇게 해보라

□ 오늘 당신에게 가장 강한 감정이 무엇이었는지 물어본다.

□ 이러한 감정을 육체적인 동작으로 표현한다. 기쁘면 춤을 추고, 증오나 분노가 있으면 베개를 때린다. 감사의 마음이 가득하면 무릎을 꿇는다.

힘을 아껴라

F = ma.(힘과 가속도의 관계를 나타낸 뉴턴의 운동 법칙 공식—옮긴이)

영국의 물리학자 뉴턴은 힘(F)을 가속(a)을 야기하는 물체(m)에 대한 동일한 영향으로 정의했다. 순전히 물리학적인 영역에서 작용하는 힘(중력, 관성, 탄성 등)을 넘어 인간의 삶에서는 또 다른 에너지들이 작용한다. 인간은 육체의 힘뿐만 아니라 감정이나 의지의 힘도 지니고 있기 때문이다. 그런데 물리학적인 힘들이 어디서 생겨나는지를 둘러싸고 학자들이 수세기 전부터 골머리를 앓고 있다면, 이를 넘어서는 인간적인 힘들의 근원을 규명한다는 것은 얼마나 어렵겠는가!

힘과 에너지는 무진장하지 않다. 그러니까 자신의 비축품을, 1970년대의 에너지 파동 때 전기도 켜지 못할 정도가 되고서야 갑자기 사태의 심각성을 깨달은 책임자들처럼 다루지 말자! 우리의 힘은 재생 가능한 에너지여서, 배터리처럼 다시 충전할 수 있다. 그러나 그렇다고 해서 힘을 남용해도 된다는 말은 아니다! 배터리도 무한정 재충전이 가능하지는 않다. 그러므로 일단 에너지를 절약하자. 당신은 아마도 난방장

치에 일정한 온도 유지를 위한 정온기를 설치하고, 주방 전열판의 후열을 활용하며, 집 안에 절전 램프를 비치할 것이다. 이와 유사한 방법이 당신 자신의 에너지 관리에도 적용될 수 있다! 인간은 위기 상황에서 초인적인 일을 해낼 수 있다. 그러나 줄곧 자기의 한계(=힘)를 넘어서는 상황에서도 기력을 잃지 않고 또 에너지를 쓸데없이 소모하지 않는 사람은 없을 것이다.

힘을 절약하는 방법을 살펴보자.

육체적으로나 심리적으로 자신에게 지나친 요구를 하지 말자. 힘도 연습과 훈련이 필요하다. 그러니 목표를 언제나 약간 낮게 설정하라. 그러면 힘과 시간을 예기치 않게 쏟아 붓는 사태에 대한 여유도 갖게 될 것이다.

하루 일과 중에 가장 능률적인 시간을 관찰하자. 자신의 리듬에 따르고, 까다로운 과제는 자신의 기운이 넘친다고 느껴지는 시간에 처리하도록 하자. 반면 일상적으로 늘 반복되는 일들은 가능한 한 자신이 힘이 넘치지 않다고 느낄 때 처리하자. 자신의 생체 리듬을 발견하자.(이 점에 대해서는 이 장의 말미에 상세히 다루겠다.)

당신이 꼭 하지 않아도 되는 일은 다른 사람에게 맡기자. 가정에서든 직장에서든, 다른 사람들도 처리할 수 있는 일을 당신이 전부 직접 해야 할 필요는 없다.

컨디션이 좋지 않은 시간들에 대해서도 인정하자. 그런 시간에는 억지로 일하려 애쓰지 말고, 꼭 필요한 일만 처리하고 컨디션이 좋은 때를 기다리자.

자신의 힘을 이렇게 재생하자.

- 기회 있을 때마다 긴장을 풀자. 자발성 훈련이나 요가를 하자. 심호흡을 하거나 몸을 쭉 뻗어보자.
- 각별한 애정을 갖고 자신을 돌보자. 심신의 긴장을 풀어주는 목욕이나 기분을 상쾌하게 만들어주는 샤워를 하자. 기회가 있을 때마다 적절히 이용하자.
- 창의력은 새로운 힘을 생기게 할 수 있다. 그림 그리기, 춤추기, 연주하기, 도자기 빚기, 정원 돌보기, 수공 일 등은 온종일 책상에 앉아 있는 당신에게 특히 효과적인 에너지원이 될 수 있다.
- 운동할 때 에너지를 소비하기도 하지만, 운동을 통해 또한 새로운 에너지가 방출된다. 운동이 재미있다면, '에너지 공급을 위해' 이런 가능성을 이용하자.
- 음식에도 에너지원이 있다. 바나나를 먹고 차를 마시자. 몸과 마음이 단것을 필요로 할 때 땅콩과 건과류는 좋은 대안이 된다. 우유와 꿀로도 힘을 충전할 수 있다. 모든 통밀빵에는 완전 곡식 외에도 완전한 에너지가 포함되어 있다. 가장 강력한 에너지원은 귀리이다. 이것은 말에게만 중요한 게 아니다!
- 자신에게 힘을 주는 사람들과 교제하자.

자신의 생체 리듬을 알면 많은 힘을 절약할 뿐 아니라, 지금까지 있는 줄도 몰랐던 많은 힘이 방출될 수도 있다. 시간생물학(chronobiology, 생체 리듬을 다루는 생물학—옮긴이)은 비교적 새로운 학문 분야로, '내적인 시계'를 다룬다. 모든 인간이 자기 나름의 리듬을 발전시킨다 할지라도(당신은 자신의 리듬을 컴퓨터로 산출할 수 있다), 대부분의 사람들에게 공통되는 리듬은 많다. 이 사실을 안다면 우리 자신의 상태에 관한 몇 가지 사실이 분명해질 뿐만 아니라, 하루 일과를 짜는 데에도 유용하게 적용할 수 있을 것이다.

우리 몸의 생체 리듬은 날마다 같은 시간에 최고점과 최저점이 있다. 이러한 능률 곡선은 혈압과 맥박 수로 결정된다. 혈압과 맥박은 아침에 가파르게 상승하고, 오전 9시경이면 그 정점에 도달한다. 두 번째 정점은 이른 오후시간에 나타난다. 우리의 정신적·영적 활동의 리듬 역시 이에 따라 진행된다. 첫 번째 정점은 보통 오전 10시에서 12시 사이이고, 두 번째 정점은 오후 3시에서 4시 사이이다.

물론 '내적인 시계'가 모든 사람에게 똑같이 작동하지는 않는다. 예컨대 일상을 '일할 수 없는 시간' 대에 시작하는 사람들도 많다. 그런 사람들은 늑장 부리고, 마음이 내키지 않아서 일을 계속 미루며, 생각을 또렷하게 할 수가 없다. 그렇다고 해서 아프다거나 전날 잠자리에 너무 늦게 든 것도 아니다. 그저 저녁형 인간인 '올빼미들'에 속하는 것이다. 이런 유형과는 반대로 아침형 인간인 '종달새들'이 있다. 이들은 에너지와 활력에 가득 차서 깨어나자마자 일에 덤벼들지만, 늦은 오후가 되면 벌써 에너지가 바닥이 난다.

특히 신경과민 경향마저 있는 정신적인 활동을 하는 사람들이나 대도시 사람들의 경우, 수면은 통상적인 것과는 다르게 진행된다. 수면은 대개 두 단락으로 나뉜다. 보통은 잠이 든 후 숙면이 이어진다. 그러나 저녁형 인간은 '종달새들'과 달리 새벽에 숙면 단계에 들어간다. 저녁형 인간이 너무 일찍 깨어난다면 아직 피곤한 상태일 테고, 이른 오전에는 제대로 능률을 올리지 못한다.

학자들은 '올빼미형'과 '종달새형'의 육체적인 차이를 규명하려고 애썼다. 그런데 아침 기상시에 투덜대는 사람들의 신체기관과 관련된 징후로는 저혈압이 비교적 흔히 나타난다는 것뿐이다. 그런 사람들은 뇌의 혈액 공급이 제대로 작동할 때까지 준비하는 시간이 비교적 길다. 그러나 혈압이 정상이어도 '올빼미형'에 속할 수 있다. 따라서 하루 일과는 가능한 한 그에 부합되게 분배해야 한다는 결론이 나온다. '종달새형'은 다음 충고에 따르면 대단히 효율적일 것이다.

까다로운 작업 과정은 아침에 시작하고, 생체 리듬의 두 번째 최고점 때(오후 3시부터) 계속하자.

저녁은 긴장을 풀 수 있는 일, 재미있는 일, 부담 없는 모임, 간혹 꼭 처리해야만 하는 일을 위해 비워두자.

너무 일찍 지쳐 친구나 가족 모임에서 저녁시간을 즐기지 못하는 처지가 되지 않으려면, 될 수 있는 대로 늦게 저녁을 먹되 가벼운 음식에 신경을 쓰자.

너무 늦게 잠자리에 들지 말자. '종달새들'의 경우 자정 이전에 취침하는 것이 좋다.

반면 '올빼미들'의 하루에 대한 학문적인 인식은 다음과 같다.

추진력을 차단하고 싶지 않다면 아침을 너무 많이 먹지 않는다.

간단한 일(늘 반복되는 일)부터 시작한다.

다른 일들을 위해 시간을 오전부터 예약한다.

늦게 많이 먹는 저녁식사는 피곤하게 만들기 때문에 이상적인 수면 제이다.

저녁식사 후에도 '올빼미들'은 정신적인 활동에 몰두할 수 있다.(재교육, 창조적인 작업 등)

생체 리듬이 언제나 명확히 구분되는 것은 아니다. 혼합 형태도 있다. 그리고 당신이 언제나 자기 리듬에 따라 일할 수 있는 것은 아닐 것이다. 그럼에도 불구하고 자신의 능률 곡선에 대한 지식을 가능한 한 활용해야 한다. 운동 선수나 예술가들이 하는 것처럼 말이다. 그러나 자기 일이나 과제를 언제나 자신의 내적인 시계에 맞출 수 없다 하더라도, 시간생물학의 다음과 같은 인식을 고려하는 것은 유용하다.

새벽 3시에서 6시 사이에 집중력과 기분은 최저점에 도달한다. 밤 중에 골똘히 생각하면서 깨어 있는 사람들이 알다시피, 이때가 우울증에는 가장 나쁘다. 대부분의 사고도 이 시간대에 발생한다. 수년 전부터 밤에 일하는 택시 운전사들의 경우도 그렇다.

오전 11시경, 능률이 고조되기 시작한다. 특히 우리의 단기 기억은 이때 가장 잘 작동한다. 따라서 약 12시까지가 시험이나 면접을 보기에 가장 좋은 시간대이다. 논쟁을 위해서도 이 시간대는 중요하다. 이 시간대에는 혈당치가 낮기 때문에, 공격성이 높아지고 따라서 주장을 관철시키는 능력이 강해진다.

오후 2시경, 우리의 뇌는 지치고 발이 붓는다. 이 시간대엔 가장 잘 맞는 신발을 새로 장만하자.

오후시간은 특히 육체적 활동과 운동에 유리하다고 여겨진다.

오후 6시경에는 통증에 가장 민감하다. 따라서 치과에 갈 일정은 가능한 한 오후 2시에서 4시 사이로 하자.

 이렇게 해보라

▢ 자신의 에너지가 언제 최고이고 언제 최저인지 살펴보자. 비교적 오랫동안 관찰하며 기록하는 게 좋다. 외적인 상황이나 질병이 결과를 왜곡할 수도 있기 때문이다.

▢ 과제를 자기의 리듬에 맞게 하루 일과에 분배하도록 하자.

▢ 당신을 가장 힘나게 하는 것은 무엇인가? 새벽 공기를 마시며 하는 운동, 또는 명상, 혹은 창의적인 일인가?

이러한 휴식을 당신의 일과에 확실히 배정하자.

자기만의 공간을 만들어라

    자동차에서 소위 충격 흡수부 범퍼는 차체의 한 부분이다. 이것은 자동차 좌석 부분이 안정적이고 단단한 반면, 앞뒤 부분은 변형될 수 있다는 것을 의미한다. 덕분에, 사고가 발생할 경우 운전자를 비롯한 승객들의 안전은 최고로 보장되고 상해 위험은 줄어든다. 이러한 충격 흡수부를 낙관주의자도 갖고 있다. 이러한 기술적인 표현은 여기에서 '두꺼운 가죽'(뱃심이 두둑하여 세상만사에 속 썩지 않는다는 것에 대한 비유―옮긴이)을 의미한다. 이 두꺼운 가죽에 부딪쳐 많은 게 튀어나온다. 그렇지 않으면 그 모든 게 고스란히 무방비의 상처받기 쉬운 내면에 이르고 마음을 아프게 할 것이다. 뭔가가 우리의 마음을 깊이 건드릴 때, 우리는 행위 능력을 상실하기 쉽다. 따라서 이러한 충격 흡수부에 의한 안전거리는 대단히 중요하다. 당신의 아이가 다쳤거나 가족이 죽어가고 있는 순간에, 당신이 고통에 너무 가까이 다가가면 어떻게 당사자인 아이나 가족을 도울 수 있겠는가? 의사나 간호사는 물론이고 다른 직업에 종사하는 많은 사람들도 자기 감정을 무장해야 한다. 그렇지 않으면 더 이상 힘을 내어 효과적으로 도울 수 없기 때문이다. 앞 장에서 보았듯이, 감정을 억압하지 않고 허용하는 것은 대단히 중요하다. 그러나 그 감정 때문에 우리가 마비되어서는 안 된다. 이것은 누군가가 우리의 마음을 상하게 하거나 불행하게 했을 때에도 적용된다. 적어도 한숨 돌릴 수 있는 거리를 가질 수 있도록, 자기 나름의 충격 흡수부를 마련하자. 삶은 온갖 도전을 하는 가운데 계속된다. 감정적으로 부담이 너무 크면, 기회를 봐서 일단 '내려와야' 한다. 이를 위한 여러 가지 가능성이 있다.

- 잠은 고된 감정생활에 대한 위로이다. 잠을 통해 육체는 물론이고 정신도 힘을 얻기 때문이다.
- 운동은 소위 행복 호르몬인 신체 자생 엔도르핀을 방출한다. 감정 적체나 감정 좌절도 운동을 통해 해결될 때가 종종 있다.
- 취미나 까다로운 활동에 집중적으로 몰두하면 기분 전환이 될 뿐만 아니라 새로운 힘도 생겨난다.
- 명상도 마찬가지로 부담스런 감정으로부터 해방되고 새로운 힘을 충전하는 수단이다. 마더 테레사 수녀는 늘 기도와 명상을 통해 안전거리와 새로운 힘을 구했다.
- 지칠 때까지 춤을 추었어도, 비록 발은 아프지만 우리는 다시 일어설 수 있다.

충분한 안전거리를 확보한다면 도로 교통에서 충격 흡수부는 거의 필요치 않다. 이것은 일상생활에도 똑같이 적용된다. 비록 고통스럽다 할지라도 경험과 감정을 피하지 않는 것이 중요하지만, 그것들 때문에 자신이 마비되어서도 안 된다. 따라서 방해받지 않고 자신에게 갈 수 있는 안전 구역을 마련해야 한다. 쇼크 반응 때문에 사고가 나지 않도록 말이다. 내가 알고 있는 젊은 엄마는 활달한 두 어린 자녀 때문에 늘 스트레스를 받았다. 그녀는 아이들을 사랑하고 또 좋은 엄마이고 싶어했다. 그러나 그런 마음이 하루에 18시간 이어지지는 못한다. 그녀의 안전 구역은 욕실이다. 너무 스트레스가 크다고 느끼면 그녀는 그곳으로 도피한다. 욕실 문을 잠그고 숨을 내쉰다. 그녀는 아이들을 큰 소리로 야단치지 않았고 때리지도 않았으며, 절망감 때문에 눈물을 펑펑 쏟지도 않았다. 집에서 방해받지 않는 단 하나의 장소인 욕실로 물러난 것이다. 몇 분 후 마음을 가라앉힌 그녀는 다정한 표정으로 다시 나타난다. 다음 경기를 위해 힘을 비축한 것이다. 누구나 자기 자신을 위해 이처럼 아무도 침입할 수 없는 안전 구역 및 휴식이 필요하다. 우리 집의 문은 전부 열려 있는 게 원칙이다. 그러나 일단 문 하나가 닫히면, 그것은 '노크를 부탁해요'라는 뜻이 된다. 그리고 조금도 방해받고 싶지 않은 사람은 문의 손잡이에 해당되는 표시를 걸어둔다. 그래서 누구건 필요하다면 혼자 조용히 있을 수 있다. 이것은 모두가 존중하는 규칙이다. 이러한 경험은 특히 자녀들에게 중요하다. 자녀들 역시 사생활권을 갖고 있다.

감정적이고 공간적인 안전 구역 외에도 시간적인 충격 흡수부를 설치할 수 있다. 직장이나 사생활에서 스트레스가 너무 큰 사람은 안전거리가 늘 필요하다. 예술가, 경영자, 정치가 중에는 사정이 허락할 때마다 하루에 한두 번씩은 꼭 잠시라도 짬을 내어 조용한 곳으로 물러나 긴장을 풀고 명상하는 이들이 많다. 이때 그들은 요가 수련이나 자발성 훈련을 하기도 한다. 그러고 나야 광범위한 일과를 창의적이고 열정적으로 처리하고, 주의력도 느슨해지지 않을 수 있다. 이런 가능성을 왜 일상을 위해 이용해서는 안 되는가?

때로 우리는 사람들에게 가까이 다가서고 싶지 않고, 일종의 안전거리를 확보하고 싶어한다. 신체 접촉은 매우 중요하고 아름답다. 그렇다고 늘 아무하고나 접촉하고 포옹하고 싶지는 않을 것이다. 원하는 거리를 확보하는 것은 종종 거부의 태도나 눈빛만으로도 충분할 때가 있다. 그러나 그렇지 않은 경우에는 솔직하게 말하는 것도 꺼리지 말아야 한다. 이것은 그냥 참기 어려운 부담스런 언동에도 적용된다. 특히 다른 사람들과 함께 일할 때는 어투가 분위기에 대단히 중요하다. 친절한 말을 하자. 그러나 계속 싫어하는 별명으로 불리는 게 마음에 들지 않거나 늘 똑같은 말로 놀림을 당할 때는 확실하게 말하자. 이것은 민감함과는 상관없다. 많은 사람들이 당신의 태도를 지나치게 민감하다고 해석할 게 뻔하다 해도 말이다. 상호 존중은 인간 대 인간으로서 당연히 지켜야 하는 것만이 아니다. 그것은 또한 함께 살고 일하는 것을 훨씬 수월하게 해주는 충격 흡수부이기도 하다.

이렇게 해보라

□ 누구든 존중받는 공간적인 보호 구역을 자신에게 마련해주자.(서재, 침실 등)

□ 방해받지 않고 긴장을 풀거나 명상할 수 있는 시간적인 보호 구역을 자신에게 마련해주자.

어려움 속에서도 웃음을 잃지 마라

민간 전승은 웃음이 건강하다는 것을 진작부터 알고 있었다. 오늘날 과학자들은 웃음이야말로 심신에 가장 좋은 기적의 약이라고 확인해주고 있다. 특히 심신 상관 의학자들은 잘 웃지 않는 사람들이 심신과 관련된 병에 걸리기 쉽다는 확신을 갖고 있다. 영국의 유명한 자연과학자 찰스 다윈은 웃음을 통해 우리 몸의 많은 신체기관 및 근육이 작동한다는 것을 알아냈다. 웃음은 횡격막뿐만 아니라 흉강 및 복막 사이의 근육을 움직이게 하고, 심장, 폐, 간, 췌장을 마사지해준다. 웃음으로 인해 다른 선(腺)들도 자극을 받아 체액을 내주고, 체액은 다시 뇌 속의 엔도르핀을 자극한다. 그리고 마지막으로, 웃을 때는 15개의 안면 근육이 작동한다. 그러나 다윈 훨씬 이전부터 웃음의 치유력은 높이 평가되었다. 솔로몬의 잠언에는 이런 대목이 있다.

"마음이 즐거우면 앓던 병도 낫고 속에 걱정이 있으면 뼈도 마른다."(잠언 17장 22절)

그리고 중세 때 약 조제법에서 독보적인 위치를 차지했던 앙리 드

몽드빌은 다음과 같이 쓰고 있다.

"외과 의사는 환자의 생활 방식을 기쁨과 행복에 맞춰야 한다."

이를 위해 몽드빌은 친구나 친척에게 환자를 기분 좋게 만들 것을 권한다. 또한 부정적인 감정의 움직임으로 환자의 쾌유를 방해해서는 안 된다고 했다.

"외과 의사는 환자에게 화, 증오, 슬픔을 금지하고, 사람의 몸은 기쁨에 의해 건강해지지만 슬픔에 의해 아프게 된다는 점을 엄하게 타일러야 한다."

철학자 칸트도 웃음을 심신 상관적인 현상으로 여겼을 뿐만 아니라, 웃음에 유익한 신체적 효과가 있다고 보았다.

1928년에 이 주제에 관한 최고의 책들 중 한 권인 《웃음과 건강》이 출간되었다. 책의 저자인 미국의 의사 제임스 J. 윌시는 건강을 촉진시키는 웃음의 작용이 우선 내적인 신체기관을 자극하는 기계적 효과 때문에 생긴다고 썼다. 심리적 요인들의 중요성을 배제하지 않은 것이다. 윌시가 내린 결론은 다음과 같다.

"인간의 건강을 위한 최고 공식을 수학적인 비유로 표현하자면 이렇다. 건강은 웃음의 빈도와 강도에 비례한다."

웃음은 아직 학문적으로 최종적인 정의가 내려지지 않았고, 뇌 속의 '웃음 센터' 장소도 규명되지 않았다. 그러나 웃음이 스트레스의 공격 때문에 지니게 되는 독성을 완화시켜준다는 점만큼은 확실하다. 웃음은 우리의 몸에 변화를 불러일으키고 마취 효과도 있어서, 웃음만으로도 심한 고통을 잠시나마 느끼지 못하게 할 수 있다. 웃음은 또한 엄청난 각성제로, 가령 책을 읽거나 영화를 볼 때처럼 많이 웃으면 노동의 피로가 풀린다. 웃음은 우리에게 가장 좋은 약국으로, 건강 유지를 위해 다른 것으로 대체할 수가 없다!

우선 웃음은 심장을 강하게 해준다.

의사들은 심장의 건강을 위해 맥박이 하루에 한 번 130이 되게 할 것을 권한다. 웃으면 맥박이 120으로 상승한다. 이런 의미에서 웃음은 운동활동으로 보아도 무방하다. 심장의 리듬을 높여주고 기관지를 열어주며 호흡이 빨라지게 하기 때문이다.

그리고 웃음은 면역 체계를 강화시켜준다.

웃음은 뇌에서 생화학 과정을 자극하여, 우리의 저항력에 최대 적이라 할 수 있는 스트레스 호르몬 코티솔(부신피질에서 생기는 스테로이드 호르몬의 일종―옮긴이)과 아드레날린(부신수질에서 분비되는 호르몬―옮긴이)을 제어한다. 몸에서 이런 호르몬의 집중이 약할수록, 병원체나 일상의 화가 그만큼 우리에게 통하지 않는다. 또한 웃음은 혈압을 내려주고 소화를 자극하며 수면을 촉진한다. 웃음은 면역 체계일 뿐 아니라 암 예방 작용도 한다. 하이델베르크의 암 퇴치 생물학연구소의 헬가 바오르흐는 이렇게 말한다.

"웃음은 몸을 위해 별도로 섭취하는 비타민 C와 같다. 이것은 몸 상태의 양호 여부를 보다 잘 알게 해준다. 또한 몸이 만들어내는 암세포도 퇴치할 수 있게 해준다."

웃음은 피부에도 좋다.

많이 웃는 사람은 주름이 적게 생긴다! 이것은 웃을 때 쓰게 되는 근육이 하나의 커다란 근육군을 형성하기 때문이다. 이 근육군이 피부를 팽팽하게 해준다. 많이 웃는 사람의 얼굴은 가만히 있을 때에도 43개의 근육을 계속 움직여 인상 쓰는 얼굴보다 피부가 매끈매끈하다.

웃음은 날씬하게 해준다.

정말 호방하게 웃으면 머리부터 배까지 약 80개의 근육이 움직인다. 웃음은 또한 행복 호르몬(엔도르핀)을 방출하기 때문에, 단것을 찾지 않아도 된다. 기분을 좋게 하기 위해 굳이 먹을 필요가 없어진다. 따라서 의식적으로 웃음을 훈련하는 사람은 몸무게도 줄일 수 있다!

웃음은 행복하게 만든다.

웃음은 뇌를 위한 산소 치료와 같다. 안면 근육을 움직임으로써 산소가 풍부한 혈액이 뇌 속으로 흘러들고, 이를 통해 우리는 기분이 좋아진다. 물론 정말로 웃을 때나 미소를 지을 때에는 입가뿐만 아니라 눈의 근육 부분도 움직인다. 이러한 '근육 운동 틀'을 의식적으로 활용하면 저절로 즐거워질 것이다!

21세기 초에 프랑스 의사 이스라엘 와인바움은 이미 이러한 인식에 도달했다. 그는 우리가 즐겁기 때문에 웃는 것만은 아니라는 사실을 알아냈다. 우리는 웃기 때문에 기쁘기도 하다! 앞서 보았듯이, 웃음이 엔드로핀을 방출하기 때문이다. 이것은 신체 자생 마취제로, 고통만 완화시키는 게 아니라 행복하게도 만들어준다! 미국과 일본에서 웃음이 결핵 환자와 심장병, 암, 우울증 환자들에게 사용된 것은 이미 오래된 일이다.

성공적인 '웃음 치료'를 감명 깊게 보여주는 문헌은 미국 저널리스트 노먼 커즌스의 책, 《우리 안에 있는 의사》이다. 1990년대 초 독일에서도 출간된 이 책에서 저자는 자신의 치유 이야기를 해준다. 설령 의학의 문외한이 썼다 하더라도 이 책은 보건학 전문 서적 중에서도 가장 많이 읽힌 작품에 속한다.

커즌스는 1964년 관절 경직성 척수염을 앓았다. 근육과 관절 관련 질병으로, 의사의 소견으로는 생존 가능성도 희박했을 뿐 아니라 휠체어를 타야만 했다. 커즌스는 위험을 감수하고 병원을 떠났다. 그 이유는 이러했다.

"나는 병원이 심각한 병에 걸린 사람이 머물 만한 장소가 아니라는 확신을 갖게 되었다."

병원에서 그는 일찍 깨야 했기 때문에 잠이 충분치 않았고(그렇지 않아도 고통이 계속될 때는 잠을 조금밖에 잘 수 없었다), 진정제와 진통제를 너무 자주 맞았다. 이런 것들은 효과가 없거나 해롭기까지 했는데, 커즌스의 견해에 따르면, 치료 효과보다 병원 직원들이 환자를 보다 수월하게 다루는 데 목적이 있는 것처럼 보이기도 했다. 게다가 의료진이 영양학적으로 실수한다고 불평했다. 식사가 균형이 잡히지 않았고 화학 처리된 식료품이 너무 많은 데다가, 계속 무색 밀가루 빵이 나왔으며 야채도 대부분 너무 오래 삶았다. 그래서 커즌스는 담당 의사의 동의하에 호텔로 옮기고 모든 의약품 섭취를 중단했다. 그는 스스로 자신에게 비타민 C만 처방했고, 그 외 재미있는 책을 읽고 하루에 수차례 텔레비전이나 비디오로 코미디를 시청했다. 이런 식으로 막스 브라더가 나오는 옛날 영화를 비롯하여, 특히 '몰래 카메라'의 대가들을 보았다. 성공이었다. 열이 내려 잠을 잘 수 있었으며 고통도 줄어들었다. 그리고 이내 자기 발로 설 수 있게 되었다. 전문 잡지에서 커즌스는 자신의 쾌유에 관해 이렇게 표현했다.

"병에 맞선 싸움에서 내 몸을 더 많이 작동하게 하고, 더 많이 면역 능력을 갖게 한 것은 웃음이었던 것 같다."

커즌스는 웃으면서 병을 이겨냈다.

그러나 웃음은 건강뿐만 아니라, 일을 하는 데 있어서도 성과를 올리게 해준다. 웃음이 침착성을 보여주기 때문이다. 특히 자신에게 웃을 수 있을 때 말이다. 이것은 내가 자신을 견지하고 있음을 말해주는 것이다. 자신 약점에 대해 웃을 수 있는 것은, 자신의 장점을 의식하기 때문이다. 그리고 웃음은 직장생활에서나 사생활에서도 신뢰를 낳는다. 파트너나 동료와 함께 웃는 사람은, 우리가 서로 이해하고 있고 함께 하나를 이룬다는 것을 암시한다. 웃음이나 미소를 통해 많은 상황의 긴장이 완화될 수 있다. 풀 수 없어 보이는 문제들이 '해방시키는' 웃음 한 방에 금세 흔적 없이 사라지는 일이 얼마나 자주 있는가! 웃음이 긴장 상태를 해소시키고, 우리를 압박하는 화를 대신 분풀이할 수 있게 해주기 때문이다. 웃음은 우리를 분노, 근심, 불쾌함에서 벗어나게 해준다. 우리를 속 쓰리게 하고 분노로 가득 차게 만들거나 깊은 고통을 주는 감정들로부터 말이다.

웃을 때마다 약간의 공격심이나 사람들의 말처럼 고소해하는 마음도 그 속에 담길 수 있다. 찰리 채플린 영화를 보든, 누군가 얼음판에서 미끄러지거나 쟁반을 떨어뜨리는 걸 관찰하든 상관없다. 행동연구가 콘라트 로렌츠(오스트리아의 동물학자이자 동물심리학자 —옮긴이)는 이에 관해 다음과 같이 말했다.

"웃음은 웃는 사람들의 연대감 외에도 공격적인 독설을 낳는다."

이러한 독설은 방금 조롱당하는 불운을 겪었기 때문에 지금 도무지 함께 웃을 수 없는 사람을 겨냥한다. 그러나 먼저 웃을 수 있는 사람이야말로 설령 자신이 방금 '우스꽝스럽게' 되었더라도 진짜로 웃는 자이다. 이렇게 함으로써 그는 누구에게도 더 이상 약점을 드러내지 않고, 오히려 자신이 그들과 같은 인간이며 방금 자신에게 인간적인 사건이 벌어졌음을 보여준다. 조롱을 당했는데도 웃는다면 그것은 유머이다. 이 점은 프로이트도 알고 있었다.

"유머는 포기하지 않는다. 유머는 반항적이다. 유머는 자아의 승리뿐만 아니라 쾌락 원칙의 승리도 의미한다. 쾌락 원칙은 진짜 상황의 불쾌함에 맞서 자신을 주장할 수 있는 것이다."

그리고 미국 의사 월시의 말을 다시 한번 인용하겠다.

"웃음은 사물의 보다 관대한 면을 보여주고, 사람들이 흔히 생각하듯 미래가 무조건 걱정할 정도는 아니라는 느낌을 갖게 해준다."

이런 점에서 월시 박사는 확실히 실천적인 낙관주의자였다!

우리가 늘 웃을 기분이 아닌 것은 물론이다. 그런데 남들보다 잘 웃을 줄 아는 사람들이 있다. 그리고 마음만 먹는다면 웃음도 훈련이 가능하다. 웃어야 할지 울어야 할지 처음에 알 수 없는 상황들이 종종 있다. 일단 의심이 간다면 웃음 쪽으로 결정을 내리자. 단연코 웃음이 우는 것보다 낫기 때문이다. 그리고 웃지 못하겠거든 미소를 짓자. 종종

말로는 할 수 없는 것을 따뜻한 웃음이나 친절한 미소가 해내기 때문이다. 웃음은 소통 수단으로, 여러 사회적 계층이나 민족을 연결해준다. 직접 시험해보자. 그러면 미소짓는 게 당신 자신의 긴장을 풀어줄 뿐만 아니라, 종종 좋지 않은 분위기도 풀어준다는 것을 확인하게 될 것이다. 미소를 짓자. 그러면 삶이 다시 미소를 지어줄 것이다!

 이렇게 해보라

▫ 일단 가벼운 책을 읽거나 재미있는 영화를 보자. 이것은 진부한 충고일 수 있다. 그러나 기적이 생길 수 있다!

▫ 늘 미소를 짓자. 거울을 보고 자신에게 미소를 짓고, 일하는 도중이나 산책할 때에도 늘 미소를 짓자. 중요한 것은 눈으로도 미소를 짓는 것이다!

울고 싶을 때는 울어라

우는 것이 대체 낙관주의와 무슨 상관이 있는지 궁금할 것이다. 이젠 우는 것이 행복하고 건강하게 만든다는 것을 설명하겠다. 예컨대 여자들이 남자들보다 위궤양이 적다는 사실이 이를 뒷받침해준다. 스위스 제약회사 콘체른이 공동 연구를 통해 밝힌 설명에 따르면, 여자들이 더 자주 울기 때문이라고 한다. 과학이 눈물에 치료 물질이 들어 있음을 알아낸 지는 오래되었다. 그 물질이 몸 안에서 작용하며 박테리아를 죽이는 리소자임이라는 것을 오늘날 누구나 알고 있다. 요즘은 심지어 나이 든 사람들의 경우, 눈물이 보다 빨리 마르기 때문에 치유가 더 느리다는 추정까지 나오고 있다!

유대인 속담에 이런 말이 있다.

"정화하는 것이 몸에는 비누라면 영혼에는 눈물이다."

눈물은 정화하는 작용을 하는데, 비단 영혼에만 해당되는 말은 아니다. 눈물을 억압하면 위궤양, 대장염, 천식은 물론이고 심장 장애까지 생길 수 있음은 오늘날 잘 알려져 있는 사실이다. 말하자면 눈물에는 신체 자생의 주요 '약품', 예컨대 통증 완화 작용을 하는 로이친-엔코 팔린과 면역력을 강화시키는 항균성 단백질 리소자임이 들어 있다.

　그러나 유감이지만 눈물은 부정적으로 작용할 수도 있다. 예를 들면 직장에서 자주 눈물을 터뜨리는 여성은 책임을 감당할 수 없고 업무 능력이 없다는 평판을 듣게 된다. 그런 여성은 승진 고려 대상에서 배제되기 일쑤다. 설령 남자 동료들이 여성들에게 있다고 생각되는 이런 '약점'에 신사다운 태도로 반응하더라도, 눈물 많은 예민한 여자 동료를 대개는 더 이상 진지하게 여기지 않을 것이다. 여자들이 페리클레스와 같은 위대한 그리스 정치인들도 눈물을 정치적 수단으로 써먹었다(또 눈물을 이용하여 자신들의 책임감과 진지함을 믿을 만하게 꾸몄기 때문에 성공도 거두었다!)는 점을 증거로 제시해도 유감이지만 별 효과가 없을 것이다. 그래서 눈물을 예방할 수 있는 전략들이 예시되었다. 눈물을 흘릴 수밖에 없는 상황이지만 눈물을 흘리는 게 적절치 못하다면, 잠시 생각을 가다듬을 시간을 청하는 전략을 구사해야 한다. 잠깐 밖으로 나가 신선한 공기를 마시고 화장을 고치고 담배를 한 대 태우자. 그렇게 하면 문제의 사건으로 인한 흥분을 가라앉히고 심리적인 거리를 확보하게 될 것이다. 그리고 당신의 가장 강력한 무기인 웃음을 사용할 힘도 갖게 될지 모른다!(웃음에 대해서는 앞 장을 보라.)

　눈물 흘리는 일이 주로 여자들과 관계되기 때문에, 여자들과 달리 남자들에게 가장 불쾌한 눈물이 어떤 것인지를 알아보는 것은 확실히 흥미롭다. 이러한 측면의 연구는 1994년 미국 밴더빌트 대학의 플라스(Jeanne M. Plas), 후버-뎀프시(Kathleen Hoover-Dempsey)에 의해 이루어졌다. 남자들의 경우 감사의 표시나 지극히 사적인 문제로 인해 우는 것이 가장 불쾌한 반면, 여자들의 경우에는 분노 때문에 눈물을 터뜨리는 게 기분 나쁜 일이었다! 그러나 두 경우 모두 동일한 게 적용된다. 즉 남자든 여자든 자신들이 다루는 걸 미처 배우지 못한 감정 때문에 말문이 막혔을 때 눈물이 나온다는 공통점을 지닌다. 우리는 말을 할 수 없기 때문에 우는 것이다.

파트너 문제로 울 때도 마찬가지다. 이 경우 눈물은 종종 모든 대화를 막아버리고 논증을 무력화시키며, 문제의 진정한 해결을 불가능하게 만든다. 남자들은 눈물을 통해 흔히 압박을 받는다고 느끼고 공격적인 태도로 반응한다. 이런 식으로는 오히려 우는 것이—원래는 유익하고 중요한 반응이건만—짐만 될 뿐이다. 눈물은 때때로 빨리 뭔가를 달성하기 위한 효과적인 전술적 수단일 수 있으나, 전략으로서의 의미는 별로 없다.

결론을 말한다면, 눈물을 흘리는 것은 유익하다. 눈물은 막힌 압박감을 풀어주고, 우리가 정신적인 균형을 다시 찾도록 도와준다. 우는 사람은 속마음을 털어놓고(여자들끼리는 혼자 또는 함께 '울음 파티'를 열 수 있다) 마음의 찌꺼기를 씻어낸다. 의사나 심리학자들은 어른이 제대로 울 줄 알면 근심과 슬픔이나 분노의 처리가 보다 쉬워진다고 한결같이 말한다. 반면 눈물을 억지로 참으면 아프게 될 위험이 있다. 이런 맥락에서 볼 때, 우는 것을 정상적이고 건강하게 여기는 문화권이 눈물을 금지하고 약함의 표시로 해석하는 문화권보다 훨씬 인간적이고 인정이 많다는 인류학자들의 확인은 흥미롭다.

눈물이라고 해서 항상 똑같은 것은 아니다. 물론 슬픔이나 고통 또는 분노 때문에만 우는 것도 아니다. 기쁨 때문에 울거나 그냥 양파를 썰 때 눈물을 흘릴 수도 있다. 이처럼 눈물마다 맥락이 다르다(또한 작용도 다르다). 이 사실을 알아낸 미네소타 주 세인트 폴 램지 병원의 눈물연구가 윌리엄 프레이 박사는 이 분야의 첫째가는 전문가로 통하게 되었다. 그의 연구 결과를 보면, 눈물은 산소, 수많은 무기물(나트륨, 칼륨, 칼슘, 마그네슘, 철, 구리, 아연, 망간), 염소, 인, 중탄산염, 요산, 암모니아, 질소, 비타민 B_{12}, 비타민 C, 엔자임 외에도 60개 이상의 상이한 단백질 화합물 등으로 복잡하게 구성되어 있다. 우리의 눈을 축축하게 유지해주는 소위 눈물막은 하루에 약 1만 3천 번 새로 만들어진다. 프레이 박사가 알아낸 바로는, 예를 들어 감동적인 영화를 볼 때가 양파를 써느라 눈물을 흘릴 때보다 단백질이 24퍼센트 더 분리된다. 이때의 단백질 프롤락틴(유즙 분비를 촉진시키는 호르몬—옮긴이)은 유익한 작용을 한다. 고통을 완화하고 기분을 긍정적으로 만들어주기 때문이다. 그렇다면 웃음만 건강한 게 아니라 울음도 건강할 수 있다! 정서적인 부담이나 스트레스가 있을 때는 똑같은 단백질이 생성된다. 울 때 이러한 단백질이 씻기기 때문에, 스트레스가 줄고 긴장이 완화되는 느낌이 생긴다. 따라서 눈물은 어느 정도 영혼의 세척기와 같다고 하겠다. 울 때 고통과 괴로움이나 긴장이 '녹아내리고', 스트레스와 해로운 물질은 방울이 되어 몸에서 흘러나간다.

미네소타 대학 연구팀은 실험 대상자들의 눈물을 받아 모은 후, 고압 액체 색층 분석을 이용하여 눈물의 분자 구조를 분해하고 조사했다.

학자들은 이 연구를 통해 눈물에 특별한 세 가지 물질이 들어 있음을 알아냈다.

- 로이친-엔코팔린: 고통을 완화시키는 물질로, 모르핀과 유사한 작용을 한다. 스트레스를 받는 상황일 때 몸은 고통을 완화시키기 위해 이물질을 직접 생산한다.
- 리소자임: 이것은 항균 엔자임으로, 감염 방지 기능을 한다.
- 프롤락틴: 이것은 뇌 속에서 형성되며, 임산부들의 경우 모유 생성을 자극하는 호르몬이다. 동시에 일련의 심리적인 효과도 지니고 있는데, 그 효과 전반에 대해서는 아직 알려지지 않았고 연구가 진행 중이다.

이런 물질들이 모두 감정적인 이유에서 생겨나는 눈물로만 나타난다는 것은 놀라운 일이다. 예컨대 양파를 자를 때 흘리는 눈물에는 호르몬이나 엔자임이 전혀 들어 있지 않다. 이런 사실을 토대로 학자들은 울 때, 몸이 스트레스 때문에 생성되는 물질로부터 벗어난다고 추론했다. 이로써 우리는 보다 마음이 안정되고 긴장이 풀리는 것이다.

모든 눈물의 50퍼센트는 슬픔 때문에 흐르고, 21퍼센트는 행복 때문에, 나머지는 감동, 분노, 근심, 고통 때문에 흘린다고 한다. 윌리엄 프레이는 이렇게 말한다.

"이 모든 감정은 몸에 정서적인 스트레스를 야기한다. 우는 것은 긴장을 풀어주고 진정시켜준다."

다른 많은 심리학자들도 울 수 있는 능력은 인간의 정신적인 건강을 위해 포기할 수 없는 것이라고 믿고 있다. 그들의 견해에 따르면, 지난 1년간 단 한 번도 눈물을 쏟지 않은 사람은 심각한 정서적인 문제가 있다고 한다. 그렇다면 우는 것은 전적으로 건강하고 행복하게 만들며, 또한 강하게도 만든다! 그러니 기쁨 때문에도 울 수 있다는 사실을 잊지 말자! 이러한 눈물은 또한 치료에 도움이 되는 유익한 작용도 한다.

 이렇게 해보라

□ 슬픈 영화를 한 편 보거나 슬픈 책을 읽어보자. 이때 눈물이 흐르게 내버려두어라. 영화나 책을 통해 자신의 문제를 대신해 우는 경우가 종종 있을 것이다.

□ 감정이 잡힐 때 필요하다면 '조용한 골방'에 들어가 울어보자. 모든 근심과 고통을 눈물을 통해 자신의 몸에서 씻어내자.

□ 눈물을 흘리는 것에 대해 부끄러워하지 말자. 분노나 슬픔 때문에 눈물을 흘리건, 기쁨이나 감격 때문이건 상관없다. 이것으로써 자신이 인간적 존재임을 드러내고, 감정을 지닐 수 있고 또 감정의 편에 서는 강함을 보여주자.

약점과 실수를 인정하라

우리는 자신에게 요구하는 것과 같은 수준으로 다른 사람에게 요구해서는 안 된다. 그러나 우리 자신에게도 심하게 요구해서는 안 된다. 낙관주의자는 자신 역시 '그저' 인간일 뿐이고 그 자체로 오류를 범하기 쉬우며, 완벽한 것과는 거리가 멀다는 사실을 잘 알고 있다. 낙관주의자는 남들에 대해서도 관대하며, 흔히 남들의 사소한 약점들도 매력 있다고 생각한다. 그렇다면 당신도 남들에 대해 당연하게 여기는 것을 자신에게 허용해야 하지 않겠는가? 따라서 자신의 약점에 너무 마음 쓰지 말고, 차라리 강점을 지지하라! 특히 약점을 퇴치하려고 할수록 오히려 강해질 수 있다. 약점을 억누르면 어느 정도 반항적인 작용이 나오게 마련이고, 약점에 강하게 맞설수록 약점은 그만큼 더 두드러지게 된다. 약점을 무시할 수 없다면 적어도 약점과 화해해야 한다. 자신이 호기심 많고 수다스럽다거나 관대하지 못하다고 계속 비난하지 않는다면, 이런 특성 정도는 덜 중요하게 되어 당신은 이런 특성을 아주 정답게 자신의 삶이나 인격의 부분으로 다룰 줄 알게 된다.

몇 년 전에 나는 내 삶에서 결정적으로 중요한 경험을 했다. 특히 혼자 집에 있을 때 심한 불안감 때문에 고생했다. 그러던 중 공포에 사로잡혀 심장 박동이 빨라지고 호흡 곤란마저 생겼다. 이성적 논증이나 명상도 아무 소용이 없었다. 결국 명상 지도 선생은 내게 다음의 화두를 써서 불안을 받아들이라고 충고했다.

"내 사랑 불안이여, 그대가 다시 왔구려. 그러나 나는 그대를 가질 수 있지만, 그대는 날 갖지 못한다오."

나의 불안과 나는 함께 하나의 전체를 이루었으므로, 우리가 잘 적응하는 것만이 유일한 가능성이었다. 믿기 어렵겠지만, 그날 이후 내가 공포에 사로잡히는 일은 없었다. 그 후로 어떤 약점이 날 괴롭힐 때마다 이 '주문'을 써먹었는데 매번 성공했다.

다른 약점들의 경우, 주변 사람들의 이해를 요청할 수도 있다. 나는 확실히 아침에 일어날 때마다 투덜대는 사람으로 불려 마땅하다. 아무리 노력해도 잠자리에서 일어난 후 곧바로 친절하고 상냥한 태도가 나오지 않는다. 그럴 때는 내게 말을 걸지 않는 게 상책이다. 가족은 나의 이런 점을 알고 존중해준다. 나 자신도 식구들을 가능한 한 멀리하고, 아침식사 대신 한 시간쯤 혼자 서재로 물러난다. 그곳에서는 나도 아무에게 화내지 않고, 다른 누구도 날 화나게 만들지 않는다. 뿐만 아니라 이 모든 게 기분 좋게 하는 작용을 함으로써, 나는 이른 아침에도 상당한 양의 일을 처리할 수 있다.

또 다른 나의 약점은 무척 잘 속는다는 점이다. 예를 들면 만우절의 장난 같은 농담에도 곧잘 속아넘어간다. 생전 처음 런던의 지하철에서

벽에 있는 수많은 파이프라인을 보고 놀랐을 때, 파키스탄인과 인도인 구역에 소스를 공급하는 커리 파이프라인이라는 이야기를 들었다. 나는 그 말을 그대로 믿었다. 또 수년 동안이나 위스키 상표 '베트 69'가 교황의 전화번호를 따라 명명되었다고 믿었다. 가족과 친구들이 나의 이런 약점 때문에 얼마나 재미있어할지 상상이 갈 것이다. 내가 사람들을 기쁘게 할 수 있는데, 그 약점을 버리려고 애써야 할까?

약점만이 아니라 실수와도 정답게 화합해야 한다. 레싱(Gotthold Ephraim Lessing, 독일의 극작가·비평가 — 옮긴이)은 이런 말을 했다.

"실수는 의도나 악의를 배제한다. 때문에 어떤 실수든 누구에게서나 용서받을 수 있어야 한다."

그리고 우리가 실수로부터 배우지 못한다면 어디서 배운단 말인가? 남들의 실수보다 자신의 실수에서 배우는 게 궁극적으로 훨씬 중요하다. 처음에 실수했을 때는 자신을 용서하라. 그렇게 하면 남들에 대해서도 실수를 인정할 수 있는 힘을 얻을 것이다. 실수를 가리고 얼버무리고 강하게 부인할 때 직장생활이나 사생활에서 얼마나 많은 시간과 힘이 빠져나가는가! 실수는 흔히 실수를 숨기기 위해 이용하는 수단보다 더욱더 용서받을 수 있다. 클린턴 사건은 이 점을 노골적으로 보여준다. 클린턴 대통령의 약점이 된 르윈스키 스캔들은 전 세계적으로 신문의 머리기사를 장식했다. 영국의 철학자 러셀의 말을 새겨들었다면 아마 사정이 훨씬 나았을 것이다.

"진정 권위를 지닌 사람은 실수를 인정하길 꺼리지 않을 것이다."

이렇게 해보라

□ 자신의 약점을 솔직하고 정직하게 적고 이를 받아들이자.

□ 오늘 실수를 했는가? 그렇다면 우선 자신을 용서하고, 그 실수를 솔직
  히 인정하자.

다른 사람의 문제를 자신의 문제로 삼지 마라

심리 분석은 수많은 정신 질환의 본질적인 원인이 억압에 있다고 본다. 따라서 억압이란 단어에는 일반적인 언어 관용에서도 부정적인 의미만 있다. 하지만 억압은 심리학의 학문적인 용어로는 긍정적인 의미를 지닌다. 이 개념은 "의식적인 감각의 영역에서 불쾌한 심상을 떼어놓는 심리적 기제"에 대한 명칭이다. 따라서 이것은 감정이나 사건 때문에 심한 부담을 느낄 때마다 우리의 정신이 투입하는 보호 기제를 말한다. 억압은 이러한 부담을 약하게 하여 없애는데, 그것도 학문적인 정의에 따르면 '자아 통정감(self-integrity)'의 유지를 위해서이다.

"그건 참지 못하겠어" "그것 때문에 미치겠어" "그것 때문에 망했어" 등등, 이런 식으로 얼마나 자주 말하고 있는가. 이런 말들이 육체적인 부담을 드러내는 경우는 극히 드물다. 그보다는 수행해야 하지만 육체적인 노동과 마찬가지로 휴식 없이는 할 수 없는 정신적인 중노동을 주로 가리킬 것이다. 이번 장에서는 늘 병적인 결과를 갖고 '억압된 것의 귀환'으로 이어지는 무의식적인 억압보다는, 전적으로 의식적인 억압을 다루고자 한다. 의식적인 억압은 우리로 하여금 숨 돌릴 만한 짧은 휴식을 갖게 하고 깊이 몰두하는 도중 심호흡을 할 수 있게 해주며, 우리의 자아를 가능한 한 무사히 지키도록 도와준다. 억압을 다룰 줄 알면 많은 불면의 밤이나 자학적인 순간들을 예방할 수 있다!

종합적으로 고찰하고 의견 일치를 볼 때까지 토론하는 게 유행이던 때가 있었다. 그러다가 결국 완전히 지치고 마는데, 별 구체적인 성과도 없는 데다가 마음의 고통은 많았던 것 같다. 물론 문제에 대한 입장 표명은 좋은 일이고 또 중요하다. 그러나 이러한 문제들이 자신의 내부에서 아직 해결되지 않은 경우에는 그렇지 않다. 이것은 서로에게 상처만 될 뿐이어서 누구에게도 도움이 되지 않는다. 따라서 이러한 대화는 일단 미루어야 한다. 내적·외적인 분쟁이 가라앉을 때까지 말이다. 그러나 긴급한 상황일 때에는 자기 자신과도 이성적으로 말할 수 없는 경우가 왕왕 있다. 자신의 상처에 소금을 뿌린다면 그것은 어쨌든 마조히즘일 뿐이다. 우리는 스스로 결정이나 행동의 자유를 차단하고는, 전혀 그럴 필요가 없었음을 알고 불행해한다. 많은 일들이 얼마나 쉽게 저절로 해결되는지에 대해서는 앞 장에서 이미 살펴보았다. 그리고 당신의 마음을 상하게 하거나 분개하게 만든 일이 다음날이면 어느새 전혀 다르게 보이는 것을 이미 경험하지 않았는가? 그렇다면 그런 일 때문에 쓸데없이 고통을 겪지 말고, 일단 문제를 그대로 놓아두자.

나보다 몇 살 어리지만 훨씬 현명한 친구가 자신을 괴롭히는 문제들(사랑의 번민, 재정적 파산, 실직 위험 등은 일부에 불과하다)을 어떻게 다루는가를 이야기해주었다. 그녀는 서랍 시스템을 이용한다. 현재 통제

되지 않거나 풀 수 없는 문제를 전부 마음의 서랍 속에 넣고 단단히 잠근다. 걱정을 해도 되는 상황이 될 때까지 말이다. 나도 이 시스템에 따라 살아가는 것을 익히는 데 몇 년이 걸렸다. 일이 처리되는 데 나름의 시간이 필요하다는 것을 이제 나는 안다. 문제를 가능한 한 빨리 처리하고 싶어도, 그냥 기다리는 수밖에 없는 경우도 종종 있다. 또한 모든 문제를 한꺼번에 걱정할 수 없으므로, 우선순위를 정하거나 그냥 시간을 견뎌야만 한다. 이러한 전략의 성공은 다음과 같다.

- 처음 흥분했을 때보다 좀 더 냉정하게 사태를 관찰할 수 있다면, 당신은 보다 침착하고 태연해진다.
- 당신은 침소봉대하여 말하지 않는다.
- 당신은 마음의 평화도, 한밤중의 잠도 잃지 않는다.

이 친구는 그 길을 내게 알려주었다. 다름 아니라 마거릿 미첼의 책 《바람과 함께 사라지다》나 동명의 영화를 통해 누구나 익히 알고 있는 '주문'이었다. 스칼렛 오하라는 자신에게 찾아들거나 자신에 의해 야기된 비극적 재앙이 닥치면 늘 이렇게 말한다.

"내일 생각하자. 내일은 내일의 태양이 뜰 거야."

이와 같은 '스칼렛 원칙'(나는 이렇게 부르는 걸 좋아한다)은 피상적인 것과는 전혀 상관없다. 그보다는 오히려 우리의 '자아 통정감'을 지키도록 도와주는 억압 기술 중 최고의 것이다.

우리는 종종 자신과는 근본적으로 전혀 관련이 없고 기껏해야 당황하게나 만드는 문제들에 몰두할 때가 있다. 이러한 문제들에 엄청난 정서적 비용을 쏟는 경우가 드물지 않다. 이는 특히 사회적 책임의식이 강하거나 무슨 문제든 당장 개입하여 도와야 한다고 생각하는 사람들의 경우에 많이 발생한다. 이러한 '원조자 증후군'을 갖고 있는 사람들의 경우, 다음과 같은 고려는 무척 중요하다.

세상 모든 문제의 해결은 물론이고, 당신에게 제기되는 온갖 문제의 해결도 당신의 권한이 아니다. 이러한 해결사적인 태도는 과중한 부담일 뿐만 아니라, 정서적인 오만이고 자신의 과대평가이기도 하다.

당신이 돕고자 하고 또 도울 수 있다 해도, 다른 사람들의 문제나 정서에 너무 가까이 다가가거나, 자신의 문제로 삼아서는 안 된다. 누구든 자신과 직접 관계되는 고통이나 근심은 스스로 충분히 짊어져야 한다. 그러므로 당신이 다른 사람들의 고통이나 근심 때문에 괴로워할 필요는 없다. 그럴 경우 당신이 효과적으로 도울 수 있는 힘을 어떻게 낼수 있단 말인가?

마음의 서랍에 '다른 사람들의 문제'라는 제목을 달아보자. 이 표현은 더글러스 애덤스(Douglas Adams, '코믹 SF' 장르의 개척자―옮긴이)의 매혹적인 소설 《은하수를 여행하는 히치하이커를 위한 안내서》에 나온다. 이것은 어디든 문제 있다는 것을 알기 때문에 그 문제를 당장 풀려고 할 필요가 없음을 뜻한다! 애덤스는 별도로 '생명, 우주, 나머지 전체'라는 제목을 달고 있는 소설 3부에서 '다른 사람들의 문제' 서랍을 이렇게 묘사한다.

"'다른 사람들의 문제'는 우리가 다른 사람들의 문제라고 생각하기 때문에, 보지 못하거나 볼 수 없거나 우리의 뇌가 우리로 하여금 보지 못하게 하는 것이다. 뇌는 그 서랍을 그냥 채운다. 맹점과 같다. 직접 자세히 들여다보는 것으로 서랍을 보는 것은 아니다. 그게 무엇인지 정확히 알고 있다고 해도 말이다."

원조자 증후군의 격렬한 공격이 늘 내게서 나타나곤 한다. 아무도 내게 도움을 청하지 않았고 남의 문제라는 걸 알 수 있음에도 불구하고, 개가 뼈다귀를 물어뜯는 것처럼 남의 문제를 물고 뜯는다. 이런 경우에 나의 도움은 대개 전혀 필요치 않고 때로는 바람직하지도 않다. 또한 다른 영역에 투입할 수 있는 정서적·신체적 능력을 이로써 차단하게 된다. 누군가 내게 문제를 이야기할 때마다 나는 확실히 독자란 담당 여사원으로 돌변한다. 나와 마찬가지로 애덤스의 팬인 아들은 그럴 때 의미 깊은 시선만 내게 던지고는 "엄마, 다른 사람들의 문제예요" 하고 중얼거린다.

 이렇게 해보라

▫ 현재 당신에게 문제나 근심거리가 되는 것을 메모지에 적어보자. 그걸 서랍에 넣고 단단히 잠그면, 일단 모든 게 그 안에 보관된다.

▫ 문제가 있을 때 당신이 다음날 또는 다음 시간까지 갖고 있는 짧은 휴식을 즐기자. 이 순간에는 어차피 아무것도 시도할 수 없을 것이다. 그러니 자신을 미치게 만들지 말자.

때가 되었을 땐 놓아주어라

여러 해 전 아들에게 처음으로 운동화를 사주었을 때 나는 섭섭한 마음도 없지 않았다. 아들이 더 이상 내게 매달리지 않고 나로부터 멀어져간다는 느낌 때문이었다. 아들이 학교에 갔을 때, 선생이 아이들에게 자기 뒤를 따라오라고 말하는 걸 보고 그만 눈물을 흘리고 말았다. 두 번 다 내가 사랑하는 누군가를 놓아주어야 하며, 내가 그 존재를 사랑하기 때문에 그렇게 해야 한다는 일은 분명했다. 부모라면 누구든 이렇게 놓아주는 것이 익숙할 것이다. 놓아주는 것과 결부된 고통은 물론이고, 한 젊은이가 자신의 독립성을 획득하는 것을 보는 기쁨도 부모라면 익숙하리라. 그러고 나서야 우리가 자신 있게 그리고 정말로 가차없이 우리 자신의 길을 찾았을 때 부모의 심정이 어땠을지 알 수 있다. 그러나 자녀들을 놓아줄 수 있을 때, 우리는 자식들에게만이 아니라 우리 자신에게도 약간의 자유를 주게 된다! 자유를 주제로 다룬 장에서 보았듯이, 자유는 언제나 장단점을 갖고 있다. 우리는 모두 자유를 열망하기도 하지만, 그 자유를 자유자재로 다룰 수도 있다.

놓아준다는 것은 소유에 대한 생각에서 벗어난다는 것을 뜻할 수 있다. 우리에게 중요하기 때문에 우리의 마음이 집착하는 대상에 대한 것이라면, 놓아주는 것이 애당초 어렵게 여겨질 수 있다. 물질적인 가치뿐만 아니라 거기에 집착하는 감정이나 추억 때문에 귀중한 물건이라해도, 화재나 도둑 또는 재정적인 문제가 발생하면 한꺼번에 내놓아야 할 수도 있다. 나는 니더작센의 아름다운 농장을 떠나는 게 얼마나 어려웠는지 아직도 기억한다. 남편이 결혼 선물로 마련해준 이 농장은 염원의 성취나 다름없었다. 개인적이고 재정적인 상황 때문에 '떡갈나무 농장'은 더 이상 유지할 수 없었다. 작별할 때의 모습이 떠오른다. 손에는 샴페인 한 잔을 들고 있었다. 그 다음엔 수백 년 된 벽에 잔을 던져 박살을 냈다. 그 작별로 오랫동안 마음이 아팠다. 그러다가 문득 그 작별이 해방의 행위였음을 알게 되었다. 새로운 강가로 출발할 수 있는 가능성을 발견한 것이다. 그리고 특히 아무리 감정적으로 결부되어 있다 하더라도, 물질적인 사안이 종종 우리의 내적 발전의 지속을 방해한다는 인식도 생겼다.

사물과의 작별을 견디고 소화하며 어떤 식으로든 고통을 감내해야 한다면, 어떤 이와 영원히 작별한다는 것은 때때로 거의 견딜 수 없을 정도일 것이다. 선장이었던 남편이 항해에 나설 때마다 '안녕'이라고 말하는 게 얼마나 어려웠던지. 남편이 집에 없어서 아쉽다는 이유만이 아니라, 남편이 위험한 항해(나이지리아, 페르시아 만 등)에서 무사히 집으로 돌아올 수 있을지 전혀 몰랐기 때문이었다. 온갖 위험에도 불구하고 다행스럽게도 어떤 불행도 일어나지 않았다. 이것이 내가 아주 깊이 감사하는 일로, 이를 통해 나는 비난의 말을 내뱉지 않고도 늘 평화롭게 작별할 수 있다는 것을 배웠다.

그럼에도 불구하고 우리는 때때로 영원히 작별을 해야 한다. 관계가 끝날 때 그럴 수 있다. 유감이지만 당사자들이 서로 이야기할 수 없기 때문에 관계를 끝내는 경우가 너무 잦다. 나는 이것을 첫 번째 결혼생활 후에 체험했다. 우리는 너무 어리고 미숙했다. 더 이상 서로 상처받지 않으려면 헤어지는 수밖에 없었다. 내가 이 '패배'에서 벗어나기까지는 수년이 걸렸다. 그러나 서로 사랑하기 때문에 자신과 상대방을 위해 최선의 방안으로 헤어질 때도 있다. 가령 자녀를 놓아주어야 하는 경우가 그렇다. 또 파트너도 이런 식으로 갈라질 수 있다. 그리고 헤어지는 게 당사자들에게 최선이고 내가 자발적으로 놓아주어야 하기 때문에 아름다운 관계를 끝낸 후, 누군가가 "강해져라"고 말한다면 나는 그 말을 결코 잊지 않을 것이다. 강하다는 것은 간단치 않지만, 이 말은 귀중한 선물이었다.

그리고 영원한 작별도 있다. 가까운 누군가가 죽는 경우이다. 다하지 못한 말 때문에 얼마나 유감인지 죽은 사람에겐 더 이상 말로 전할 수가 없다. 우리가 도울 수 없었다고, 또 우리가 다시 '포기'했다고 말이다. 이런 경우라면, 이런 모순이 전부 지양되는 사후의 삶을 믿기 바란다. 아버지는 내게 무척 중요한 사람이었다. 그러나 말년에 우리 사이에는 심각한 차이가 드러났다. 그래서 단 한 번도 제대로 이야기를 나눌 수가 없었다. 그러나 아버지가 세상을 떠났을 때, 내가 아버지에게 말할 수 없었던 것을 아버지가 전부 이해하고 있다는 것을 깨달았다. 그리고 내적인 화해가 이루어져 몇 년 후에는 마음의 안정을 찾을 수 있었다. 수년이 지난 오늘날에도 종종 감사의 마음으로 아버지를 생각하고, 아버지가 내게 고개를 끄덕인다는 것을 알고 있으며, "애야, 잘했어" 하고 말하는 소리를 듣는다. 어쩌면 작별이야말로 인간적으로 함께 있는 것을 가장 밀접하게 보여주는 방법일지 모른다. 또 제대로 작별했다면 다시 미래의 전망이 나타날 수도 있다.

어느 부고에선가 삶이 지나간다는 것을 슬퍼하지 말고, 삶이 있었다는 것에 감사하라는 대목을 읽은 적이 있다. 물론 우리는 궁극적으로 우리에게 유익한 눈물을 흘릴 것이다. 그러나 계속 눈물을 흘려서는 안된다. 이 대목에서도 전래 동화 〈눈물단지〉의 지혜를 다시 떠올리게 된다. 이 동화의 내용은 다음과 같다. 어떤 어머니가 죽은 자식 때문에 울면서 자신에겐 아무 희망이 없다고 생각했다. 그러던 중 꿈에서 흰옷을 입은 아이들의 기다란 행렬을 보았다. 죽은 아이들이었다. 아이들은 각자 항아리를 하나씩 손에 들고, 하늘을 향해 자유롭게 그리고 똑바로 걸어갔다. 한 아이만 예외였다. 그 아이는 힘에 부치는 무거운 항아리를 질질 끌었다. 항아리에는 어머니의 눈물이 담겨 있었다. 그 눈물 때문에 아이는 죽은 다음에도 괴로워했다. 우리는 사랑해도 되고, 가장 사랑하는 것을 잃었을 때 슬퍼해도 된다. 그러나 삶은 그럼에도 불구하고 계속된다.

놓아주는 것과 관련하여 나는 한 작은 일화에서 많은 것을 배웠다. 그 일은 얼마 전에 선 장터에서 일어났다. 어떤 부모가 아이에게 토끼귀가 달린 값비싼 풍선을 사주었다. 아이가 무척 갖고 싶어하던 풍선이었다. 그런데 아이가 그만 일을 저지르고 말았다. 손에서 실을 풀더니 풍선이 하늘 높이 날아가는 것을 감격한 표정으로 물끄러미 바라보는 게 아닌가. 아이는 '내버린' 돈 때문에 속상해하는 부모가 야단치는 소리에도 신경 쓰지 않았다. 우리에게 가장 소중한 것을 놓아주는 것을 배우자. 그렇게 하면, 그 사랑이 다시 우리에게 돌아온다. 놓아준다는 것은 다른 사람들뿐 아니라 우리 자신에게도 약간의 자유를 준다는 것을 의미한다.

 이렇게 해보라

▫ 자신에게 있어 근본적으로 끝난 게 무엇인지 곰곰이 생각해보자. 그리고 끝난 사람이나 관계 또는 신념과도 품위 있게 작별해보자.

▫ 풍선을 불어보자. 풍선을 자유롭게 놓아주면서, 당신이 꼭 붙들고 싶어 하고 정말로 단단히 붙들고 있는 것도 모두 함께 놓아주자. 그 풍선이 푸른 하늘 어딘가로 사라지는 것을 무심히 바라보자.

고통스러운 경험조차 감사하라

"고맙다"라는 짧은 말은 예의 바름을 말해주는 형식만이 아니다. 그 말은 또한 세상을 좀 더 밝고 따뜻하게 만들어준다. 직무 수행이나 크고 작은 도움에 기뻐하거나 감사의 말을 친절하게 하지 않고, 도움을 당연스레 받아들이는 사람들이 많다는 것은 유감이다. 상인이나 관공서 직원은 일의 대가로 물론 돈을 받는다. 그러나 이들에게 하는 감사 표시는 정가에 따라 지불하는 것을 넘어서는 것으로, 그들을 단지 '직무를 수행하는 사람'만이 아니라 인간으로 여긴다는 것을 말해준다.

그러나 이번 장에서 다루는 것은 사소한 감사 표시 이상의 의미를 지니는 것이다. 감사는 우리 자신에게도 유익하고 우리의 마음을 따뜻하게 만드는 감정이다. 그리고 우리에게 유익한 것이라면 뭐든 잘 돌보고 강화시켜야 할 것이다. 독일어 어원 사전을 보면 '감사(Dankbarkeit)'라는 단어는 '생각하다(denken)'에서 파생된 것으로, 약간 어설프지만 대단히 적절하게 "추모하는 심정으로 표현되는 감정"이라고 정의되어 있다. 그러므로 언제나 자신에게 일어나고 있고, 또 일어난 모든 좋은 것을 생각하자.

- 반짝이는 태양
- 자신에게 보호와 교육을 베푼 가족
- 자신을 좋아하는 사람들
- 자신의 삶에서 받은 지원과 도움
- 자신이 위태롭지 않게 살 수 있도록 해주는 심리적 · 물질적 안정
- 자신이 배우고 경험할 수 있는 모든 것

이런 목록은 더 길어질 수 있을 것이다. 우리가 감사할 일은 무한하기 때문이다. 병이 났거나 정신적인 어려움에 처했을 때, 가정 불화나 직장에서 문제가 있는 경우에도 마찬가지다. 그때 '가지고 있는 것'의 항목을 집중적으로 생각해보는 것은 중요하다. 그렇게 하면 자신이 가진 게 너무 없지 않다는 사실을 깨달을 것이다. 또한 정신적인 면역 시스템을 강화시킬 수 있고, 삶을 새롭고 보다 긍정적으로 고찰할 수 있게 될 것이다.

그러나 고통스런 경험에 대해서도 감사할 줄 알아야 한다. 실망은 우리로 하여금 기만 상태에서 벗어나게 하는 긍정적인 효과도 지닌다. 어떤 종류든 상관없이 모든 경험을 삶을 배울 수 있는 기회로 이용한다면 우리는 계속 발전할 수 있다. 생활하지 않고 아무것도 체험하지 않는 사람은 또한 어떤 경험도 하지 못하고, 날마다 우리를 보다 풍요롭게 해주는 배움을 얻지 못한다. 여러 해 전에 뫼리케(독일의 시인 · 소설

가—옮긴이)의 짧은 시를 읽은 적이 있다. 인생의 여러 선물에 대한 감
사의 마음을 고풍스럽고도 사랑스럽게 표현한 시였다.

주여, 당신이 원하는 것을 보내주소서.

사랑스러운 것이든 고통스런 것이든.

나는 만족합니다.

둘 다 당신의 손에서 나오기 때문입니다.

삶이 자신에게 제공하는 모든 것을 감사한 마음으로 열심히 해내
자!

 이렇게 해보라

□ 30분 정도 시간을 내어 자신의 삶에서 특히 감사할 만한 일들을 한번
   머리에 떠올려보자.
□ 하루라도 마음속으로 자신에게 일어나는 좋고 긍정적인 모든 것에 고
   맙다는 말을 해보자.

스스로를 존중하라

낙관주의자는 다른 사람들은 물론이고 살아 있는 모든 것과, 특히 자기 자신을 존중한다. 낙관주의자의 눈에 모든 인간은 존중받는 인격이다. 그러나 나의 세대가 배웠던 것과 같은 의미에서는 아니다. 즉 사회적으로 '지위가 높은' 인물들은 단지 그들의 지위 때문에, 또 나이 많은 사람들은 단지 나이 때문에 공손히 대해야 한다는, 그러니까 오늘날에도 모든 예법서에 버젓이 적혀 있는 규정을 말하는 게 아니다. 인간은 그냥 인간이라는 이유에서 마땅히 존중받아야 한다. 그리고 이 말은 어린아이나 나이 든 사람이나 고위직에 있는 사람이나 노숙자나 상관없이 똑같이 적용된다. 이렇게 포괄적으로 말하는 존중은 근본적으로는 역설적이게도 일종의 무례를 의미한다. 우리가 직책, 지위, 금전 등에 현혹되지 않고, 모든 인간을 똑같이 다루기 때문이다. 물론 존중하는 것을 넘어서서 존경하는 사람들도 있다. 그러나 이때 우리가 특별한 경의를 표하는 것은 그들의 인간적인 위대함 때문이지 외적인 화려함 때문은 아니다.

다른 사람들을 존중할 수 있으려면 우선 우리 자신을 존중할 수 있어야 한다. 다른 사람들과 마찬가지로 우리에겐 물론 약점이나 실수가 있게 마련이다. 이 점에 대해서는 앞에서 이미 다루었다. 자신의 약점을 애정을 갖고 정답게 다루는 것은 물론 좋은 일이고 중요하다. 그러나 자신의 강점에 대해서도 그렇게 해야 한다! 양심의 가책을 받을 때 그다지 행복하지 않게 행동하는 경우가 얼마나 잦은가. 그렇게 하는 것은 자신에게 좋지 않다. 자신에 대해 신뢰를 잃고 더 이상 자신을 존중할 수 없으면, 행복하지 않을뿐더러 자기 자신에 대해서도 만족하지 못하기 때문이다. 자신이 보기에도 훌륭하게 행동하기란 늘 쉽지 않다. 그러나 장기적으로 보면, 이것은 자신을 보다 강하게 만들어주는 전략이다! 따라서 낙관주의자는 자신을 늘 존중하고 존경할 수 있도록 행동하는 데 힘을 쏟는다!

 이렇게 해보라

▢ 아침에 거울을 들여다보며 "나는 나를 존중한다"라고 말해보자. 그렇게 하면 그날을 위한 힘을 얻을 것이다.

▢ 하루라도 자기 자신만이 아니라 다른 사람들에 대해서도 존중하는 태도로 대하는 것을 연습하자.

도움을 주고받아라

그냥 도와줄 수 없는 사람들이 있다. 그들이 도움받기를 원치 않기 때문이다! 잘못된 자존심, 종속에의 두려움(어쩌면 고맙다는 말을 해야 한다는 두려움), 내적 불안 또는 불신(누군가 날 돕는다면 아마도 사심 없이 하지 않을 거라는 불신) 등도 종종 그 이유가 된다. 그러나 "지금 혼자서 그것을 해야 하고 또 그렇게 할 거야"라고 말하는 자의식도 도움을 거절하는 이유가 될 때가 있다. 혼자서 먹고 씻고 옷을 입고 싶어하는 아이 때문에도 이런 경험을 늘 하게 된다. 이는 우리의 발전과 인생과 생존에 대단히 중요한 자신의 가능성을 직접 시험해보는 것이다. 그러나 이런 경우에도 어린아이처럼 물어볼 수 있어야 한다.

"그거 어때?"

"나한테 그것 좀 보여줄래?"

이것은 자조를 위한 도움의 요청과 같다. 그리고 이것이 우리의 자의식을 얼마나 해칠 수 있을까?

설령 살아오면서 인간들을 믿지 않았다 하더라도, 몇 년 전 처음으로 내 소유의 자동차를 산 후 인간들에 대한 모든 의심은 녹아 없어진 것 같다. 뒤뚱거리는 늙은 오리 같은 차는 50킬로미터마다 멈추고 푹 퍼져버렸다. 가족이 타는 자동차는 물론 좋았고 멋졌으며, 게다가 상당히 쾌적하고 믿을 만했다. 그런데 느닷없이 중년에 들어 내 소유의 자동차라니! 그것만으로도 대단한 모험이었다. 나의 녹색 '개구리'가 마련한 재미(와우, 이 승차감이라니. 화물차에 탄 것처럼 서보 조종장치도 전혀 없었다)를 넘어서서 나는 기꺼이 도와주려는 사람들의 친절을 알게 되었다. 이 개구리와 내가 어딘가에서 좌초할 때마다 언제나 누군가가 있었다. 그들의 전화로 남편에게 연락해 우리 집의 믿을 만한 자동차로 견인할 수 있었다. 때로는 친절한 경찰이 와서 결함 리스트를 구겨버리는 일도 있었다. 내 차에 대한 자신의 소견을 쓰기에는 종이가 모자랄 정도로 결함이 너무 많았기 때문이다. 그리고 꼭 큰 장터 분위기와 같을 때도 이따금 있었다. 나는 마치 소시지 상인이 기회를 포착하여 내 자동차 옆에 노점을 설치하기를 기다리기만 하면 되는 것 같았다. '개구리'는 폐차된 지 이미 오래지만, 나는 이 자동차를 통해 도움을 청하고 받으면서 자신도 남들도 행복하게 만들 수 있다는 것을 배웠다.

"하늘은 스스로 돕는 자를 돕는다."

이 속담은 확실히 옳은 말이다. 그런데 왜 세상에는 자신 외에도 인간들이 많을까? 인간이라면 인간을 도와야 하지 않을까? 그리고 스스로 더 이상 대처할 수 없을 때는 도움을 청해야 하지 않을까? 어쩌면 우리 자신이 도와주는 것을 잊어버려 더 이상 도움받지 못하는 게 아닐까? 그러나 낙관주의자는 진심으로 도와줄뿐더러, 그냥 재미 때문에도 도와준다! 도와주면서 자기 자신과 남들에 대해 많은 것을 배우게 된다. 자기 자신과 다른 사람들 안에 있는 선함을 발견하는 것이다! 그리고 도움을 받을 때도 똑같다!

직장 일로 나는 동유럽을 자주 드나든다. 그리고 시내 지도로 길을 찾을 수 없을 때마다 거리를 다니는 누군가에게 길을 물어본다. 그런데 여태껏 아무도 내게 길을 설명해주려 하지 않았다. 대신 그들은 매번 나를 목적지까지 데려다 주고, 내가 목적지에 안전하게 도착하는 것에 신경을 썼다. 그것도 물질적인 보상을 바랐기 때문이 아니었다. 그렇게 하는 게 그냥 지극히 당연했기 때문이다.

이런 경험을 통해 나는 우리가 왜 거의 돕지 않고 도움도 받지 않는지에 대해 생각하게 되었다. 돕고 싶을 때조차 우리는 처음에 여러 가지 두려움을 갖는다.

- 이따금씩 불신이 있다. 도움을 청하는 사람이 나쁜 일을 은밀히 계획한다는 말을 너무 많이 듣기 때문이다.
- 부담을 주고 싶지 않다. 장애인이 기차에 올라탈 때 도와주고 싶어한다면 혹 부담스러워할까?
- 어찌해야 할지를 모른다. 어떻게 도와야 하는지를 전혀 모른다면, 맹인이나 보행 장애인을 어떻게 돕겠는가?

이 점에 대해서는 휠체어를 사용하는 여성이 대단히 중요한 깨달음을 전해주었다. 그것은 장애 없는 사람들에게도 적용된다.

"나는 사람들에게 말을 걸어요. 그냥 아주 구체적으로 부탁하죠. 기차나 계단 올라가는 것을 도와달라고 말이죠. 그리고 휠체어가 어떻게 작동되는지를 설명해준답니다."

여기에서 과연 누가 진짜 '장애 있는' 인간인가 하는 물음이 제기된다. 휠체어에 앉아 있는 사람인가, 아니면 그 상황에 대해 어찌할 바를 몰라 그냥 서 있는 사람인가? 대부분의 사람들은 기꺼이 도와주고 싶어 한다. 그렇다면 어떻게 하면 되느냐고 묻는 게 서로에게 도움이 될 텐데, 왜 그냥 말하지 못하는 걸까? 도움을 주고받음으로써 우리 자신은 문제를 해결할 수 있을 것이고, 상대방은 자신의 좋은 생각을 실천으로 옮길 수 있는 길을 찾게 될 것이기 때문이다.

 이렇게 해보라

▫ 자신이 어떻게 도울 수 있는지를 꺼리지 말고 물어보자. 유모차를 계단 위로 올리는 방법은 잘 모르지만, 도와주고 싶은 마음이 들 수 있다. 어찌해야 좋을지 모른다는 이유 때문에 그냥 피하지는 말자. 그렇게 하면 자신만 불행해질 뿐이다.

▫ 당신은 어떤 사람들의 도움이 필요할까? 도움을 청하는 사이렌을 켜야 할까? 아니면 정신적인 고민이 있을 때 도와줄 수 있는 누군가가 필요한가? 도움을 청하자. 당신을 도와주는 것만으로도 행복해할 누군가가 항상 있다.

깜짝 놀랄 일도 유쾌하게 받아들여라

얼마 전 슈퍼마켓에서 특이한 현상을 목격했다. 예전에는 소위 '깜짝 달걀(Uberraschungseier, 겉은 달걀 모양의 초콜릿이고 속에는 소형 장난감이 들어 있다)' 을 어린아이나 부모가 주로 샀는데, 요즘은 어른들이 이 달콤한 유혹을 향해 손을 내미는 것이다. 어른들은 초콜릿보다는 그 내용물에 더 큰 관심을 갖고 있다. 속에 무엇이 들어 있는지 알아내기 위해 달걀을 귀에 대고 흔들 때 들리는 소리에 정신을 집중한다. 그 모습이 하도 진지해서, 매번 옛날 영화에 나오는 금고털이가 청진기를 대고 암호를 푸는 장면이 떠오를 정도다. 또 깜짝 달걀을 정육점의 정밀 저울로 달아보는 사람도 많다. 1, 2그램의 차이가 내용물이 무엇인지 판단할 수 있게 해준다고 믿기 때문이다. 그들은 깜짝 놀라면서도 유쾌하게 놀라고 싶은 것이다.

깜짝 놀라는 일에는 무질서한 요소가 들어 있다. 여러 번에 걸쳐 계획된 까닭에 빈틈없어 보이는 삶일지라도, 깜짝 놀라게 하는 일이 생기면 불확실함과 불안도 생기게 된다. 우리는 언제나 대비할 수 있도록 우리에게 닥칠 일을 미리 알고 싶어한다. 이것은 특히 직장생활에서 중요하며, 때로는 일상생활에서도 매우 중요하다. 그러나 삶이 불안정하다는 확신만 있을 때, 이 사실을 또한 기회로도 여길 수 있어야 한다! 소위 '잘 정렬된 선로'로만 이어지는 삶은 장기적으로는 지루할 뿐만 아니라 근본적으로 불만족스럽기도 하다. 그런데 우리에게 도전하고 우리로 하여금 성장하게 하는 것이 바로 크고 작은 재앙들이다!

이런 이유에서 바로 자기 안에 숨어 있는 것을 발견함으로써 스스로 놀랄 만한 기회가 당신에게 있는 것이다. 당신은 '정상적인 상황'이었다면 자신이 해낼 수 있으리라고 믿지 못했을 일들을 한꺼번에 해낼 수 있다. 그러므로 내일 닥칠 일에 대해 지나치게 생각을 많이 해서도 안 된다. 그래보았자 아무것도 달라지는 게 없고, 당장 일어나는 상황을 처리해야 하는 경우가 왕왕 있다. 또한 전혀 나쁜 일이 생기지 않거나, 심지어는 예기치 못하게 기쁜 일이 생기는 깜짝 놀랄 일을 경험하는 경우도 마찬가지로 가끔 있다. 삶은 요술 봉지와도 같다. 그 속에 무엇이 들어 있는지는 미리 알지 못하지만, 그럼에도 불구하고 사람들은 그 봉지를 산다. 그것은 귀에 대고 흔들어보고 저울에 달아보아도 유쾌하게 놀라는 데 좋은 깜짝 달걀과도 같다.

〈차카, 넌 해낼 거야!〉는 1998년 가을에 독일 텔레비전에서 방영된 연속극이다. 이 연속극에 나오는 네덜란드 임상의인 에밀 라텔반트는 즉결 재판에서 사람들이 불안과 노이로제를 극복하도록 도와주려고 한다. 그가 취하는 방법은 그들로 하여금 자신들을 괴롭히는 상황과 그냥 대결하도록 하는 것이다. 라텔반트가 협잡꾼인지 훌륭한 쇼 프로 기획

자인지 아니면 진짜 임상의인지(또 어쩌면 전부 합친 사람인지)는 아직도 석연치 않다. 하지만 그의 말 한마디는 내 기억 속에 남아 있다.

"어제는 역사였다. 내일은 수수께끼다. 그러나 오늘은 선물이다."

오늘은 어느 정도 우리에겐 전적으로 개인적인 깜짝 달걀이다. 그러니 예기치 못한 상황과 대결할 때마다, 주위에 대고 흔들고 잴 뿐만 아니라 달콤한 껍질도 유념해야 한다. 오스트레일리아에 머물 당시 작은 수상 비행기 조종사가 내게 직접 조종해보라고 제안했을 때, 얼마나 놀랄 만한 일이 벌어졌는지 나는 지금도 기억한다. 나의 첫 번째 반응은 이러했다. 날고 싶었던 내 꿈이 진짜가 되는구나! 그러나 두 번째 반응은 아주 딴판이었다. 난 결코 해내지 못할 거야! 처음에는 불안과 과중한 부담이 우세했다. 나는 잔뜩 긴장했고, 내가 핸들을 잡은 수상 비행기도 그에 따라 격렬하게 반응함으로써 거의 공포 상태에 빠질 뻔했다. 하지만 그 다음에 서서히 긴장을 풀자 작은 비행기도 마찬가지로 점점 덜 거칠어졌다. 나는 그레이트 배리어 리프(Great Barrier Reef, 오스트레일리아의 북동해안을 따라 발달한 산호초—옮긴이)의 아름다운 전경을 즐겼을 뿐만 아니라, 내가 날 수 있을뿐더러 게다가 불안까지 이겨냈다는 느낌을 만끽했다. 서른 살을 훌쩍 넘겨 수영을 배울 때도 유사한 경험을 했다. 자신이 할 수 있다고 믿고 더는 불안을 느끼지 않는 순간에 물은 더 이상 적이 아니라 친구였다. 물이 나를 실어 나른 것이다! 따라서 특히 우리 자신을 믿음으로써 매번 깜짝 놀랄 수 있다. 이와 마찬가지로, 라텔반트도 어쩌면 전혀 협잡꾼이 아닐지 모른다.

깜짝 놀랄 일을 받아들일 뿐만 아니라 감사의 마음으로 수용한다면,

심지어 몹시 당하면서도 태연한 표정을 지어야 할지라도 매번 새로운 것에 대비하는 법을 배울 것이다. 그렇게 되면 천편일률적인 습관에 빠져들어 꼼짝 못하거나 단단히 굳어버릴 가능성이 전혀 없고, 유연한 상태로 있게 될 것이다. 많은 것을 이미 바꿀 수 없다면 적어도 그것으로 최상의 것을 만들어야 한다! 내 이웃 여자는 부엌에 수건을 걸어두었다. 그 수건에는 다음과 같은 격언이 수놓여 있다.

다섯 명을 초대했더니
열 명이 왔네.
물로 수프를 만들어라.
모두 환영이다.

깜짝 놀랄 일을 도모하는 것은 때로 무척 간단하다! 운명이 자신을 위해 무엇을 준비하고 있는지 제대로 아는 사람은 없다. 호기심을 갖고, 앞으로 닥칠 수 있는 모든 것에 대해 긴장하자. 그리고 깜짝 놀라자! 이렇게 깜짝 놀라는 것을 삶이 선사하는 선물로 여기자.

뜻하지 않게 생기는 의외의 것이, 아주 조심스럽게 계획되는 삶에서 종종 가장 아름답고 흥분되는 일이지 않을까?

이렇게 해보라

▫ 아침에 하루의 깜짝 놀랄 일들을 생각하며 미리 기뻐하자. 그것이 무슨
   일이든 감사하는 마음으로 대하자.
▫ 저녁에 그날 하루에 있었던 깜짝 놀란 일들을 생각해보자. 정말로 불쾌
   하게 깜짝 놀란 일들만 있었는가?

꿈을 즐겨라

"내겐 꿈이 있습니다."

흑인 민권운동가이자 노벨상 수상자인 마틴 루터 킹이 미국 내 인종 차별의 종식을 위한 연설에서 외친 말이다. 그는 자신의 비전이 실현되기 전해에 살해되었다. 하지만 그의 비전은 현실이 되었다. 그의 '꿈'이 수백만 사람들의 마음을 감동시킬 정도로 강했기 때문이다. 그것은 흑인과 백인이 동등한 권리를 갖는 사회에 대한 꿈이었다. 그러나 이번 장에서는 전 지구적인 변화를 야기할 수 있는 비전만을 다루는 게 아니다.

심리학자들은 수세대에 걸쳐, 밤에 우리에게 찾아드는 꿈이 어떻게 생기고 또 그 꿈의 의미가 무엇인가 하는 난제를 풀려고 고심해왔다. 대개는 그날 겪었던 일들이 복합적으로 작용한 것이다. 그중에는 장기 (臟器) 관련 꿈(가령 엄청나게 먹는 것을 '억압하는 것'이 꿈의 형상으로 바뀌는 것)도 가끔 있고, 때로는 앞날을 예견하는 투시성 꿈도 있으며, 아무 내용도 없는 꿈도 많다. 우리가 꿈에서 만나는 사람들은 대체 누굴까? 꿈에서는 어떤 사건들이, 왜 발생하는가? 그리고 꿈은 전체적으로 우리에게 뭘 말하려는 걸까? 이미 언급했듯이 심리학이나 심리학의 새로운 분과인 꿈의 연구조차 이런 현상들을 두고 여전히 고심하고 있다. 꿈에 대해서는 책만이 아니라 백과사전도 만들 수 있을 것이다. 그러나 이 장에서 다룰 것은 이런 게 아니다.

또 꿈같은 소망이 있다. 이것은 '소망을 갖고 한 걸음씩 나아가라' 장에서 이미 다루었다. 소망의 시각화, 희망 어린 관측, 몽상 등은 꿈같은 소망의 성취를 위해 대단히 중요하다.

그러나 이번 장에서는 다루려는 것은 약간 다른 내용이다. 즉 결코 성취될 수 없고 성취되어서도 안 되며 그냥 꿈으로만 머무는, 바로 그 때문에 우리에게 유익한 꿈이다. 이런 종류의 꿈은 우리가 꿈만 꿀 수 있는 자유를 주기 때문이다. 현대 심리학이 확인한 바로, 백일몽은 결코 부정적인 의미에서 '세상으로부터의 도피'가 아니다. 그것은 오히려 긴장을 풀어주고 긍정적인 마음을 갖게 한다. 백일몽과 같은 몽상은 책이나 영화와 같은 작용을 한다. 우리가 매료되어 주인공들과 동일시하고 주위 세상을 잊게 만드는 책이나 영화처럼 말이다. 그러니 자기 자신을 주인공으로 하는 책을 쓰고 영화를 생각해내자! 프로이트에 따르면, 우리는 밤에 꿈속에서 종종 무의식적인 소망이나 충동을 성취한다. 그러나 밤에 꾸는 꿈은 의식적으로 제어할 수 없기 때문에 때론 악몽도 생겨난다. 반면 몽상은 당신에게 온전히 긍정적인 영향을 미칠 수 있다! 외로운 섬이나 파리 혹은 뉴욕에 가 있는 꿈을 꿈으로써, 불쾌하게 기다리는 시간을 줄일 수 있다. 이런 꿈속에서 당신은 슈퍼맨일 수도 있고 인기 스타일 수도 있다. 꿈속에서 모든 것은 소망대로 끝난다. 꿈속에서는 그 누구도 당신의 마음을 다치게 하지 못한다. 그리고 당신은 원하는 모든 것을 체험할 수 있다.

몽상은 긴장을 풀어주고 당신의 마음을 기쁘게 해줄 뿐 아니라, 꿈을 현실로 치환하게 하는 강력한 동기 부여가 될 수 있다. 이런 경우를 '소망을 갖고 한 걸음씩 나아가라' 장에서 이미 다루었다. 그러나 그것은 친구 가레트의 경우처럼 전혀 다를 수도 있다.(앞 장에서 제비꽃을 선물로 나눠주고 꽃을 심는 친구 이야기를 했는데, 혹 기억하는가?) 가레트는 아이슬란드에 대해 꿈꾸었다. 그녀는 자신의 꿈의 나라와 어떻게든 연관만 있으면 책이든 영화든 닥치는 대로 다 읽고 보았다. 아이슬란드로의 여행을 아주 꼼꼼히 계획한 가레트는 자신이 무엇을 볼 것이고 어떤 배를 타야 하는지를 정확히 알고 있었다. 백일몽에서 이 섬에 얼마나 집중하여 몰두했던지, 아이슬란드를 잘 아는 사람들조차 그녀의 지식에 놀라움을 금치 못했다. 그녀는 또한 예술가답게 자기의 꿈을 표현했고, 그래서 '그녀의' 아이슬란드를 보여주는 수많은 그림들이 생겨났다. 어머니의 아이슬란드 꿈을 이루게 해주고 싶었던 딸은 여행 경비와 배표를 선물하고, 어머니를 기차역까지 바래다주었다. 가레트의 여행 가방에는 여행에 필요한 게 전부 들어 있었다. 따뜻한 옷가지, 단단한 신발, 그림도구 등이었다. 그 다음에 가레트는 이렇게 말했다.

"여행 가방을 싸는 일은 엄청 재미있었어. 하지만 표와 돈은 도로 줄게. 네 선물에 대한 감사 표시야. 나는 꿈이 현실보다 훨씬 아름답다고 생각해."

이렇게 말하고는 가방을 들고 전차를 타고 집으로 돌아갔다. 무척 당황스러워하는 딸을 남겨놓고 말이다.

그녀는 아이슬란드를 자신이 원하는 대로 체험했다. 다른 아이슬란드에는 더 이상 흥미를 갖지 않았다. 당신도 마찬가지로 하고 싶은 모든 것을 원하고, 실망하지 않고 꿈속에서 끝까지 즐길 수 있다. 꿈에는 경계가 없다. 따라서 모든 게 가능하다. 불가능한 것 역시 가능하다.

 이렇게 해보라

▢ 날마다 버스나 관공서에서, 대기실이나 또는 잠들기 전에 기다리는 시간이 있다. 이 시간을 이용하여, 지극히 개인적인 몽상에 '잠겨보자'!

곧은 자세를 유지하라

대단히 존경하는 마음이 우러나서 그 사람 앞에 몸을 숙인다면, 그것은 우리가 자발적으로 행하는 일이다. 그러나 계속 몸을 구부린다면 마음뿐만 아니라 몸도 아플 것이다. 그 결과 가끔 등 통증이 생긴다. 함부르크 DRK 병원의 심신 상관 의학 및 통증 치료과장 슈테판 아렌스 교수는 등 통증의 많은 경우를 정신적으로 '비뚤어진 상황'의 결과로 돌린다. 이런 통증은 환자가 삶을 약간 바꿀 때 치료 없이 감소하기도 한다. 우리 몸의 신호가 흔히 정신적인 문제에 관한 것을 우리에게 전달하려 한다는 점에 대해서는 앞에서 이미 다루었다. 이것은 등의 문제에도 적용된다. 여기에 작은 검사 목록이 있다.

- 목이 뻣뻣한가?

  혹 삶에 거의 재미가 없는가? 아니면 섹스에 문제가 있는가?

- 어깨를 치켜올리는가?

  그것은 봉변을 피하기 위한 불안의 표현일 수 있다. 이때 목이 약간 안으로 들어갈 수 있다.

- 흉곽이 오그라드는가?

  이것은 당신의 가슴을 '짓누르는' 슬픔의 외적 표현일 수 있다.

- 골반이 좁아지는 반면 흉곽은 오히려 부풀었는가?

  이러한 '위압적 행동'을 통해 어쩌면 가까움에 대한 불안을 숨기려는 것인지 모른다.

- 아래팔에 경련이 일어났는가?

  주변 사람들이나 삶에 의한 '처벌'을 무의식적으로 두려워하는가?

- '요통'을 앓았는가?

  비유적으로 말한다면, 누군가 당신에게서 갑자기 돌아섰는지 모른다.

- 등 아래쪽에 경련이 일어났는가?

  이것은 제지된 공격이나 억압된 화에 대한 신체적 반응을 말할 수 있다.

- 무릎을 쭉 뻗을 때 다리가 뻣뻣한가?

  어쩌면 자신의 '인내력'을 과대평가하여 자신에 대해 너무 완고한지 모른다.

낙관주의자는 몸의 자세만 보아도 한눈에 알아볼 수 있다. 낙관주의자의 곧은 척추만 보아도, 굽히지 않고 똑바로 인생을 견뎌나간다는 것을 알 수 있다. 내게 선(禪)을 가르치는 선생은 제자들에게 항상 앉는 훈련을 할 때 '똑바로' 앉아야 한다고 말한다. 곧은 자세는 내적인 태도에 커다란 영향을 미친다. 압박을 받거나 억압당한다고 느끼면, 등이 휘고 어깨가 늘어진다. 반면 행복하거나 성공적이라고 느끼면, 머리를 높이

쳐들고 힘들이지 않고 똑바로 걸어간다. 그러나 이러한 현상은 반대 효과도 지닌다. 다음과 같이 직접 해보자. 압박을 받거나 슬플 때 자세를 똑바로 하고 머리를 들어올리자! 다시 말해, 자세를 곧게 하자. 그러면 내적인 상태도 달라진다는 것을 느낄 것이다.(그 작용은 앞에서 살펴본 웃음의 작용과 아주 유사하다.)

자세는 곧은 등 이상이다. 그것은 품위와 자기 존중의 표현이다. 현재의 감정이나 삶에 대한 근본적인 태도가 모두 자세에 반영되기 때문이다. 자세가 곧다고 해서 모두 낙관주의자가 되는 것은 아니다. 그러나 자세를 바로 함으로써 다음과 같이 될 수 있다.

곧은 자세는 내적으로 긍정적인 느낌을 갖게 한다.

곧은 자세는 당신이 올바르고 정직한 인간임을 외부에 암시한다.

이것은 미국에서 이미 오래 전에 인정받은 사실이다. 똑바로 걸음으로써 보다 매력적이고 크게 보인다는 것을 배운 사람들은 모델들이었다. 그러나 곧 경영자들도 바른 자세를 '성공 요인'으로 발견했고, 요즘은 가령 면접이나 중요한 협상 때 똑바르게 등장하는 방법을 사람들에게 훈련시키고 있다. 그러니 당신의 척추에서 또한 이득을 보자!

그리고 자신을 격려하자!

자기 자신에 대해 긍정적인 태도를 가짐으로써 스스로를 격려할 수 있다. 당신에게 친절한 사람들도 큰 도움이 될 수 있다. 그들은 당신의 등이 너무 심한 부담을 짊어지지 않도록 지원할 거고, 비유적으로 말하면 당신의 등을 강하게 해줄 것이기 때문이다. 그렇게 되면 누군가가 당신에게서 갑자기 돌아서는 경우도 거의 발생하지 않을 것이다.

또, 도망칠 구멍을 만들어두자.

심리적으로나 육체적으로 너무 많은 짐을 지지 말자. 짐이 너무 많으면 별수 없이 무너지게 된다. 모든 짐을 자신의 어깨에 짊어질 필요는 없다. 직장에서건 일상생활에서건 가능한 한 많은 과제를 다른 사람들에게 맡기자. 자신에게 과중한 짐을 지게 하는 사람은 언젠가는 정말 궁지에 몰릴 것이다.

많은 일들을 그냥 피해보자.

만사를 너무 진지하게 여기지 말고, 자신을 괴롭히는 일들에서 일단 등을 돌림으로써 이런 태도를 표명하자. 이는 당신이 그런 일들에 주의를 기울일 준비가 되어 있지 않다는 것을 의미한다.

"아, 날 좀 가만히 내버려둬!"

이렇게 말하되, 가능한 한 속으로 하자. 당신의 태도만으로도 벌써 충분히 표현되기 때문이다!

 이렇게 해보라

□ '똑바로' 앉고 서자.

□ 머리를 들어올리자!

□ 다시 한번 '등을 구부정하게' 굽혀보자. 그러면 내적으로나 외적으로 긴장이 이완될 것이다.

스스로에게 충실하라

낙관주의자는 무엇보다 자신에게 성실하다. 바로 앞 장에서 척추가 얼마나 중요한지 살펴보았다. 척추는 똑바로 서 있고 걸어갈 수 있게 해준다. 이는 전적으로 스스로 해결해야 하는 일이다. 자신을 직시할 수 있을 때에만 또한 똑바로 걸어갈 수 있기 때문이다. 성실함도 마찬가지다. 성실함을 믿지 못한다면 어떻게 신뢰할 수 있겠는가? 자신에게 성실하지 못하면서 어떻게 자신감을 가질 수 있겠는가? 그리고 당신이 자신을 기만하는데 누가 당신을 믿을 수 있겠는가?

"가장 중요한 것은 바로 이것이다. 너 자신에게 충실하라. 그렇게만 하면 낮 다음에 밤이 오는 것처럼, 너는 그 누구에 대해서도 나쁜 감정을 품을 리 없다."

셰익스피어의 말을 통해, 자신에 대해 갖고 있는 당신의 책임이 분명해진다. 구부러지지 않으려면 때때로 보다 어려운 길을 가야 한다. 그래야만 자기 자신을 신뢰하고, 남들에 대해서도 믿을 수 있다. 그런데 이것이 결국은 보다 쉬운 길이다. 당신이 겉으로 쉬워 보이는 길을 택할 때 오히려 상처받는 것처럼, 그렇게 깊이 마음을 다치지는 않을 것이기 때문이다. 그러나 이렇게 자기 자신을 믿을 수 있는 것은 역으로도 작용한다. "자신감은 다른 사람들에 대한 신뢰의 원천이기"[라 로슈푸코(프랑스의 우화작가—옮긴이)] 때문이다. 남들에 대한 신뢰는 성실의 또 다른 형태이기도 하다. 이것이 없었다면 인류는 아마 서로를 절멸시켜버렸을 것이다.

독일인들은 밀접하게 연관되는 성실과 신뢰에 대해 특히 분열된 관계를 갖고 있는지 모른다. 이는 독일 역사가 진행되는 동안 성실의 개념이 종종 오용되고 이로써 이름을 더럽힌 것과 연관이 있는 것 같다. 때문에 성실과 신뢰가 실러의 시 〈보증〉에만 나오는 게 아니라, 일상생활에서도 생생하게 체험할 수 있다는 것은 기분 좋은 일이다. 나는 하필이면 역사 때문에 독일인을 좋게 생각하기 어려운 나라에서 대단히 인상 깊은 경험을 했다. 키예프(우크라니아의 수도—옮긴이)에 처음 갔을 때 우크라이나는 막 새로운 통화를 도입했는데, 이에 따르면 물가는 서방 수준과 거의 비슷했다(반면 임금은 여전히 그대로여서, 원두커피 한 봉지를 사기 위해서는 반 달 정도를 일해야 했다). 예전에 '구서독 주민'은 언제나 왕이었다. 그러나 갑자기 나는 그곳에서 돈이 없어 발이 묶여버렸다. 내가 가진 달러를 몽땅 써버린 것이다. 그리고 내가 묵는 호텔은 신용카드를 받지 않았다. 어림잡아 천 마르크가 필요했는데, 그 큰 돈을 어떻게 빨리 마련할 수 있단 말인가? 친구들은 날 위해 돈을 모았다. 밀린 월급 몇 달치에 해당하는 50달러씩 모았지만 필요한 액수에는 턱없이 부족했다. 그때 내 머릿속에 어느 날 밤 우크라이나의 사업가인 보리스와 춤을 추었다는 생각이 떠올랐다. 그는 독일과 무역 거래를 하고 있었다. 그 후에 보리스는 날 자기 집으로 초대했고, 나는 진심 어린 환영을 받았다. 그는 나의 마지막 희망이었다……. 그런데 잘 모르는 사람에게 선뜻 그런 도움을 청할 수 있을까? 나는 그렇게 했다. 그는 물론 나를 돕겠다고 대답하며, "어떤 화폐로 드릴까요?" 하고 물었다. 그리고 30분도 채 안 되어 돈을 가져왔다. 나는 선량한 독일인으로서 영수증을 써주고, 독일에 있는 그의 사업 파트너에게 그 금액을 송금하겠다고 말했다. 나는 보리스가 그토록 기분 나쁜 표정을 지으리라고는 전혀 생각하지 못했다. 그는 영수증을 찢으며, 신뢰 없이 이런 일을 어떻게 하느냐고 내게 물었다…….

신뢰가 없으면 성실함도 없다. 남들에 대해서도 그렇고, 자기 자신에 대해서도 마찬가지다. 결혼식의 공식 문구에는 결혼을 원하는 두 사람이 좋을 때나 나쁠 때나 서로 사랑하고 존경하고 성실해야 한다고 적혀 있다. 이것은 당신이 자신에게도 해야 하는 약속이다. 자기 자신을 사랑하고 존경하며, 자기 존중감을 유지하고 자신에게 성실하자.

 이렇게 해보라

□ 무엇을 행하고 생각하든 언제나 이런 질문을 자신에게 제기하자.
　"그게 정말 나일까?"

뻔뻔해져라

초등학교 3학년 때의 성적표를 보면 내가 글씨를 얼마나 못 썼는지 알 수 있다. 반면 하이델로레는 특히 겸손하다고 칭찬조로 언급되어 있다. 내 글씨는 몇 년 동안 조금도 좋아지지 않았다. 그러나 이제는 겸손을 더 이상 칭찬으로 여기지 않아 다행이다. 오늘날의 근무성적표에 '겸손하다' 라는 언급이 있다면 어떤 의미일지 한번 상상해보라! 어떤 상관도 당신에게 까다로운 과제를 맡기려 하지 않을 것이다. 그리고 그것은 당연하다. 겸손이 아닌 것을 겸손으로 잘못 볼 때가 많기 때문이다. 여기에는 여러 이유가 있을 수 있다.

태만 : 자신을 하찮게 만들고 차라리 배경에 머무는 걸 좋아하는 사람에게는 기대할 게 많지 않다. 이는 책임을 떠맡거나 결정을 내릴 필요가 없으며, 따라서 실수도 할 리 없다는 것을 의미한다. 라 로슈푸코는 이러한 내적인 태도를 논점으로 삼았다.

"겸손과 공명심은 결코 함께 가지 못한다. 겸손은 정신의 무관심이자 편안함인 반면, 공명심은 활동이자 달아오르는 열정이기 때문이다."

위선 : 겸손은 종종 허영심의 또 다른 형태이기도 하다. '엎드려 절받기' 인 셈이다. 이런 종류의 겸손을 과시하는 사람은 칭찬받기만을 기대하고, 칭찬이 나오지 않으면 마찬가지로 상처받았음을 드러낸다.

까다롭지 않음 : 자기 분수에 만족하지 않는 사람은 또한 거의 만족을 모른다. 그러나 자신과 다른 사람들을 위해 재능을 이용할 목적이 아니라면, 대체 무엇 때문에 재능을 받았겠는가? 우리가 무엇인가를 잘할 수 있다는 사실을 안다면, 이것을 다른 사람들에게도 알리고 우리의 재능을 '팔아야' 한다. 스스로 자신의 재능에 대해 주의를 환기시키지 않으면, 당신 안에 어떤 보물이 숨어 있는지 아무도 알 수 없다! 신약성서에도 자기 재능을 감추지 말고 번성하게 해야 한다고 적혀 있다. 이와 다른 것은 전부, 우리에게 재능을 안겨준 운명에 대한 배은망덕일 것이다.

자기 비하 : 다른 사람 어느 누구도 비하해서는 안 되는 것과 마찬가지로, 자기 자신을 무시해서도 안 된다. 대개는 내적인 불확실함에서 기인하는 잘못된 자기 평가 때문에 이런 태도를 갖게 된다. 자기의 가치를 의식하자. 아주 일반적으로는 인간으로서의 가치겠지만, 전적으로 특수한 분야에서 전문가로서의 가치도 의식하자. 이로써 다른 사람들에게서 인정받을 권리를 갖게 된다! 그러니까 솔직한 찬사나 정당한

칭찬을 들을 때마다 기뻐하고, 이런 인정을 거부하지 말자.

당신은 남들이 갖지 못한 자질과 능력을 갖춘 경이로운 인간이다. "습지의 제비꽃처럼 겸손하고 조용히"라는, 오래된 추억의 문집에 나오는 격언처럼 자신을 숨긴다면, 당신이 누구며 당신 안에 무엇이 숨어 있는지 어떻게 알 수 있겠는가? "좋은 일을 행하고 그것에 대해 말하라." 이러한 미국의 표어가 훨씬 효과적인 것처럼 보인다. 이에 대한 예로는, 특히 배우나 정치인이나 다른 저명 인사들의 수많은 인도주의적인 자선활동을 들 수 있다. 그들은 이렇게 말한다.

"자, 여길 보세요. 제가 에이즈 환자, 전쟁과 자연 재해의 희생자를 돌보고, 이를 위해 제 이름을 걸겠습니다. 여러분은 어떤가요?"

또한 능력과 실적에 대해 인정을 얻는다면, 그게 왜 잘못인가? 직장생활에서 당신은 매달 자신의 '시장 가치'가 지금 얼마나 되는지를 꼼꼼하게 계산해볼 것이다. 그러나 이뿐만 아니라, 인정받는 만큼 말이나 태도로 표현되는 것도 중요하지 않겠는가? 결국 불손함도 다시 존중과 자기 존중감의 문제이다.

그러나 삶에 대한 자신의 요구에서도 너무 겸손해선 안 된다. 이 점에 대해서는 여러 장에 걸쳐 이미 언급했다(소망과 꿈에 관한 장을 예로 들 수 있겠다). 법률에 당신이 자기 자신에게 세상의 모든 행복이 있기를 바라서는 안 된다는 규정이라도 있는가? 당신이 괜찮다면 양심의 가책을 가질 필요는 전혀 없다. 다른 사람들에게 좋은 일을 하는 것이 당신에게는 더 쉬울 것이다! 남들에게 당연한 것을 당신이 바란다고 해서, 자신을 시기심 많다고 여길 필요는 없다! 미국 헌법에도 보장된 '행복에의 추구'는 인간의 내부에 있는 본질적 특성이다. 그리고 행복에의 추구가 권력 추구와 연관하여 야기한 온갖 재앙과 전쟁에도 불구하고, 이것은 인류를 늘 새로운 강가로, 늘 새로운 전망으로 이끌었다. 뻔뻔해져라! 그러면 당신이 삶에 모든 것을 주는 것처럼, 당신은 삶에도 모든 것을 요구할 수 있다!

 이렇게 해보라

□ 오늘 뭔가 '좋은 것을 행했는가'? 헌혈을 하거나, 자선을 위해 돈을 모았는가? 그것에 대해 말하고, 다른 사람들에게도 동기를 부여해주자!

□ 직장생활에서 특히 문제가 잘 풀릴 때마다, 주변 사람과 상관에게 공손히 그 점에 대해 주의를 환기시키자. 그것은 다른 어떤 사람의 공적이 아니라 바로 당신의 공적이었다고!

두려워하지 말고 첫발을 내딛어라

중국 속담에 "아무리 긴 여정도 첫걸음으로 시작된다"라는 말이 있다. 이것은 글자 그대로의 의미에서의 여행과 마찬가지로, 다른 사람들이나 자기 자신의 여정에도 똑같이 적용된다. 우리가 흔히 이러한 첫걸음을 내딛지 못하는 것은 대개 알지 못하거나 예기치 못한 것에 대한 두려움 때문이다. 그러나 낙관주의자는 건너편 강가에서 무엇이 기다리고 있는지에 대해 두려워하지 않고, 신뢰와 자신감에 가득 차서 첫발을 내딛으며 다리를 건너간다. 또, 다른 모든 것은 다리를 건너기만 하면 알게 된다는 사실을 알고 있다. 그리고 낙관주의자가 알고 있는 게한 가지 더 있다. 다른 사람이 첫발을 내딛고, 그럼으로써 우리의 결정이 보다 쉬워지기를 항상 기다릴 순 없다는 사실이다. 그러므로 뭔가를 바란다면 남보다 먼저 한 발 떼어놓고 여정을 시작하라!

때때로 어떤 계획을 감행하는 경험도 분명히 있을 것이다. 그것도그 계획이 자신에게 중요하기 때문이거나 그 계획에 열광했기 때문에, 또는 그 계획이 중요하거나 재미있을 것처럼 보이기 때문에 말이다. 이것은 삶의 전환이거나, 그저 방을 수리하는 데 '불과할' 수 있다. 그러다가 좌절과 눈물이 엄습하면 우리는 그냥 달아나고 싶어하면서 이렇게 묻는다. 내가 왜 그런 짓을 했을까?(그중에는 부모나 배우자가 한결같이 제기하는 질문도 있을 것이다.) 그러나 목표를 달성하고 자신의 한계를 극복했다면, 우리가 가는 길이 어떤 '위험과 부작용'을 야기할지 사전에 알지 못했던 것을 오히려 다행으로 여길 것이다. 만약 알았더라면, 편안함과 두려움과 불확실함 때문에 어쩌면 그 길을 전혀 가지 못했을지 모른다. 그리고 나중에야 그게 유감이라는 것을 알게 될 것이다.

우리의 첫발이 세상을 바꿀 가능성은 참으로 많다. 그러나 우리는 자신의 용기, 거부, 필연적인 결과를 두려워한다. 이러한 불안과 두려움은 대부분의 인간이 갖고 있다. 누군가 첫발을 내딛을 용기를 낸다면 그거야말로 멋지지 않을까? 당신이 바로 이 '누군가'라면 정말 멋지지 않을까?

오해, 혹은 불화가 있는가? 다른 사람이 용기를 내어 오해를 불식시키도록 기다리지 말자. 이런 일은 오래 걸릴 수도 있고, 또 이루어지지 않을 수도 있다. '해결되지 않은' 상황 때문에 당신은 자주 슬프고 불행하며 불안한가? 그렇다면 상대방이 먼저 당신에게 다가와야 한다고 왜 고집을 부리는가. 혹시 상대방이 죄지은 사람이거나 문제를 일으킨 장본인이기 때문인가? 그렇지만 다시 상황이 분명해지는 것은 결국 당신에게 달려 있다. 그러니 크게 용기를 내어 첫발을 내딛자!

어쩌면 당신은 더 이상 혼자이기 싫어서 누군가를 친구로 삼고 싶거나, 또는 어떤 특정한 사람에게 관심이 있어 사귀고 싶어할 수도 있다.

당신이 혼자여서 접촉과 관계 형성을 원한다고 말하지 않는다면, 다른 사람들이 어떻게 그것을 알겠는가? 누군가에게 다가가 자신을 소개하고 대화를 시작하는 것은 그렇게 어려운 일이 아니다. 첫발을 내딛어라!

당신이 좋아하는 직업이 있다. 채용 공고가 나서 많은 사람들이 지원할 때까지 기다리지 말자. 인사부장들은 독자적인 자발성을 높이 평가할 줄 안다(이와 연관하여 겸손에 대한 오해를 다룬 장을 기억하라). 독자적 자발성은 당신에 관해 다음과 같은 사실을 말해주기 때문이다.

a) 당신은 자신의 가치를 평가할 줄 안다.

b) 당신은 회사의 관심사에 흥미를 갖고 있다.

네빌 슈트(오스트레일리아 작가—옮긴이)는 소설가일 뿐만 아니라, 1940년대에 자사의 비행기를 타고 세계 최초로 초음속 비행을 감행한 회사 사장이며, 동시에 비행기 설계사이기도 했다. 그가 직원을 뽑는 원칙은 다음과 같이 아주 간단했다.

'우리의 답변을 기다리는 사람은 흥미가 없다. 우리에게 다가오는 사람은 자신의 참여를 보여주는 것이다.'

그러니 첫발을 내딛어라!

당신의 삶에서 바꾸고 싶은 일들이 있을 것이다. 그렇게 하지 못하는 것은 '만약'과 '그러나'가 너무 많기 때문이다. 다른 사람들이 어떻게 생각할까? 내게 돈이 있나? 내가 그것을 해낼 수 있다고 기대해도 될까? 너무 이상하지 않을까? 그러나 당신이 직접 해보지 않는 한, 어떻게 할 수 있는지 결코 알지 못할 것이다. 그러니 첫발을 내딛어라!

걸음마를 배우는 어린아이는 한편으로는 용감하고 모험을 좋아한다. 이러한 새로운 능력의 가능성을 발견하는 경우에 말이다. 그러나 다른 한편으로는 또한 대단히 조심스럽고 한 발 한 발 차례로 내딛으며, 불안하다고 느끼면 단단히 붙잡는다. 그러나 어린아이는 포기하지 않는다. 설령 몸에 푸른 멍이 들고 넘어져서 무릎을 다칠지라도, 그냥 자기 발로 서서 자기의 길을 걸어가려 한다. 당신이 어떤 관계에서든 첫발을 내딛는다면 다음과 같이 하라.

- 자신감을 갖고 지나친 부담이 되지 않도록 처음에는 발걸음을 작게 하자. 안전끈을 몇 개 부착하고, 도움의 손길도 한번 청해보자.
- 내딛는 걸음마다 기뻐하자. 그 걸음이 당신을 발전으로 이끌 것이다.
- 넘어진다 해도 그리 나쁘지 않다. 마음에 푸른 멍이 든다 해도 마찬가지다. 나쁜 것은 넘어진 후 다시 일어나 계속 걸어가지 않으려 하는 것이다.
- '순례자의 걸음'을 생각해보자. 때로는 3보 전진을 위해 2보 후퇴를 해야만 할 때가 있다. 그것은 높이뛰기나 넓이뛰기에서의 도약과 같다. 그럴 때는 일단 몇 걸음 뒤로 물러나야 한다.
- 옛사람들의 지혜가 전적으로 맞다는 것을 종종 확인할 것이다. 길이 목표이다. 이 길을 걸어가는 걸음마다 기뻐하자.

1969년 7월 20일 우주비행사 닐 암스트롱이 인간으로서는 최초로 달에 발을 내딛었을 때, 그의 말에 따르면 이것은 한 인간에게는 작은 발걸음이지만 인류에게는 위대한 발걸음이었다. 이 말이 맞는지는 여러 해가 지나면 저절로 밝혀질 것이다. 그러나 당신이 내딛는 걸음마다 당신은 앞으로 나아간다. 그리고 이 걸음을 위해 당신은 굳이 달에 갈 필요가 없다. 그럼에도 불구하고 그 걸음은 당신의 삶을 변화시킨다. 그러므로 첫발을 내딛어라!

 이렇게 해보라

☐ 가족, 친구 또는 친지 중에 누군가와 문제가 있는가? 그가 당신에게 상처를 주거나, 아니면 당신이 그에게 상처를 주었는가? 당사자와 이 점에 관해 말하자!

☐ 직업적으로나 개인적으로 삶에 새로운 전망이 있기를 바라는가? 과감하게 그 전망을 향해 나아가고, 당신의 꿈을 실천에 옮겨보자!

한계를 긋지 마라

앞 장은 "첫발을 내딛어라!"에 관한 것이었다. 이것으로 한계는 이미 넘었을 것이다. 그리고 이젠 한 발 더 앞으로 나아가라! 어쩌면 지난번 휴가를 통해 이런 경험을 했을 것이다. 당신은 도보 여행으로 완전히 지친 상태였다. 그런데 커브와 언덕이 또 나왔다. 그리고 당신은 그 다음에는 무엇이 있을까 하는 호기심에 가득 찼다. 그 때문에 근육통, 발에 생긴 물집, 뜨겁게 내리쬐는 햇볕 또는 후드득 쏟아지는 빗줄기에도 불구하고 계속 한 발 더 내딛을 힘이 생겼다. 그 결과, 지구력이 없었으면 결코 보지 못했을 장관을 만났을지 모른다. 그러나 이와는 전혀 다르게, 그냥 길만 계속 이어질 수도 있다. 그래서 소유 관련 시민법에서 범죄로 보는 짓을 저지르며, 경계석을 옮겨 자신의 한계를 넘어갔을지도 모른다.

뭔가를 직접 시험하고서야 비로소 그게 가능한지 아닌지를 알 수 있다. '한계'라는 단어는 슬라브어 원형에서는 '모퉁이'의 의미를 지닌다. 그렇다면 한계는 언제나 모퉁이 주위에 있다고도 말할 수 있으리라! 그리고 일단 다음 모퉁이 주위를 둘러볼 때에만, 그 뒤에 어떤 가능성이 숨어 있는지를 발견할 수 있다. 그렇게 해야만 자신의 강점과 약점을 매번 시험해볼 수 있다. 이 과정에서 한계란 대부분 우리의 머릿속에만 존재하고, 한계를 설정하는 것은 우리 자신이라는 사실을 확인하게 될 것이다.

- 우리는 미지의 것을 두려워한다.
- 우리는 자신이 새로운 것을 시작할 수 있다고 기대하지 않는다.
- 우리는 너무 타성에 젖어 한 발 더 앞으로 나아갈 수 없다.

일본 속담에 "시선을 들어올리면 경계가 보이지 않는다"라는 말이 있다. 곧은 자세에 관해 언급한 장을 상기하고, 자세가 내적인 상태에 어떤 영향을 미칠 수 있는지를 기억하라. 그리고 머리를 높이 들어라! 앞으로 나아가라! 우리가 알고 있는 한계를 당신은 이미 넘었기 때문이다. 그러므로 그냥 앞으로 나가지 못하도록 막는 내적 차단기를 내림으로써 삶의 가능성을 제한하지 말자.

또한 우리에게 어떤 가능성이 있고, 우리 자신이 무엇을 할 수 있다고 믿으며, 아직 어떤 훈련을 받을 수 있는지 알아내는 것은 흥미진진한 경험이기도 하다. 이런 경험은 우리를 '한계 상황'에 놓이게 한다. 이 말은 독일의 철학자 카를 야스퍼스가 만든 개념이다. 1919년에 출간된 책《세계관의 심리학》에서 야스퍼스는 이 개념을 이용하여, 다툼, 고통, 죄와 죽음 등과 같은 인간 존재의 한계에 대한 경험을 설명했다. 그의 말에 따르면, 한계 상황은 인간의 '기본 상황'을 환기시키며, 좌절의 의식과 연관하여 인간으로 하여금 '자기존재(Selbstsein)'와 '진정한 실존'의 획득으로 나아가게 할 수 있다. 그리고 우리는 모두 우리 자신 이려 하지 않을까? 우리는 모두 '정말로' 살아가려 하지 않을까? 이처럼 대단히 깊은 인간적 갈망은 그러나 초월, 즉 한계 극복을 통해서만 실현될 수 있다. 야스퍼스가 자신과 제자와 독자를 어려운 말로 괴롭힌 내용을 아일랜드의 극작가 조지 버나드 쇼는 다음과 같이 간단히 요약했다.

"어떤 인간들은 사물을 있는 그대로 보고, 왜? 하고 묻는다. 나는 결코 존재하지 않은 꿈을 꾸면서, 왜 안 돼? 하고 묻는다."

꿈은 경계가 없다. 그리고 꿈을 현실로 치환하려고 시작하면, 실제의 삶도 거의 경계가 없다는 사실을 확인할 것이다!

 이렇게 해보라

□ 당신이 무척 갈망하는 것이 있는가? 그것을 향해 작지만 구체적인 걸음을 내딛자. 그 다음에 작은 발걸음을 한 발 더 내딛자. 예를 들면, 돼지 저금통에 1마르크를 넣은 다음 또 1마르크를 넣는 것이다.

□ 당신이 두려워하는 게 있는가? 혹 거미나 뱀, 낯선 사람이나 당신의 상관인가? 그것을 향해 작은 발걸음을 내딛자. 그 다음 다시 작은 발걸음을 한번 더 내딛자.

잡초가 되어라, 오뚝이가 되어라

식사할 때 질긴 고기를 먹어보았을 것이다. 그런 고기는 이빨로 물어뜯지 않고 잘게 써는 게 쉽지 않다. 그러나 끈질긴 지구력은 낙관주의자를 나타내는 특성이기도 하다! 그리고 구운 고기와 달리 낙관주의자는 생생하게 살아 있기 때문에, 이러한 특성 또한 능동적으로 사용한다. 낙관주의자도 비틀거리고 넘어지며, 심지어 자신을 불쌍하게 여기고 한탄하기도 한다. 하지만 그러다가도 제 갈 길을 계속 간다. 또한 쉽게 포기하지 않으며 생존의 기술에 관한 한 진정 탁월하다.

지구력을 생각할 때마다 항상 어머니의 모습이 떠오른다. 어머니는 몸집이 무척 작고 다정하신 분으로, 내 기억에는 아주 오래 전부터 의학사전에 나오는 온갖 만성적 고통으로 무척 고생했다. 동프로이센에서 도망칠 때 어머니는 친딸(나의 언니)과 자기 가족뿐만 아니라 수많은 다른 사람들에다 말과 마차까지 거느리고 서방 세계로 왔다. 당시 아버지는 말라리아에 걸려 심하게 앓고 있었다. 완전히 지친 데다 빈털터리였지만 어머니는 바느질, 무 뽑기, 소젖 짜기, 통역 등을 해서 우리 가족 모두를 먹여 살렸다. 언니와 나에게는 최상의 학교 교육을 받게 하기 위해, 교사로서의 근무 외에도 청소하고 눈 치우는 일 등 격에 맞지 않는 고생을 마다하지 않았다. 그리고 여든 살이 넘은 지금도 과외 수업을 하고 있다. 어머니는 내가 알고 있는 한 대단히 놀라운 인간이다. 그런 어머니도 탄식과 불평을 한다. 그래서 언니와 나는 어머니를 안 직후부터(그러니까 우리가 태어난 후부터) 계속 어머니의 삶을 염려하고 있다. 그러나 어머니는 여전히 언니와 내가 하는 것을 합친 것보다 많은 일을 한다. 그리고 어느 모임에서나 인품과 카리스마로 절대적인 구심적 역할을 한다. 어머니의 주치의는 어머니를 의학적으로 놀라운 현상으로 보고, 그것을 동프로이센의 고집쟁이 기질 때문이라고 여긴다. 그사이 증손자까지 생긴 우리 가족들에게 있어 어머니는 '왕엄마'이다. 어머니의 강인함은 다음의 중요한 두 가지 삶의 원칙에서 나온다.

1. 잡초 원리

정원에서 어떤 것이 당신을 가장 화나게 하는가? 모든 재배 식물은 돌보고 거름을 주고 아껴주어야 하는 반면, 소위 잡초는 완전히 혼자서 자라난다. 게다가 사라지지도 않는다! 잡초를 뽑고 제초제를 잡초 위에 쏟아 부을 수 있다. 그러나 민들레, 쐐기풀, 별꽃, 우엉초는(그리고 다른 잡초들도 모두) 그냥 다시 나오기 때문에 정원사도 이내 포기한다. 하지만 민들레 하나가 도로의 아스팔트 포장을 뚫고 나와 가장 불리해 보이는 조건에서도 꽃을 피우는 모습을 한 번이라도 본 사람은 다시 생각하게 되고, 이러한 잡초들의 믿기 어려운 생명력에 경외심을 느낄 것이다. 이러한 식물은 요즘은 좋은 뜻에서 더 이상 잡초로 불리지 않고 야생초라 지칭하고 있다. 그중에는 심지어 보호할 가치가 있는 야생초도 많다. 유전학적 근거를 지닌 생명 물질이 장기적으로 볼 때 농업뿐만 아니라 의학에도 유익할 것이기 때문이다. 또한 잡초는 사라지지 않고 언제나 다시 뚫고 나오며, 무엇보다도 살아남기 때문이다. 이런 의미에서 잡초가 되자!

2. 오뚝이 원리

내가 어렸을 때 무척 열광했던 오뚝이 장난감이 아직 있는지 모르겠다. 플라스틱으로 된 남자 모습이었는데, 대부분 광대의 얼굴을 하고 있었다. 아랫부분은 반구 형태여서, 아무리 넘어뜨리려 해도 결코 넘어질 줄 몰랐다. 오뚝이가 계속 설 수 있는 것은, 중심이 안쪽에 깊숙이 있기 때문이다. 오뚝이를 밀치고 짓밟고 넘어뜨릴 수 있다. 그래도 오뚝이는 언제나 간단히 벌떡 일어선다. 낙관주의자의 경우도 이와 똑같다. 낙관주의자는 자기 안에 중심을 놓기 때문에 그 무엇도 낙관주의자를 넘어뜨리지 못한다. 설령 넘어진다 해도 다시 일어서지 못할 정도는 아니다. 이런 의미에서 오뚝이가 되자!

학문은 이러한 끈기에 대해, 깨지기 쉬운 성질과 반대되는 것이라는 정의를 내놓는다. 질긴 재질은 외부 압력을 받아 변형되더라도 본질을 잃어버리지 않는 반면, 부서지기 쉬운 재질은 부하를 받으면 쉽게 깨진다. 그러나 낙관주의자는 잡초와 오뚝이의 특성을 갖고 있기 때문에, 그러니까 학문적인 의미에서 보더라도 강인하기 때문에, 제 길을 계속 간다. 당장, 내일, 모레 또는 1년 후에도 말이다. 용기와 용감함은 높이 평가되는 특성이다. 그러나 너무 거창한 말이어서 때로는 우리를 겁먹게 할 수 있다. 따라서 평범한 우리에게 적합한 단어라고 보기는 어렵다!

끈기는 때때로 그 이상일 수 있다. 시작은 쉽기 때문이다. 우리 안에는 충동이나 감격이 있어서, 우리를 지탱해주고 우리로 하여금 좌우를 보지 못하게 한다. 다만 모든 감격은 줄어들게 마련이다. 그럴 때 목표를 계속 추구할 수 있는 것은 바로 끈기에 달려 있다. 더 이상 고공 비행이 아니라, 언제나 한 걸음씩 차례로 내딛는 것이 중요하다. 이것은 그다지 커다란 사건은 아니겠지만, 훨씬 효율적이다. 당신에게 뭔가가 중요하다면, 따라서 이렇게 해야 한다.

자신의 목표를 믿고 그 목표를 놓쳐서는 안 된다. 아무리 다른 일들이 끼어든다 해도 말이다.

자기 자신을 믿어야 한다. 설사 당신이 때로 이런 믿음을 놓고 싶다 해도 말이다.

장애물과 어려움이 있어도, 끈기 있고 고집스럽게 언제나 처음부터 시작해야 한다.

이렇게 해보라

▢ 민들레를 찾아보자. 어디서든 발견할 것이다. 정원에 민들레가 있
　다면 캐어서 민들레의 긴 뿌리를 살펴보자. 민들레가 꽃이 진 상태
　라면, 당신의 꿈과 소망처럼 작은 홀씨들이 떠다니게 불어보자. 민
　들레의 홀씨는 각각 하나의 씨앗이므로 다시 뿌리를 내릴 것이다.

▢ 장난감 가게에서 오뚝이를 찾아보자. 오뚝이를 책상 위나 침대 옆
　에 세워두고, 오뚝이가 어떻게 중심을 다시 찾는지를 늘 관찰하자.

자신의 행동을 후회하지 마라

누군가 우리에게 가볍다고 말할 때마다 늘 부정적인 뒷맛이 남아 개운치 않을 것이다. 대체 왜 그럴까? 성가시고 방해되는 것을 잠깐 내려놓았는데, 그 결과가 우리 생각과는 딴판이기 때문일까? 삶은 대체로 상당히 무겁다. 따라서 적어도 때로는 삶을 쉽게 생각할 수 있어야 한다. 그러고 나면 삶을 견디는 일뿐만 아니라 삶에서 재미도 발견할 것이다! 가볍다는 것은 또한 경솔하다는 것을 의미한다! 경솔함은 생각이 없고 어리석고 무분별한 행동을 말한다. 이에 비해 가벼움은 가벼운 감각을 말한다.

앞 장에서는 끈기에 대해 다루었다. 끈기는 끝까지 버티는 것, 한 걸음 더 나아가는 것, 스스로 도전받는 것을 의미한다. 가벼움도 이러한 도전에 해당된다. 가벼움 역시 당신으로 하여금 한계를 넘어서도록 한 걸음 더 내딛게 한다. 말하자면, 이성의 한계를 넘어서게 해준다. 철학적 담론에서 이성은 중요하다. 이성이야말로 궁극적으로 인간의 특별한 재능이기 때문이다. 인간은 자신의 생존과 지구 및 인간성의 존속을 위해 이성을 이용해야 한다. 그렇다고 해서 이성이 전부는 아니다. 무엇이 합리적인지 늘 신중하게 검토만 하는 사람은, 삶을 경험할 수 있는 중요한 기회를 종종 잃어버린다. 즉, 삶의 기쁨을 맛볼 수 있는 가능성을 빼앗기는 것이다. 나는 인간이 이곳 지구에서 고통받기 위해 살아가고 있다고는 생각하지 않는다. 물론 고통은 존재한다. 우리 모두 그것을 알고 있다. 그러나 기쁨도 존재한다. 우리는 고통을 배제해서도 안 되지만 기쁨을 억압해서도 안 된다. 그리고 삶의 기쁨을 만들고 스스로 체험하려고 애쓰는 것보다, 고통에 맞서 더 잘 싸울 수 있는 방법이 있을까? 이제 당신 스스로 다음의 질문에 솔직하게 대답할 차례다.

당신은 언제 큰 기쁨을 누렸는가? 이성적일 때였는가, 아니면 가벼웠을 때인가?

밀란 쿤데라(체코 소설가·시인—옮긴이)는 '참을 수 없는 존재의 가벼움'이라는 강령적인 제목의 놀라운 소설에서 이 점을 밝히면서, 삶에서 굳이 무거움이나 가벼움을 선택해야 하느냐고 문제를 제기한다.

"파르메니데스(고대 그리스 철학자—옮긴이)는 기원전 6세기에 이런 질문을 던졌다. 그는 세계 전체를 대립쌍으로 분류했다. 즉, 빛과 어둠, 세련됨과 조잡함, 온기와 냉기, 존재와 비존재 등으로 나눈 것이다. 그는 하나의 극(빛, 세련됨, 온기, 존재)을 긍정적으로, 또 다른 하나의 극을 부정적으로 여겼다. 이러한 분류는 지극히 알기 쉬워 보이지만 어려움도 수반한다. 무엇이 긍정적일까? 무거운 것인가, 아니면 가벼운 것인가? 파르메니데스는 가벼운 것이 긍정적이고, 무거운 것은 부정적이라고 대답했다. 그가 옳았을까, 아니면 틀렸을까? 이것이 문제이다. 확실한 것은 가벼움과 무거움의 대립이 모든 대립 중에서도 가장 신비롭고 다의적이라는 사실뿐이다."

이 대목을 볼 때마다 햄릿이 해골의 모습을 하고 앉아 괴로워하는 장면이 떠오른다.

"죽느냐 사느냐, 이것이 문제다……."

근본적으로 그것은 전혀 문제가 아니다. 우리가 살아 있는 동안 우리는 존재하기 때문이다. 그러면 파르메니데스의 문제는? 나의 철학 공부는 크게 진척되지 않았지만, 삶에 대한 연구는 상당히 진일보했다. 그리고 내가 발견한 답변은 이렇다. '이것 아니면 저것'이라는 양자택일은 없고, '이것뿐만 아니라 저것이기도 하다'라는 양자 긍정만 있다는 것이다. 밝음처럼 어두움도, 가벼움처럼 무거움도 우리의 삶에 속해 있다. 그것은 숨을 들이쉬고 내쉬는 것, 심장 수축과 이완, 수면과 깨어남 등과 마찬가지다. 하나는 언제나 다른 것에 의해 제약을 받는다. 그리고 낙관주의자는 이런 사실을 깨닫기 때문에, 진정한 의미에서 살아 있는 것이다. 존재의 가벼움을 존재의 무거움만큼이나 참을 수 없다고 느끼지 않기 때문이다. 가벼움과 무거움, 이 두 느낌을 낙관주의자는 똑같이 다룰 수 있다. 둘 사이에서 생기는 것은 긴장의 전압이다. 그리고 이러한 전압으로부터 에너지를 전달하는 전류가 생긴다. 즉, 삶을 통과할 때 그 위에서 춤출 수 있는 팽팽한 밧줄이 생기는 것이다.

삶은 대체로 우리로 하여금 까다롭고 성가시고 부담되는 일들을 다루어야만 하는 문제에 직면하게 한다. 우리는 자신에게 더는 가벼움이 없다고 믿는 데 상당히 익숙해 있다. 가벼운 감각은(예를 들면 담배나 식료품의 경우처럼) 삶의 '가벼운' 형태가 전혀 아니다. 그것은 오히려 정 반대로 우리 자신을 향해, 삶을 향해 나아가는 대단히 격렬한 발걸음이 다. 이와 연관하여 전에 들었던 격언 두 개가 떠오른다.

- 후회해야 할 것은 무엇이든 하지 마라. 그러나 또한 네가 한 것은 무엇 이든 후회하지 마라.
- 내가 후회하는 유일한 어리석은 짓은, 내가 행하지 않은 어리석음이다.

에디트 피아프(프랑스의 가수—옮긴이)의 아름다운 상송을 알고 있 는가?

"아니요, 나는 전혀 후회하지 않아요."

당신의 잘못을 인정하는 것은 마땅하다. 그 잘못을 배제하거나 미화 해서도 안 된다. 그러나 또한 잘못된 결과에 너무 매달리지 않고, 자기 자신과 감정과 욕구를 자유롭게 편들 수 있는 것도 당연하다. 일단 모 험을 하고, 무슨 일이 벌어지는지 기다리자!

독일어는 사람들이 날마다 사용하는 단어의 원래 의미를 다시 생각 하게 한다는 점에서 현명한 것 같다. '가벼운(leicht)'이란 단어는 '폐 (Lunge)'와 '잘되다(gelingen)'라는 개념과 연관 있다.

- 폐 : 당신이 늘 하고 싶어한 것이라면 결과를 생각하지 말고 하자. 당신 은 숨을 깊이 쉴 수 있을 것이다.
- 잘되다 : 당신이 쉽게 생각하는 일이 왜 잘 안 되겠는가?

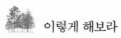 이렇게 해보라

□ 꼭 필요하지는 않지만 당신에게(또는 다른 누군가에게) 큰 기쁨을 줄
수 있는 것을 사고 싶은가? 그럼 그렇게 하라!

□ 파티가 당신이 생각했던 것보다 훨씬 좋은가? 그렇다면 내일 일찍 일
어나야 한다는 생각은 더 이상 하지 말자.

□ 요제프 폰 아이헨도르프(독일 시인—옮긴이)의 아름다운 책《게으름
뱅이의 생활로부터》를 다시 한번 읽어보자.

한 가지 일에 빠져들어라

일상적인 과제를 처리할 때 다음의 문제들 중 하나 이상을 겪고 있는가?

- 빨리 피로해진다.
- 관심이 쉽게 다른 데로 간다.
- 잘 까먹는다.
- 공상에 잠기고 늑장 부린다.
- 기운이 없다.

그렇다면 집중력 부족 때문에 고생할 것이다. 집중이란 특정 목표를 향하는 관심을 의식적으로 고양시키는 것에 다름 아니다. 자기 일이나 현재의 활동에 너무 깊이 몰두하는 바람에 주변에서 무슨 일이 일어나는지 전혀 지각하지 못하는 사람들이 있다. 고대의 유명한 수학자 아르키메데스는 수학 계산에 너무 몰두한 나머지, 적이 고향인 시라쿠사로

쳐들어오는 것조차 알지 못했다고 한다. 병사들의 그림자가 자신이 일하는 곳을 덮쳐 사색을 방해했을 때에야 비로소 고개를 들어올리고는 이렇게 부탁했다고 한다.

"햇빛을 막지 마시오!"

다른 한편으로 생각이 계속 왔다 갔다 하고 어떤 일에도 제대로 집중하지 못하는 사람들이 있다. 예를 들어 자동차를 몰 때 운전자가 교통의 흐름보다 개인적인 문제, 몽상 또는 그 밖의 일에 더 신경을 쓰다 보면 좋지 않은 일이 생길 수 있다. 그러나 비교적 위험이 적은 일을 할 때에도 집중력 부족은, 우리 자신의 경험에 비추어보아도 불만족스런 작업 성과로 이어지게 마련이다. 일에 집중할 때에만 우리 자신이 설정한 목표를 달성할 수 있다.

집중은 선별을 뜻한다. 우리는 현재 중요하게 여기는 것을 선별하고, 그 외의 것은 중요하지 않거나 방해되는 것으로 의식에서 사라지게 한다. 이것은 대체로 어떤 일이 우리를 사로잡고 매료시키거나 열광하게 만드는 경우이다. 그러면 집중력이 상승하고, 우리는 주위에서 무슨 일이 벌어지든 알아채지 못할뿐더러 시간이 어떻게 가는지도 잊는다. 반면 단조롭고 불쾌하거나 성가신 일의 경우에는 시간이 무한히 길어지는 것처럼 여겨지고, 우리의 생각은 수행하고 있는 활동에서 점점 더 벗어난다.

이것은 양 극단의 면모이다. 그 가운데에 어느 정도 정상이라 일컬어지는 영역이 존재한다. 그 간격에는 개인차가 있을 수 있다. 물론 뇌 연구가와 심리학자들은 온전히 집중하는 시간의 평균치가 약 25분이라는 사실을 알아냈다. 그 다음에 집중력 세기에 돌연한 변화가 생긴다. 이러한 변화는 반복해서 주기적으로 나타나고, 의지를 통해 억압하거나 영향을 미칠 수도 없다. 강연이나 설교를 들을 때 온전히 집중하는 시간이 얼마나 되는지 한번 살펴보자. 아무리 재미있게 연설하는 사람일지라도 당신도 모르게 어느샌가 다른 생각을 하게 되고, 그래서 연설의 실마리를 다시 찾으려 애써야 할 것이다. 노련한 연사는 이러한 주기적인 집중력 변동을 알고 있으므로, 연설 원고에 늘 깜짝 놀랄 계기들을 집어넣는다. 가령 서 있는 위치를 바꾸고, 목소리를 높이거나 낮추고, 소품을 사용하기도 하는 것이다. 나는 나 자신이 청중이었던 경험을 토대로, 청중의 집중력 변동을 고려한다는 원칙하에 낭독이나 강연을 한 시간 이상 넘지 않게 하고 있다. 가능하다면 음악적 요인들을 배치하여 청중이 다른 생각을 할 수 있도록 해준다. 때때로 강연 내용을 힘주어 강조해야 할 때에는 소음 효과를 이용한다. 가령 종을 치거나 물건을 떨어뜨리는 수법을 쓰는 것이다. 이와 같이 하면 언제든 다시 청중의 주의력을 일깨울 수 있다. 그렇게 함으로써, 청중의 의식이 서서히 몽롱해지면서 시간이나 때우고 있는 것 같은 느낌에서 벗어날 수 있어 만족감도 더 많이 만끽할 수 있다.

　이와 유사한 요령들을 사용하여 우리 자신의 집중력을 높일 수도 있다. 이를 위한 방법에는 여러 가지가 있다.

• 자신의 정신 집중 리듬에 신경을 써보자. 온전히 집중하는 시간이 어느 정도 되는가. 이를 위해서는 그 리듬을 며칠이나 몇 주 이상 기록하

는 게 가장 좋다. 어쨌든 30분마다 일을 의식적으로 중단하도록 계획을 세워보자. 자리에서 일어나 사지를 쫙 펴보자. 또는 창문을 열고 심호흡을 해보자. 그러면 더 집중하여 일할 수 있을 것이다.

- 어떤 일이든 작은 부분들로 나누고, 언제나 지금 하고 있는 단계만 생각하자.

- 자신이 하고 있는 일에 빠져들자. 그 일이 몹시 싫더라도, 그 일을 가능한 한 잘 처리하겠다는 생각을 갖자. 이런 일을 운동이라고 생각하자. 운동은 아무리 과제가 까다로워도 지구력 훈련을 하면, 정신을 집중하고 잘 견뎌낼 수 있는 컨디션을 갖게 해준다.

- 다른 생각을 하지 말자. 사소한 일들로 방해받지 않도록 내적·외적으로 수도자의 방과 같은 것을 마련하자. 약간의 완고함이 바로 여기에 해당된다. 앞에서 다룬 두 장 '"아니요"라고 당당하게 말하라'와 '이기주의자가 되어라'를 상기하자.

나폴레옹은 일곱 가지 일을 동시에 할 수 있었다고 한다. 나폴레옹의 이름은 역사에 기록되었지만, 어떤 평범한 가정주부도 근본적으로 그 정도는 해낸다. 내 아들은 〈나의 어머니〉라는 작문에서 나에 대해 다음과 같이 묘사했다.

"어머니는 한 손에 핸드폰을 들고, 다른 손에는 요리용 스푼을 들고 있다. 적어도 냄비 네 개가 가스레인지에 올려져 있다. 그리고 중요한 뉴스도 들을 수 있도록 라디오가 켜져 있다. 그 와중에도 내가 뭔가를 이야기하면 어머니는 내 말에 귀를 기울이고, 개에게 먹이를 주고, 손님을 맞이한다. 이따금 세탁기를 돌리고, 세척기의 그릇을 꺼낸다. 또 언제나 메모를 한다. 아직 처리해야 하는 일이나 다음 책에 필요한 아이디어가 계속 머리에 떠오르기 때문이다."

나는 나폴레옹과 같은 능력이 내 안에도 잠재해 있다는 사실에 놀랐다. 따라서 여러 가지 일에 동시에 정신을 집중하며 전체를 개관하고 주시하는 것은 가능하다.

그러나 여기에는 다른 측면도 있다. 이를 위해 내 아들의 명언 하나를 인용하겠다.

"하지만 원래부터 어머니의 모습 중 가장 익숙한 것은 어머니의 등이다."

이것은 내가 책을 쓸 때 온전히 정신을 집중하느라, 다른 일이나 사람에게 관심 돌릴 생각을 하지 못하는 경우이다. 그럴 때는 서재의 문을 닫을 필요조차 없다. 문에 '방해 마세요. 일하고 있으므로 정신을 집중해야 합니다' 라는 표시만 걸어두면 된다. 그 다음에는 자동응답기가 나 대신 말하고, 남편과 아들이 방문객을 물리치고, 가족들이 다른 모든 일을 돌봐야 한다. 그때의 나는 더 이상 나폴레옹이 아니고, "내 도형을 망가뜨리지 말아요" 라고 말한 아르키메데스가 된다.

 이렇게 해보라

□ 명상은 정신 집중을 보다 잘할 수 있는 중요하고 효과적인 길이다.

특히 영상 묵상을 겸한 자발성 훈련이 적합하다.

□ 근육 이완을 위한 유연 체조를 하자. 이때 자신에게 온전히 집중하자.

□ 수수께끼를 풀자! 재미가 있을뿐더러 정신 집중도 잘될 것이다. 수수께끼는 취향과 난이도에 따라 온갖 종류가 있다.

□ 게임을 하자! 예를 들어 장기를 두거나 카드 놀이를 할 때에도 재미는 집중력 훈련과 연관된다.

일의 우선순위를 정하라

우리는 날마다 새로운 도전을 받는다. 또, 직장 일 외에 가족이나 친구들에게도 잘하고 싶어한다. 게다가 사회적 의무와 함께, 집과 정원에 이러저러한 할 일이 있고 세무서에 신고도 해야 하고 자동차 검사도 받아야 하며 어금니에 인공 치관을 해넣어야 하고 오래 전에 예약한 커트 때문에 미장원에도 가야 한다. 그런데 내 정신이 어디 있겠는가? 당신은 지금 이렇게 자신에게 물을 것이다. 어쩌면 대부분의 사람들이 날마다 이런 식으로 살아가고 있을 것이다. 나 역시 생각이란 걸 하고부터 이런 식의 물음을 스스로에게 던지고, 그 질문에 대답할 수 있는 가능성을 모색해왔다. 우리에게 닥치는 모든 것을 우리 자신을 잃어버리지 않으면서 어떻게 해결할 수 있을까? 이것은 우선순위를 정함으로써만 가능하다. 즉, 모든 일을 중요성에 따라 등급을 매기고 급한 일부터 처리하는 것이다.

"혼돈에서 우주가 생겨난다."

요한 볼프강 폰 괴테의 말이다. 매우 광범위하면서도 다층적인 작품에 의거하여 평가하건대, 괴테는 혼돈을 결실이 풍성한 창작력으로 변모시키는 기술을 잘 구사했다. 나는 그의 글이나 일기 또는 전기에서 나 자신을 위한 핵심적인 기본 개념을 차용했다. 그 내용은 괴테가 자신의 창의력을 위해 필수 불가결한 배양소로서 혼돈을 허용했지만, 또한 동시에 분류학 및 자기 단련을 통해 우선순위를 정했다는 점이다. 이는 중요한 일을 인식하고 우선해야 할 것을 정함으로써, 삶에 어느 정도 질서를 부여한다는 것을 의미한다. 칸트는 질서를 "규칙에 따른 많은 것의 연결"이라고 정의했다. 그러나 우리는 이러한 규칙을 구실로 삼을 수 있을 뿐이다. 무엇이 중요하고 중요하지 않은지에 대한 결정은 전적으로 우리에게 달려 있기 때문이다.

그렇다면 깊이 숙고하여 이제 자신의 인식을 실천에 옮기고 싶어하는 사람은 무얼 해야 할까? 나는 이런 물음을 늘 자신에게 던졌다(그리고 지금도 제기하고 있다). 한편으로는 내가 뭔가를 변화시키고 싶어한다(또는 변화시켜야 한다)는 것을 알지만, 다른 한편으로는 온통 나무뿐이어서 종종 숲 전체는 물론이고 숲에서 나가는 길도 전혀 보지 못할 때가 있다. 따라서 이미 나를 이 길로 계속 나아가게 하는 것처럼 보이는 일들을 꾸준히 직접 시험해보면서, 사도 바오로의 다음의 말을 명심하자.

"모든 것을 시험해보고 최상의 것을 지녀라."

괴테와 칸트가 혼돈의 극복이란 사안에서 과제만 제시했기 때문에, 나는 보통의 인간에게도 유용한 실천적인 해결 방안을 모색했다. 그 과정에서 두 개의 모델이 드러났다. 이제 그 모델을 소개하고 싶다. 수년 전부터 그 유용성이 입증되고 있기 때문이다.

1. 날마다 우선순위를 정하자

나는 기억의 부담을 덜면서도 가능한 한 아무것도 잊지 않기 위해 오래 전부터 목록을 작성해왔다. 하지만 그것으로 끝나는 게 아니었다. 시장 볼 물품, 크리스마스 준비, 생일 준비, 중요한 약속, 수많은 메모가 아무렇게나 뒤죽박죽 놓여 있을뿐더러 그렇다고 특별히 효율적이지도 않았다. 보다 합리적으로 바꿀 필요가 있었다! 그때 작은 상자에 대한 아이디어가 떠올랐다.

A6 카드에 적합한 색인 카드함과 그 속에 들어갈 카드를 마련하자. 또한 숫자가 1에서 31까지 적힌 일자별 색인표와 월별 색인표 12개가 필요하다.

첫 번째 함에는 이번 달의 '과제용 카드'가 들어 있다. 정기적으로 처리해야 하는 것은 모두 특별 카드에 기입하자. 살림을 예로 든다면 가령 다음과 같을 것이다. 청소, 꽃에 물 주기, 침대 시트 새로 깔기, 유리창 닦기, 음악 수업에 딸 데려다 주기(수요일), 테니스(금요일), 쓰레기통 밖에 내놓기(격주 화요일) 등등. 이런 식으로 여러 장의 카드를 금세 채울 것이다! 대략 소요되는 시간도 메모하는 게 유익하다. 이것이 각각의 하루 일과를 짜는 데 중요하기 때문이다. 뿐만 아니라 카드 위쪽 좌측에 또 다른 작은 메모를 할 수도 있다. T(일일), W(주간), AZW(격주), M(월간) 등. 이제 첫 번째 카드함을 마련하자. 일자별 카드마다 뒤쪽에 그에 상응하는 과제를 적는다. 그러니까 일자별 과제가 적힌 T카드는 일 처리 후 곧장 다음 일자용 카드 뒤에 꽂히고, 주간 과제가 적힌 W카드는 한 주 뒤로 넘어가는 방식이다. 일회용 '과제'는 그에 상응하는 형태의 메모지를 사용하고, 일이 처리된 다음 없애버리면 된다.

예를 들어 당신이 다음 주에 초대받았다고 하자. 초대에 응하기 위해서는 꽃과 작은 선물을 준비해야 한다. 그리고 당신은 미장원에 가서 머리 손질도 하고 싶어한다. 또 어쩌면 옷도 준비해야 하고 아기 돌볼 사람도 불러야 한다. 이런 '과제' 하나하나를 메모한 후, 각각 언제 처리하는 게 가장 좋은지를 생각한다. 꽃은 틀림없이 초대에 응하는 날 구입할 것이므로, '꽃 구입' 메모지는 초대 일자가 있는 곳으로 밀려난다. 미장원은 어쩌면 예약해야 할 수 있다. 따라서 '미장원 예약' 메모지를 작성하고, 예약 날짜를 잡자마자 또 다른(또는 같은) 메모지에 적어 해당 날짜 뒤에 꽂는다. 아기 돌볼 사람도 사전에 예약해야 하고, 선물도 가능하면 미리 준비해야 한다. 이런 식으로 모든 게 준비되면 당신의 머릿속도 말끔하게 정리될 것이다. 카드함이 날마다 오늘 무엇을 먼저 해야 하는지를 확실하게 알려주기 때문이다.

카드 이용은 무척 간단하다. 나는 태연히 커피 한 잔을 마시며 먼저 카드를 살펴보고, 그날 꼭 처리해야 할 일들이 뭔지 개관하고 우선순위를 정하는 것으로 하루를 시작한다. 가령 집 안 청소를 해야 한다면, 우선 이에 해당되는 카드를 일렬로 놓고 나머지는 다시 뒤에 꽂는다. 참, 치과에 예약되어 있음을 알려주는 카드 한 장은 빼놓는다. 이 일을 처리하면, 예약시간이 적힌 카드는 해당 날짜 뒤로 간다. 일 처리 순서에서 해당되지 않는 다른 카드는 새로운 위치로 가게 된다. 때로는 '격월' 주기가 달린 카드도 들어 있을 것이다. 이런 카드는 두 번째 카드함에 가게 된다. 그다지 중요하지 않은 사안을 다른 날로 미룰 때도 종종 있게 마련이다. 그럴 때 필요한 시간에 대한 표시는 말하자면 그 일이 오늘 지금 간단히 할 수 있는 게 아니라는 것을 말해준다. 하루가 지나가는 동안 나는 다시 한번 카드를 들여다보고 필요한 일을 처리한다. 그러면 저녁때 대체로 만족하며 그날의 카드가 전부 '처리되었다'는 것을 확인할 수 있게 된다. 그 후에는 다음날의 카드를 간단히 살펴보고, 어떤 일이 기다리고 있는지 대충 알게 된다.

두 번째 카드함에는 월 이름이 적힌 색인표를 마련한다. 다시 별도로 각각의 카드에 월별 과제가 무엇인지 기입한다. 그것은 정원 손질일 수도 있고, 세무 신고, 자동차 검사, 휴가 준비 또는 개의 광견병 예방 주사 접종 등일 수도 있다. 이런 카드를 전부 해당하는 달로 위치를 옮긴다. 일을 처리하기 전에 먼저 장소를 정리해야 하는 과제도 많다. 그래야 모든 일이 차분하게 처리될 수 있기 때문이다. 이것은 예컨대 크리스마스 준비에 해당된다. 그에 대한 준비를 가능하면 11월에 시작할 수 있는 것이다. 생일이나 선물에 대한 아이디어도 미리 준비해야 하는 카드에 속한다. 이런 카드의 과제는 '처리될' 때까지 1년이 걸릴 것이다. '과제용 카드'라는 표제어를 보고 즉시 열두 달을 전부 개관하지는 못하기 때문이다. 따라서 이러한 카드도 매번 보완되고 끊임없이 정보가 추가되어야 한다.

이러한 카드함도 간단하게 다룰 수 있다. 월말마다 나는 다음 달 카드들을 살펴보고 현재의 카드함에 나눈다. 그래서 이번 달에는 장미를 잘라야 하고 시어머니의 선물을 준비해야 하며 개에게 접종해야 한다는 것을 알게 된다.

이런 시스템은 확실히 장점이 있다.

- 더 이상 어디에도 과제에 대한 목록이 여기저기 뒹굴지 않고, 메모지도 잃어버리지 않는다. 모든 게 카드함 안에서 이동하기 때문이다.
- 아무것도 잊지 않는다.
- 만사를 규칙적으로 처리할 수 있다.
- 만사를 제때 처리할 수 있다.
- 만사를 스트레스 없이 처리할 수 있다.
- 머릿속이 복잡하지 않다.
- '처리된' 카드를 다시 꽂거나 해당 메모지를 간단히 버릴 수 있다는 게 재미있다. 이러한 과정을 감각적으로 경험하면 약간의 해방감도 느낄 수 있다.

일상적인 과제 몇 개가 혼란스럽게 되는 것은 어려운 일이 아님을 알 것이다. 그 혼돈을 정리하는 살림의 예는 직장생활이나 다른 모든 영역에도 적용될 수 있다.

2. 자신의 삶에 우선순위를 정하자

우리는 인생의 전환점, 그러니까 어떤 방향으로 접어들어야 할지 결정하기 어려운 사거리에 자주 이르곤 한다. 그것은 직업적인 결정이나 관계의 형성일 수도 있고, 또 단순히 어디를 여행지로 선택할까 또는 어떤 냉장고를 살까 하는 문제일 수도 있다. 처음에는 그 의미가 불분명했던 경영 세미나에서 나는 결정 내리는 방법을 알게 되었다. 그것은 대기업뿐만 아니라 사적인 문제의 해결에도 적용될 수 있는 방법이었다. '인생의 밑천'에 관한 장을 기억하는가? 이 세미나와 관련하여 나는 무익해 보이는 지식일지라도 아주 나중에 도움이 된다는 것을 다시 한번 확인할 수 있었다.

전부 똑같이 유혹적으로 보이는 대안이 여러 개 있을 때 당신은 어떻게 결정하는가? 때때로 당신은 뷔리당[프랑스 중세의 유명론(唯名論) 철학자—옮긴이]의 당나귀와 같지 않은가? 왼쪽 건초 더미부터 먹을지 아니면 오른쪽부터 먹을지를 결정하지 못해 굶어 죽은 당나귀 말이다. 이 경우 연필과 커다란 종이 한 장만 있어도 결정하는 데 한 걸음 크게 다가갈 수 있고, 또 어쩌면 그것만으로도 이미 제대로 결정을 내릴 수 있을지 모른다.

이렇듯 간단한 시스템에 대한 내 자신의 경험을 소개할까 한다. 우주항공 산업체의 기록자로서 주목받는 경력을 시작했을 때 나는 20대 후반으로 젊었다. 부서장으로의 승진에 대한 전망, 능력 계발의 가능성, 고액 연봉, 더욱이 자신의 능력이 제대로 평가되고 인정받는다는 데 대한 만족 등, 그 직장은 무척 매력적이었다. 그런데도 나는 불편함을 느꼈다. 매일 아침 줄무늬 옷을 입고 서류 가방을 손에 들고 회사로 가고, 그것도 어쩌면 연금을 수령할 때까지 그렇게 하는 게 정말 내가 원했던 것일까? 솔직히 말하면, 소름 끼치는 일이었다. 그 직장을 7년 다녔다. 폭넓고 재미있고 독자적인 일을 하면서, 내가 책임지고 독자적으로 행동하고 결정할 수 있다는 게 입증되긴 했다. 그러나 육체적으로나 정신적으로 감금되었다는 느낌을 점점 더 심하게 느끼고 있다는 점도 드러났다.

그러므로 이런 방향으로의 경력이 정말 나를 만족시켜줄 수 있는지에 대해 의심하게 되었다는 것은 놀랄 일이 아니다. 그래서 내게 어떤 다른 가능성이 있는지를 두고 깊이 숙고하게 되었다.

언론인이 되겠다는 젊은 시절의 꿈을 좇아 견습생 자리를 찾아 나설까? 그사이 시대가 변했다. 일자리는 줄고 지원자는 점점 더 많아졌는데, 나는 언론과 관련된 정규 학업도 받지 못했다. 게다가 그동안 상당한 생활 수준에 익숙해졌는데, 신문사의 초봉은 너무 적었다. 뿐만 아니라 글을 쓰기 시작했을 때, 작가적인 성향이 언론인의 성향보다 우세하다는 점도 드러났다.

그 다음에 나는 교육학 공부를 다시 시작해야 할지를 두고 고심했다. 새로운 것을 배우고 특히 학업을 끝마치면 기쁠 것 같았다. 반대되는 측면도 많았다. 대학 공부를 할 수 있는 물질적인 지원이 불투명했다. 그리고 예전 실습 때 처음으로 학생 앞에 섰던 기억이 났다. 예컨대 한 학급 이상의 많은 아이들을 나는 도무지 각각의 아이처럼 귀엽게 봐줄 수가 없었다. 양 측면을 고려할 때 이 계획은 계속 추구하지 않는 게 더 나을 것 같았다.

그래서 다른 가능성들을 찾기 시작했다. 그러던 중 이색적인 가능성까지 고려하게 되었다. 인도에서의 자원봉사, 튀니지의 여행 안내자, 바하마의 부동산 중개인, 말 조련…… 등등에 대해서도 생각해보았다.

말 애호가로서의 나는 일찍부터 말타기를 배웠고, 말타기에 열광한 나머지 그런 직업을 갖는 것도 매력적으로 보였다. 그런데 왜 낯선 회사에서 일해야 한단 말인가? 순간 말을 위한 펜션을 열어야겠다는 아이디어가 떠올랐다. 그러니까 '도시의 말들'이 목초지로 가서 휴양하며 뭔가를 배울 수 있는 기관 말이다. 그리고 그 옆에서 나는 농장을 경영하며, 지금 사무실에서 일하는 것과는 전혀 다른 멋진 삶을 살 수 있을 것 같았다. 경험은 전혀 없었지만, 아이디어와 열광, 그리고 판타지가 있었다. 그러나 내가 얻은 농장이 말을 위한 펜션이 아니라 돼지 사육장이었다는 것은 이미 앞에서 이야기했다.

이 이야기를 꺼낸 것은, 내가 어떻게 이런 결정을 내렸는지 말하기 위해서이다. 나는 부서장으로 승진시켜주겠다는 회사의 제안이 있은 후, 커다란 종이 한 장을 꺼내들고 여러 칸으로 나누었다. 내가 정말로 원하는 게 무엇인지 알아내기 위해서였다. 그러던 중 앞서 언급한 경영 세미나 때 배웠던 게 기억났다.

첫 번째 단계는 '브레인스토밍(brainstorming)'이다. 그 목적은 아이디어를 찾는 데 있다. 이를 위해 당신이 특별히 원하는 변화와 관련하여 현재 추구할 만한 가치가 있어 보이는 것을 생각나는 대로 적는다. 그것이 처음에는 이상해 보여도 상관없다. 이런 기회에 은밀한 소망이 전부 드러나는 것을 보고 놀랄 것이다! 브레인스토밍은 잠재의식을 활동하게 한다는 데 커다란 장점이 있다. 연상을 통해 아이디어들이 형성되고, 아주 이상한 생각도 자극받아 착상에 이를 수 있다. 이는 이처럼 사유의 무제한적인 방황이 없었다면 전혀 불가능했을 것이다. 그러니 결정을 내리는 상태에서 한계를 설정하지 말자!

두 번째 단계는 '의사 결정(dicision making)', 그러니까 결정을 내리는 것이다. 자신의 아이디어가 전부 실현된 형태를 상상해보자. 내가 설명한 예는 직장을 바꾸는 것이었다. 그러니까 새로운 직업의 하루 일정, 각각의 활동, 일상과 가정을 위한 모든 성과를 세세히 상상해보자. 부정적인 측면도 전부 살펴보도록 하자. 정보를 수집하고, 비슷한 직종에서 일하는 사람들과 이야기를 나누어보자.

그리고 나면 당신이 기입한 이상적인 아이디어 중 상당수가 연필로 단호하게 그어지고, 당신이 만든 목록도 보다 짧아질 것이다. 이제는 바람직한 대안만 남았을 것이다. 그 다음에는 잘될 것이다! 그러나 당신에게 똑같이 추구할 만한 가치가 있어 보이는 여러 개의 목표가 선별 절차를 거치고도 그대로 남아 있을 수 있다. 경영에서는 이런 경우 점수에 따른 평가 시스템이 작동하고, 컴퓨터를 통해 문제를 풀어나갈 것이다. 그러나 여기서 중요한 것은 이윤의 극대화에 초점을 맞춘 기업이 아니라 바로 당신 자신이므로, 행복과 만족의 증가가 언제나 금전적인 증가와 동일시될 수는 없다. 그러므로 문제의 해결은 약간 더 어려워지는데, 정서적인 요소들의 평가가 어려울뿐더러 그것도 점수로 하기에는 부정확하기 때문이다.

따라서 세 번째 단계는 각각의 목표의 찬반을 아주 정확히 고려하는 것이다. 이 단계가 가장 어렵다. 여기에서는 보편타당한 충고도 할 수가 없다. 모든 인간의 개인적인 욕구가 저마다 다르기 때문이다. 수익이 높다고 다 되는 것은 아니다. 대부분의 사람들은 전직을 통해 보다 많은 개인적인 만족, 기존의 능력 활용 가능성, 특히 자기 가치의식의 증대를 기대한다. 그러나 이외에 가정이나 여가시간 등 '삶의 질'과 관련되는 요인들도 중요하다. 덧붙여 다음의 질문은 종종 도움이 된다.

내가 원하지 않거나 어떤 경우든 전혀 원하지 않는 게 무엇인가? 이런 질문에 대답하는 일이 가장 간단할 것이다. 그리고 전적으로 개인적인 결단이 이루어지는 과정에서 브레인스토밍 도중 정의된 몇몇 목표들이 이 기준에 따라 포기될 것이다.

내가 정말 원하는 게 무엇일까? 이 질문에 대답하는 것은 훨씬 까다롭고, 고도의 자기 연구뿐만 아니라 정직함도 필요하다. 그러나 이렇게 해야만 자신의 목표에 다가갈 수 있고, 목표를 실현할 수 있다!

나는 목표를 실현할 수 있는 어떤 가능성을 갖고 있는가? 내가 자신 있다고 할 수 있는 것은 무엇일까? 내가 갖출 수 있는 능력은 무엇인가?

앞에 놓여 있는 종이에 쓰는 것만으로도 당신은 목표에 대해, 그 실현 가능성에 대해, 전혀 다른 것을 추구하지 않고 과연 그 목표를 향해 갈 것인지에 대해, 더욱이 자기 자신에 대해 더욱 분명해질 것이다. 이와 연관된 메모를 늘 살펴보자. 메모 내용이 의심할 여지 없이 여전히 중요한가? 어느 날 추구할 만한 가치가 있어 보이는 것이 다음날 전혀 다르게 보일 수 있다. 스페인 속담에 이런 말이 있다.

"오늘은 중요하고, 내일이면 중요하지 않으며, 모레면 잊어버린다."

당신이 내려야 하는 결정이 중요하다면 하룻밤 넘기면서 차분히 생각하자.(그리고 '인내심을 갖고 기다려라' 장을 다시 한번 읽자.)

당신이 어떻게 결정하든, 결과는 예상과 전혀 다를 수 있다. 그러므로 유연한 태도를 갖자. 나 역시 그 당시 말을 얻지 못했지만 대신 돼지를 얻었고, 한 번도 생각해보지 못한 경험을 했다. 삶과 자기 자신을 통해 깜짝 놀라는 경험을 하자. 어쨌든 당신은 한 발 더 전진했을 것이다.

 이렇게 해보라

▢ 이번 장에서 설명한 모델 1을 직접 시험하여 일상에서 우선순위를 정해보자.

▢ 어려운 결정을 내려야 한다면 모델 2도 시험해보자. 이런 체계의 틀은 당신의 삶에 개입하는 결정들뿐만 아니라, 자동차나 새 옷을 사려 할 때에도 적용할 수 있다.

▢ 유연한 태도를 유지하자! 모든 이성적인 동기를 무너뜨리고, 그냥 관습이나 마음이 이끄는 대로 결정하고 싶을 때는 그렇게 해보자!

▢ 우선순위는 달라질 수 있다. 자기 고유의 바람과 그 추구를 언제나 가장 우선적인 것으로 만들자.

자신의 일에 미쳐라

어떤 일에 열광하는 사람은 금세 알아볼 수 있다. 그 사람은 말이나 행동에서 활기가 넘치고 눈에서 빛을 발하며, 갓 사랑에 빠진 연인처럼 보인다. 그리고 열광적인 인간은 근본적으로 사랑에 빠져 있다. 자기 일이나 취미에 빠져 있는 것이다. 진정한 열광은 전염성이 있어서, 우리로 하여금 어떤 인간의 정직함을 믿게 한다. 그 때문에 우리도 그의 관심사를 지지하고 싶어진다.

당신도 자신에게서 이러한 열광의 감정을 경험했을 게 분명하다. 열광하는 대상 때문에 당신은 내적으로 온전히 충만했을 것이다. 그것은 어쩌면 건축이었을 수 있고, 미니어처 수집품 중 빠져 있는 진기한 물건이나 당신의 전문 분야의 매력적인 과제일 수도 있다. 열광한 사람에게는 어떤 장애도 없는 것처럼 보인다. 감격의 날개가 그런 사람을 실어 나를 뿐만 아니라, 힘과 활기와 설득력을 안겨주기 때문이다. 이런 경험을 나는 했고 또 매번 하고 있다. 특히 시골생활에 대한 열광이 지속적이고 타당했기에 실제 농가를 구입했던 시기에 그런 경험을 했다.

오늘날에는 글을 쓸 때 이와 유사한 경험을 한다. 어떤 주제에 열광하면 좋은 기사나 책도 쓸 수 있다. 또 열광을 통해 활기와 힘을 얻으므로 불가피하게 나타나는 '궁핍한 시간'을 견뎌낼 수 있다.

때로는 어떤 일에 대한 감격이 잠시 후 짚불로 밝혀지기도 한다. 처음에는 자극을 받아 정신적·정서적으로 고공 비행을 했지만, 어느샌가 더 이상 노력을 기울일 가치가 없는 것처럼 보일 수 있다. 그럴 때는 태연히 그 일을 포기하고, 그럼에도 불구하고 두루 체험했다는 느낌에 기뻐하자. 설령 짚불이 금세 타서 없어져도, 그 짧은 시간 동안 바작바작 타올라 따뜻하게 해주고 세상을 비추었기 때문이다.

열광은 외부로부터 우리에게 주어지는 자극이지만, 그것의 점화를 위해서는 내적인 준비가 필요하다. 그것은 한편으로는 우리를 열광케 하고 독려하는 어떤 일의 '정신'이지만, 다른 한편으로는 이러한 불꽃을 단숨에 옮아가게 할 수 있는 개인적인 잠재력이기도 하다. 종교사에서 열광은 "신적인 것이 채워진 상태"로, 종종 이성에 의해 유도된 의식의 소멸과 함께 발생한다. 사람은 "자신의 감각을 더 이상 제어할 수 없다". 이 말에 깜짝 놀랄 수 있다. 그러나 사랑하는 애인도 자신을 제어하지 못할 때가 종종 있다. 그렇다고 연인이 자신의 열애를 포기하고 싶겠는가? 세상을 뒤흔들 만큼 홀딱 반한 일을 말이다. 언제나 이성이 우리를 이끌 필요는 없다. 우리의 마음이 전혀 다르게 말할 때도 많다. 그리고 의심이 가는 경우라면 언제나 마음이 이끄는 대로 가야 할 것이다. 여기에서 결정을 내리는 것을 다룬 앞 장을 상기하고 싶다. 나는 부서장이 되는 대신 시골에서의 삶을 영위하기로 결정한 것뿐만 아니라,

남편과 내가 결국 이 꿈을 어떻게 실현했는지에 대해서도 밝혔다. 그러나 그 이전의 중요한 일화가 하나 더 있다. 내가 남편을 처음 알았을 때, 어떤 부유한 농장주가 내게 부채가 없는 농장을 제공하며 자기 마음을 고백했다. 그 유혹이 대단히 커서 내가 흔들렸다는 사실을 고백하지 않을 수 없다. 내가 고민을 털어놓자 어머니는 단지 이렇게 말했다.

"결정은 아주 간단해. 네 마음이 가는 대로 따르면 돼."

나는 그렇게 했고, 25년이 지난 지금도 후회가 없다.

어떤 일에 마음이 함께할 때에만 일을 잘 수행할뿐더러, 또한 자신의 벽을 넘어설 수 있다. 이성을 넘어서는 힘에 언제든 다시 열광하고 매혹되자. 빠져들도록 하자. 이러한 능력이야말로 당신이 살아 있는 상태를 가장 잘 말해주는 것이기 때문이다! 아돌프 프라이헤르 폰 크니게는 《인간 교제술》에서 다음과 같이 밝히고 있다. 이 책은 일반적으로 알려진 견해와 달리 딱딱한 예법의 목록이 아니라, 인간의 유익한 공동생활에 관한 현명하고 따뜻한 작품이다.

"영혼을 건강한 온기로 채우는 열광 없이는 어떤 것도 결코 성취되지 않을 것이다."

이것은 건축이나 우표 수집에서처럼 위대한 기술적 진보, 사회적·자선적 영역에서의 노력에도 똑같이 적용된다. 무관심한 사람, 또 이성적 논증만 계속 열거하고 결코 자기 마음의 소리에 열광하지 않는 사람은 어쩌면 삶에서 가장 중요하고 아름다운 것을 놓칠 것이다. 자신을 따뜻하게 해줄뿐더러 자신이 계속 가지고 갈 수 있는 불꽃을 말이다. 열광은 앞선 사람들을 위한 낙관주의다.

이렇게 해보라

□ 열광을 훈련할 수 있다고 생각하지 않기에 연습 내용이 없다. 그러나 자기 자신이나 다른 사람들에게 날개를 수여하는 이런 정신을 만날 때마다, 환영한다고 말하자!

아무리 어려워도
최선의 결과를 얻어내라

　어떻게든 삶에 적응해야 한다. 삶과 자기 자신을 변화시킬 수 있는 가능성과 기회가 우리에게 얼마나 많이 있는지는 앞에서 살펴보았다. 의지와 자기 자신에 대한 믿음이 충분할 때는 한계도 거의 설정할 필요가 없었다. 한계는 *거의* 없다. 이렇게 말하는 이유는 우리가 아무것도 바꿀 수 없는 상황에 놓일 때도 있기 때문이다. 그런 상황이라면? 저주하고 욕하거나, 한탄하고 울 수도 있다. 또 이를 갈며 체념할 수도 있다. 하지만 다른 것을 할 수도 있다. 그런 상황에서도 최선의 결과를 얻어낼 수 있는 것이다. 낙관주의자는 이것을 실천한다. 낙관주의자의 개념이 이를 말해준다(책의 서두에서 라틴어 'optimus'가 최선의 것을 의미한다고 밝힌 부분을 기억하자). 이로써 낙관주의자는 출구 없는 상황에서조차 약간의 자유를 얻어내고, 특히 돌이킬 수 없는 일을 어떻게 견디고 겪을지를 스스로 결정한다.

　몇 해 전 스웨덴 남쪽의 볼멘 호수에서 범선을 탔을 때 갑자기 우리의 작은 배로는 버틸 수 없는 폭풍이 닥쳤다. 삼각돛만 단 보트는 옆으로 심하게 밀려 거의 전복될 정도였다. 나는 지금까지 살면서 이 두려운 시간에 느끼는 것과 같은 죽음의 공포를 겪어보지 못했다고 생각한다. 그 거대하고 외로운 호수에서 우리는 비상 꽃불을 모두 발사했지만, 아무도 그것을 알아채지 못했다. 그리고 구명조끼도 그다지 도움이 되지 않았던 것 같다. 다음 해안이 수 킬로미터나 떨어져 있었기 때문이다. 내가 소형 모터의 사용법을 기억해내려 애쓰고, 남편이 마지막 남은 돛을 가져오는 동안 나는 눈을 감았다. 그 순간 나는 남편의 걱정스런 얼굴을 보면서, 내게 남은 마지막 삶의 용기를 잃어버리고 싶지 않았다. 그런 다음에 나는 갑자기 웃지 않을 수 없었다. 바로 그 순간, 어머니가 한 말이 떠올랐기 때문이다.

"악마는 자신이 잡으려는 자를 익사하게 내버려두지 않아!"

그리고 꺼림칙한 인생사를 만날 때마다 수없이 견디게 도와준 내 자신의 원칙이 생각났다. '무슨 일이 일어나든 괜찮아. 나는 여전히 그에 관한 이야기를 쓸 수 있으니까.' 배의 난파를 여태 경험하지 못했는데, 그 일이 어떻게 끝나든 나는 적어도 의식적으로 모든 감각을 동원하여 체험하겠다고 생각했다. 그래서 눈을 뜨고 보트가 지시받은 항로를 유지하려고 애썼다. 그 다음에 우리는 간신히 작은 배와 함께 안전한 항구에 닿을 수 있었다. 내가 다리를 덜덜 떨며 선착장을 향해 갈 때, 남편은 언젠가 다시 함께 보트를 타러 가겠느냐고 물었다.

"물론 가야죠!"

그것은 내가 결코 놓치고 싶지 않은 체험이었기 때문이다. 그리고 나는 나중에 그에 관한 이야기도 썼다.

당신이 지금 아무것도 바꿀 수 없는 사건들이 언제나 대단히 극적일 필요는 없다. 그것은 예를 들면 흥분으로 인한 일시적 쇼크거나, 이미 떠나버린 버스 또는 지루한 대기시간일 수도 있다. 그냥 자신의 처지를 바꾸고, 영국의 속담에 공감하자.

"삶이 그대에게 레몬을 준다면, 그것으로 레모네이드를 만들어라!"

부득이한 경우, 당신을 웃게 만들 수 있는 것은 억지 유머뿐일 때가 가끔 있다. 그러나 이러한 웃음은 삶(생존)에 중요할 수 있다! 그리고 당신이 이미 선택했다면, 어리석고 복잡하고 때론 피곤하게 하면서도 언제나 아름다운 삶을 향해 왜 미소지으면 안 된단 말인가? 삶은 다시 미소를 지어줄 것이다. 이것은 확실하다!

  이렇게 해보라

ㅁ 미소를 짓자!

행복은 우리의 손에 달려 있다

이 책을 통해 여러분과 나는 이제 동반자가 되었다. 이것은 그야말로 말 그대로이다. 이 책은 여러분의 손을 잡고 들어올린 집게손가락으로 길을 제대로 찾도록 도와주기 위해 씌어진 게 아니기 때문이다. 나는 이 책의 출판에 동의함으로써 내가 짊어지게 된 책임을 온전히 의식하고 있다. 그래서 나 스스로 경험하고 도움을 받은 것과 날마다 한 발씩 어떻게 내놓고 때로는 몇 발 물러나야 하는지에 대해서만 전달했다. 이 책에 있는 것은 전혀 모호한 이론이 아니고, 경험과 체험을 통한 현실이다. 때문에 나는 설명을 위해 내 자신의 인생사 일부분에 대해서도 이야기했다.

이 책에서 여러분에게 요구하는 모든 일을 내가 내 삶에서도 실천했는지에 대한 의문이 들지 모른다. 그 점에 대해 간단히 대답한다면, '아니요'이다. 여러분이나 그 어떤 다른 사람과 마찬가지로, 나 역시 도중에 있다. 여러분과 마찬가지로 나는 각 장마다 한 걸음씩 전진하려고 노력한다. 지금까지의 경험을 통해, 우리의 행복이 우리 자신의 손에 달려 있다는 것을 굳게 확신하기 때문이다. 그래서 정직한 책이 되었다. 여러분뿐만 아니라 나 자신을 위해서도 씌어진 책이기 때문이다. 우리가 설정한 목표를 실현함에 있어 계속 동반자로 남아 있기를 바란다. 그리고 여러분이 이 책을 읽을 때 때때로 내게도 작은 미소를 보냈기 바란다. 여러분께 감사드리며.

하이델로레 클루게

스마일 라이프

지은이 | 하이델로레 클루게
옮긴이 | 모명숙

주간 | 권대웅
기획편집 | 고유진, 이효선
디자인 | 한순복
마케팅 | 부장 신재우, 양승우
업무관리 | 최희은

초판 1쇄 찍음 | 2005년 4월 1일
초판 1쇄 펴냄 | 2005년 4월 6일

펴낸곳 | 도솔출판사
펴낸이 | 최정환

등록번호 | 제1-867호   등록일자 | 1989년 1월 17일
주소 | 121-841 서울시 마포구 서교동 460-8번지
전화 | 335-5755   팩스 | 335-6069
홈페이지 | www.dosolbooks.com
전자우편 | dosol511@empal.com

 ISBN 89-7220-164-2   03850